I ROMANZI SONZOGNO

Kyle Smith

SFIGATO

Traduzione di
Elisabetta De Medio

SONZOGNO EDITORE

Via Mecenate 91 – Milano

Titolo originale: Love Monkey

ISBN 88-454-1215-6

I edizione Sonzogno: febbraio 2005

A mia madre e ai miei nonni

È facilissimo essere cinici di giorno,
ma la notte è un'altra faccenda.
ERNEST HEMINGWAY, *Fiesta*

Ringraziamenti

Senza gli sforzi della mia efficientissima agente Harriet Wasserman e del mio semplicemente straordinario editor Dan Conaway, questo libro esisterebbe soltanto in un file nel mio disco fisso. Se così fosse rimasto sareste dovuti venire a casa mia per leggerlo, cosa alquanto seccante sia per me sia per voi.

Grazie a tutti quelli che mi hanno fatto ridere, specialmente il Colonnello, Der Spaniard und Die Austrian, Grover, Min e J. Rack.

Per l'incoraggiamento che mi hanno dato, applausi a Cutler Durkee, Larry Hackett, Gerry Howard, Jon Karp, Gersh Kuntzman, Stu Marques, Jill Schwartzman, e al battagliero dattilografo amante dei gatti Mike Hechtman.

SABATO, 7 LUGLIO

La mia giornata.

Ore 8.00 Sveglia.

8.00 – 8.15 Un po' di stretching leggero. Attenzione ai tendini del ginocchio. Qualche flessione per scaldarmi.

8.20 Sono fuori di casa. Vado a Central Park e faccio sei giri intorno al laghetto. Ritmo: un miglio in sette minuti. Che fa dieci miglia e mezzo in settantacinque minuti.

9.45 Ritorno a casa. Doccia, rilettura dei *Fratelli Karamazov* (solo l'episodio del Grande inquisitore).

11.45 Chiamo mia madre.

12.30 Pranzo. Quaglia ai ferri, insalatina di spinaci, spremuta d'arancia fresca.

13.00 Al Met a vedere la mostra di Vermeer. Attacco bottone con una deliziosa studentessa tedesca che trovo davanti alla *Donna in piedi alla spinetta.* Riesco a farmi dare il numero di telefono, ci mettiamo d'accordo per bere qualcosa insieme al Carlyle all'inizio di settimana prossima.

16.00 Rientro a casa. Lavoro al mio romanzo fino all'ora di cena. Un'interruzione: la telefonata del mio super agente.

20.30 Cenetta tranquilla con alcuni amici a Le Bernadin. *No ragazzi, veramente, offro io.* Sanno tutti del mio grosso aumento. Ci scherziamo sopra.

23.45 Al Village Vanguard a sentire un po' di jazz. Scambio di trivialità con gli amici e di battutine con la cameriera, che prima che me ne vada mi passa il suo numero di telefono.

2.00 A casa in taxi, mi esercito al piano per mezz'ora e poi a letto. Se non riesco a dormire mi leggo un capitolo di quella biografia di John Adams di cui parlano tutti. (Era davvero meglio di Thomas Jefferson?)

Be', questo almeno è quello che prevede la mia agenda Yahoo! per oggi.

Qui sul pianeta Manhattan, invece, striscio fuori dal letto quando spunta l'alba a Honolulu e mi piazzo sotto la doccia per quarantacinque minuti. (Lo so perché ho messo *The Wall* dei Pink Floyd e sono uscito dalla doccia quando è finito il primo cd.) Poi raccolgo dei petali che sono caduti per terra la sera della Cena e mi pianto sul divano, che reca ancora l'impronta del mio culo da ieri. Accanto a me, quattro telecomandi diabolici e ipercomplicati a prova di donne e due sacchetti di salatini quasi vuoti. C'è una briciola sul divano. Sono troppo civile per lasciarla lì, quindi la raccolgo e la metto in bocca. Bleah! Forfora. Nella migliore delle ipotesi.

Due parole su di me.

Mi chiamo Tom Farrell. Appartengo a Quella generazione. Sapete a quale mi riferisco. Quella dopo quella che ha scoperto i Beatles e il sesso libero, quella prima di quella in cui i diciassettenni saltano l'ora di educazione fisica per lanciare una IPO. La generazione degli incompetenti. Gli antropologi del futuro ci ricorderanno principalmente per gli abiti da sera non più solo neri, per Valerie Bertinelli e per i Men at Work. I nostri nonni hanno vinto la seconda guerra mondiale. Noi non sappiamo neanche allacciarci il farfallino.

Non sono in gran forma. Sì, ogni tanto riesco a completare un giro intorno al laghetto, ma arrivo con la lingua di fuori. Non ho gli addominali scolpiti. È come se ne avessi uno solo, ma lungo. Ho le braccia mollicce e i denti incapsulati. Mi hanno paragonato a un Winnie the Pooh con i capelli rossi e a un Teletubby leggermente allungato. In quinta elementare mi chiamavano "pappamolla" e mi davano i colpetti sulla pancia per sentirmi prorompere in quel verso da femminuccia che mi viene fuori ancora adesso se mi fanno il solletico. Era divertente, allora. La centesima volta lo era già meno. La cinquecentesima ha cominciato a venirmi il complesso e alla seicentotreesima (perché le ho contate, ah se le ho contate!) sono entrato in terapia. Alla seicentosettima il mio defunto genitore ha aperto una busta e ha avviato una discussione di cinque secondi con mia madre ("Che cazzo significa questa stronzata?") e la terapia si è conclusa.

Sono un uomo medio. Avete presente quei prodotti senza marchio nei supermercati, quelli accanto a prodotti simili in tutto e per tutto tranne che per la lunga storia di spot televisivi che hanno alle spalle? Quello sono io. Un uomo senza un marchio. Quello che non scegliereste mai se aveste appena vinto alla lotteria. Ho gli stessi ingredienti dell'altro e quindi sono un affare. Ma non attiro il consumatore. Se qualcuno mi vedesse nella vostra credenza, morireste di vergogna.

Ho trentadue anni e sono sano quanto tutti gli americani cresciuti come me a carne in scatola. Sembro abbastanza giovane. Sto perdendo i capelli ma almeno si stanno ricollocando altrove, nelle narici e nelle orecchie, per esempio. Non mi stanno abbandonando del tutto. La faccia non è malaccio, capelli rossi, carnagione chiara, occhi azzurri. Senza rughe d'espressione. E non sono proprio basso. Sono il minimo accettabile per un maschio adulto. (Ci sono attori famosi che sono più bassi di me, tipo Robert Redford, Sylvester Stallone, Brad Pitt.) La sola occasione in cui mi si potrebbe definire alto sarebbe se diventassi una lattina di birra. Non faccio molto sport ma compenso guardandone parecchio in TV.

Abito in un bilocale con un frigorifero che contiene soltanto da bere e degli avanzi, un forno a microonde taglia Manhattan che uso solo per i pop corn, cataste di apparecchi hi-fi pieni di polvere e una valanga di cd sempre sul punto di cedere (le donne single accumulano i gatti, io accumulo apparecchiature elettroniche).

Come hobby colleziono ex fidanzate. Quando non ho niente da fare ripercorro la lista. Tess, la ragazza che ho dovuto lasciare dopo aver lavorato qualche mese a un giornale a Londra. Odiava l'America anche se non ci aveva mai messo piede, e a quanto ne so ancora non l'ha fatto. Judy, la prima con cui sono andato a letto. Ha sposato un giapponese da cui ha avuto due gemelli e si è trasferita a Kyoto. Secondo voi ho ancora qualche possibilità con lei? Poi c'è quella che quasi me l'ha fatta. Betsy, la mia Betsy. Ci sono uscito oltre il limite massimo (anche se non molto oltre) dei due anni. Mi conosceva meglio di chiunque altro. Era una sensazione piacevole ma spaventosa.

Alla fine non sopportavo l'idea che la mia lista di donne si fermasse a tre. Avevo venticinque anni. Lei adesso convive con un tipo allegro, tranquillo, un bonaccione che mi fa venir voglia di strangolarlo mentre dorme.

Al momento sono sfidanzato. Il che mi fa sorgere un sospetto. Cos'ho che non va? Sono gay? (Magari! Sesso sfrenato senza sensi di colpa, e tutto lo sforzo che ti si richiede è metterti un preservativo, che è poi quello che tocca fare anche a me, quindi tanto vale. Molte intellettuali femministe di New York pensano che la pillola sia un complotto degli uomini per fargli venire il cancro: ne discutono spesso tra una sigaretta e l'altra.) Non riesco a condividere i miei sentimenti più profondi? O ancora peggio, non ho sentimenti profondi? Sono solo difficile? Forse. Ma a trentadue anni comincia a venirti il dubbio: c'è una linea sottile che divide un tipo difficile da uno sfigato.

Nonostante i miei difetti ho avuto parecchie ragazze. Tre diverse Jennifer, il che mi pone leggermente al di sotto della media per uno della mia età, e due asiatiche (decisamente molto al di sotto della media). Alcune citavano Joni Mitchell e altre citavano Madonna. Alcune piangevano senza motivo e altre ti facevano nero se le chiamavi "ragazze". Ad alcune piaceva andare alle feste e ad altre stare in casa a vedere film con Fred Astaire. Tutte avevano però due cose in comune: erano più belle di me, nel senso che non si spiega perché stessimo insieme. E ognuna mi ha migliorato in qualche modo. (È grazie a loro che non porto più i calzini bianchi, per dire, che indosso la cintura tutti i giorni, che non mi pulisco il naso sulla manica quando tutti mi stanno guardando e che ho imparato certi termini femminili tipo: taglio di sbieco, corpetto stile impero, scarpa decolleté, sandalo alla schiava eccetera... fondamentali per capire le conversazioni tra donne.)

Ci sono dei vantaggi a non avere una fidanzata: nessuno controlla quanto bevo. Corn flakes non solo a colazione. Guardo quello che voglio in TV. Poco tempo sprecato in discussioni idiote e a mettere il dito nelle piaghe lasciate dai genitori. Se voglio fare sesso prima di andare a dormire non mi tocca essere carino tutto il giorno. Mentre lo faccio non mi sento obbligato a dire il mio nome; dopo, non devo tenermi stretto per due ore prima di potermi addormentare.

Tuttavia: in TV non c'è mai niente, la mia mano non si veste mai in modo da attirare la mia attenzione e non ho nessuno con cui scambiare commenti sarcastici mentre guardo la TV. E non posso chiedere a nessuno: sei stata tu a mollare?

Per quanto riguarda la sfera emotiva, non ho niente in contrario a parlarne. Non è che non abbia i miei complessi. Solo che sono sepolti in fondo. Sarei un uomo più completo se gli dessi una spolveratina ogni tanto? Uno di quei poeti che ci facevano studiare a scuola diceva che conoscere te stesso è la più grande conquista. Dipende, secondo me. Bisogna vedere chi è il vero te stesso. A volte è meglio non saperlo.

Ho trentadue anni, ma mi sento un tredicenne con la carta di credito. Non sono un uomo. Sono un bambinone, e le donne lo sanno.

Non sono mica l'unico. Si può essere un bambinone a qualsiasi età. Adam Sandler, Tom Hanks, Paul McCartney, Michael J. Fox, Bill Gates, Matt Damon, Robin Williams, John Cusack, Hugh Grant, Bill Clinton e George W. Bush – ehi, due presidenti uno in fila all'altro, i primi dopo Teddy Roosevelt (una delle sue segretarie una volta ha detto, l'ho letto da qualche parte: "Dovete considerare che il presidente ha circa dodici anni".)

E allora? I bambinoni dominano i botteghini, governano la Casa Bianca e sono tra i primi 500 di Forbes. Perché dovrei preoccuparmi? Posso fare quello che voglio. Sono il re di me stesso. Nessuno mi dice quello che devo fare. Sono un uomo indipendente, un giramondo, uno spirito libero. E adesso se volete scusarmi, devo chiamare mia mamma.

"Ciao", dico, "sono io", aggiungo. Non so perché mi sembra necessario specificarlo. "Tom."

Mia madre ha cinquantotto anni. Le piacciono i gioielli antichi, i negozi di filati nei centri commerciali e Derek Jeter. Il suo sogno è di andare presto in pensione per potersi dedicare al suo hobby preferito, quello di pulire il bagno. Nel suo bagno sembra non ci sia mai entrato un essere umano. Ci si potrebbero analizzare i reperti delle scene dei crimini.

La giusta definizione sarebbe che a mia madre piace che le cose siano come devono essere.

"Ciao, caro", dice lei. "Non mi dovevi chiamare stamattina?"

Sì, è vero. Ieri le ho promesso di chiamarla in mattinata. Mi ha inchiodato via mail, il suo nuovo sistema per localizzarmi. Per la prima volta da quando ero un adolescente, sa sempre dove sono. Si fa persino scrivere un'e-mail al giorno quando sono in vacanza, quelle rare volte che mi avventuro in Italia o in Inghilterra o in Francia.

"Mmh", butto là. "Hai chiamato tu poco fa?"

"Sì", mi risponde.

"Perché non hai lasciato un messaggio?"

"Rispondi prima alla mia domanda."

"Francamente, mamma, è perché non mi frega niente di chiamarti." Non lo dico davvero. Invece: "Scusa".

"Io proprio non capisco."

"Mamma, ti ho chiesto scusa", ripeto.

"Tommy, hai detto che mi chiamavi prima di mezzogiorno!" Avete presente il cattivo di quei film truculenti, che alla fine devi ammazzarlo tre volte prima che muoia? Ecco, mia madre devi ascoltarla ripetere tre volte la stessa cosa.

"Mamma, mi sono dimenticato. Ultimamente sono stressatissimo dal lavoro..." mi giustifico con tono di voce lacrimevole.

Ultimamente sono stressato dal lavoro (o dallo studio) è la mia scusa principe, al primo posto dopo 562 settimane nella hit parade di quello che dico alle donne che mi fanno sentire in colpa. Mia madre fa l'assistente di un dentista a Rockville, Maryland, quindi non conduce un'esistenza particolarmente stressante. In genere, va a casa a un'ora ragionevole e il lavoro è prevedibile. Nessuno le dice mai: "Cazzo, oggi hai rovinato tutto. Adesso te ne stai qui fino a mezzanotte. I pazienti tornano tutti a farsi rimettere la dentiera, ma stavolta mettigliela giusta!" Raramente c'è un'emergenza nel campo dell'igiene dentale. (Codice blu! Abbiamo finito l'amalgama per le otturazioni!)

Non è bello prenderla in giro in questo modo, continuare a ricalcare il fatto che io, a trentadue anni, ho molto più successo di quanto ne avrà mai lei. Lo so. D'altra parte non è bello nemmeno da parte sua aspettarsi che la chiami tutti i mesi solo perché mi ha partorito. Ho un'idea migliore: una volta all'anno. Anzi ancora meglio: una volta a fidanzata. Almeno avremmo qualcosa di cui parlare.

Mamma non ha niente da dirmi. E io non ho niente da dire a lei. Quando era vivo papà, mi raccontava sempre di quanto fosse orribile lui, ma poi a soli cinque anni dalla sua morte si è stufata dell'argomento. Non le telefono perché non abbiamo niente in comune. Non abbiamo letto gli stessi libri sulla vita sbandata di giovani tormentati a Londra o a New York, non abbiamo visto gli stessi film su gangster logorroici che azionano armi micidiali mentre discutono di fumetti.

Lei pensa che sia un bravo ragazzo. È il mio ruolo. Quando avevo tredici anni non imprecavo davanti a lei. Adesso non posso più farlo. È troppo tardi. Un'occasione l'ho avuta: quel primo Natale a casa dal college. Allora potevo dire di essere cambiato e rinegoziare la mia posizione. Ora non più.

"Allora che novità ci sono?" mi chiede.

Odio quando la gente mi fa questa domanda, perché non c'è assolutamente niente di nuovo. La mia vita è in volo circolare d'attesa. E a essere onesti, ancora non sa dove atterrare. Non ho la macchina. Mai avuta. Non ho nessuna proprietà. Mai avuta. La cosa più costosa che ho è questa sedia di pelle, 1.099 dollari più la consegna. Quindi, fondamentalmente, la spesa più importante della mia vita è stata un morbido parcheggio per il mio culo.

"Non molte", rispondo.

"Ti vedi con qualcuno?"

Ah! Questa non l'avevo prevista. Tra me e lei c'è un accordo non scritto di non parlare di niente di serio, tranne quando si tratta di parenti. Di solito se ne esce con questa domanda una volta all'anno, intorno al giorno del Ringraziamento. Il momento in cui avrei più bisogno di una fidanzata. Sì, perché bisogna pur avere qualcuno da abbracciare accanto al focolare durante le riunioni famigliari. O, nel mio caso, da usare come dispositivo antimamma. Quando ho una fidanzata, infatti, mia madre non mi rompe le scatole. È contenta quando sto con qualcuno. Le si legge in fronte *mio figlio è normale*.

"In realtà", spiego, "ho appena chiuso con una persona..." anche se non è proprio vero.

"Mi dispiace, tesoro." Come fa a dispiacerle? Non ha mai conosciuto Julia. Non le ho mai detto che stavamo insieme. (Mi correggo. Non siamo mai stati insieme. Uscivamo soltanto.)

"Non importa", aggiungo.

"Sono certa che troverai qualcuno", mente.

"Sì, lo so", mento anch'io.

"Sei un ragazzo così meraviglioso", mente di nuovo.

"Vero", mento di nuovo pure io.

"Succederà presto", continua a mentire.

"Forse", e io faccio altrettanto.

Alla fine di queste affettuosità comincio ad avere fame. Metto insieme gli avanzi del cinese della sera prima e un po' di salatini, e li mando giù con un bel bicchiere di Scotch. Seguito da altri cinque bicchieri di Scotch mentre guardo *Matrix* per la quinta volta. Poi mi addormento sul divano. 'Notte!

DOMENICA, 8 LUGLIO

Sdraiato sul tappeto, ascolto la musica ad altissimo volume con le cuffie. L'ho detto che sono un bambinone. Da qui mi godo il panorama di sinistri mucchietti lanuginosi e dune di polvere in movimento sotto il divano. Qualcuno dovrebbe proprio pulire. Ma sono ottimista e credo veramente che se ne andranno da soli. E quest'affare nero cos'è? Bene, bene. Novantadue per cento cotone, otto per cento elastam, settantacinque per cento polvere. Non troppo frou frou. Seconda. Potrebbe appartenere ad almeno dieci diverse ragazze che sono state alleggerite del reggiseno da queste parti negli ultimi due anni. È come trovare la scarpa di Cenerentola. Devo andare in giro per Manhattan a farlo provare a tutte le ragazze per vedere a chi va bene? Ci potrebbe volere un po'. Oggi portano tutte la seconda. Una volta sono uscito con una che aveva la terza. Me ne sono vantato per mesi. (Come si chiamava?) Poi c'è stato quel tremendo incidente con la prima, quella che usava tecnologie avanzate e illusionismi per sembrare una seconda. Ovviamente non l'ho più chiamata. Pubblicità ingannevole.

Che ora è? Merda, le cinque e mezza. Mi sono addormentato ancora. Cos'ho fatto oggi? Nelle sei ore dopo che mi sono svegliato per la prima volta, voglio dire. Ho mangiato? Ah, sì, a mezzogiorno ho considerato l'idea di fare colazione, e sono andato di acqua e Tylenol.

Basta stare in casa a commiserarmi. Infilo le scarpe, prendo le chiavi e vado al parco di Riverside. Qui mi siedo a commiserarmi su una panchina. Dovrei distrarmi guardando qualcosa. Ci sono dei campi da gioco; ma, benché osservare i bambini che giocano sollevi lo spirito, con la faccia che ho oggi se mi capitasse di grattarmi le palle nelle loro vicinanze mi arresterebbero.

No, meglio spostarsi vicino al recinto per i cani. Alcuni mi salutano scodinzolando. Loro non hanno problemi a conoscersi, chiacchierare, accoppiarsi. Non chiedono agli altri cani che lavoro fanno. "Professionalmente parlando, sono un cane." I loro rituali sono meno assurdi dei nostri? Posso offrirti da bere? Posso annusarti il sedere? Che differenza c'è?

Decido di comprare il *Times,* non perché voglia impiastrarmi le mani sfogliando le sue quarantasette rubriche ma perché mi serve la programmazione televisiva della settimana. Tutte le domeniche segno i migliori film che danno in TV. È uno dei momenti più belli del weekend.

Torno a casa col giornale in mano. È ora di prepararmi. Stasera devo uscire con Liesl Lang, la biondina esile e carina che ho conosciuto a una festa a Park Slope. È sexy, ma quando l'ho portata fuori a pranzo un paio di volte non è stata propriamente incoraggiante. Ho dovuto litigare per pagare il conto, e non ha allungato la mano al rallentatore come fanno tutte le altre nel vano tentativo di prenderlo. No, voleva veramente pagare la sua parte. Forse ha un esagerato senso di giustizia. È così onesta che non registrerebbe mai un film in TV senza il permesso scritto della SIAE. Ho deciso di scaldarla un po' portandola a cena in un locale grazioso, prezzo medio. Lo scopo ovviamente è farla ubriacare. Per il suo bene e per il mio. Anch'io ho bisogno di scaldarmi, perché fondamentalmente senza alcool non ho personalità.

Io e Liesl abbiamo queste conversazioni in cui io cerco di farla ridere e lei non ride. Sta lì e aspetta. Così io ci provo di nuovo, e lei ancora non ride. Ha una vita seria, un lavoro serio. È avvocato in uno di quegli studi che s'impegnano in qualunque causa, purché sia persa. Difendono gente che cerca di far saltare gli edifici, che brucia discoteche per non dover aspettare che l'ex fidanzata esca dal locale per farla fuori e via dicendo. Ho un problema con questi difensori d'ufficio: perché pensano di essere tanto nobili? La sera in cui l'ho incontrata le ho chiesto: "Ma la maggior parte della gente che difendi è colpevole, no?" Lei ha risposto: "Tutti lo sono". E ovviamente mi ha sparato la solita frase scontatissima che tutti hanno diritto a un avvocato. Sì, va be', ho capito. Ma la gente di merda ha diritto a un avvocato di merda. Cosa spinge una brava persona a dire: "Ehi, ci sono degli assassini che hanno bisogno di una mano per sottrarsi alla giustizia? Eccomi qui!"

E comunque non è Julia.

"Allora, perché non guardi avanti?" Julia è seduta accanto alla finestra a fumare. Mi manca persino quando fuma. Come può mancarmi quando fuma? Inquina l'aria. Mi fa lacrimare gli occhi. Se scorreggiasse passeggiando in montagna, direi: "Ah, la brezza montana, che delizia, anche se non quanto una scorreggia di Julia"? Se mi pugnalasse mentre dormo accarezzerei la ferita?

Ebbene sì.

"Sei intelligente", dice, "hai un buon lavoro."

"Sì", concordo, "ma chi vuole uscire con uno gnomo col fisico di un birillo da bowling?"

"Secondo me sei parecchio carino", fa lei.

"Vedi, è per questo che non mi passa. Chi altri dice così? 'Parecchio carino'. Dici delle cose tenerissime."

"E dai! Sei stato con un sacco di ragazze. Sei uscito con qualcuna persino mentre io e te eravamo, ehm, uscivamo insieme."

Non gliel'ho mai detta, quest'ultima cosa, ma la Julia della mia immaginazione sa tutto di me. Così può farmi ancora più male.

"È vero", ammetto. Perché non essere onesti quando si parla a se stessi? "Ma è stato solo perché mi serviva un air-bag nel caso facessi un incidente con te."

Ecco, l'ho fatta scappare di nuovo. Adesso guardo la finestra e vedo solo il vetro. E lo sporco che c'è sopra.

Telefono al mio amico Mike Vega, un tipo che è passato dall'altra parte quattro anni fa. Siamo amici perché prima avevamo molte cose in comune. Pranzavamo insieme tutti i giorni alle superiori, giocavamo a calcio insieme, scrivevamo storie per il giornale della scuola (le mie sui vampiri e le sue su delle spie che seducevano donne bellissime). Con gli anni si è sentito sempre meno in imbarazzo per il fatto di essere pieno di soldi. È stato allora che ho capito che i ricchi sono molto, molto diversi da noi: fanno più sesso. La nuova Camaro apparsa un giorno sul suo passo carraio ha ospitato più sverginamenti della suite nuziale del Mount Airy Lodge. A quei tempi diceva che non si considerava un ricco, che erano i suoi ad avere i soldi, non lui, lui aveva solo il diritto di spenderli; ma il fiuto per i soldi è nei geni e a ventisei anni era laureato in legge e a capo di una società di fusioni e acquisizioni. Adesso che è felicemente sistemato con una moglie, tutti i giorni la sua società familiare vanta una nuova acquisizione: un tavolo da pranzo in tek qui, una TV digitale là, uno Steinway, una Lexus. Mi domando quando mi dirà che non c'entro niente col suo stile di vita e mi imporrà di fare un master se voglio rimanere suo amico. O almeno di cominciare a giocare a golf.

Non c'è. "Ciao", dice la segreteria, "siamo all'ospedale a far nascere il nostro bambino, ti richiamiamo più tardi."

Non che abbia voglia di avere un bambino come capita alle donne a una certa età, ma ho l'impressione che la giornata di Mike oggi abbia più senso della mia. *Fai qualcosa!*

Okay, accendo la TV. Mi guardo un incontro di wrestling.

Posso interrompere il film e ricominciare da capo? Questa non è la mia vita. È solo una versione abbozzata. Giuro che la prossima volta sarà meglio.

Il telefono. È Liesl. Per disdire, senza dubbio. Le ragazze sentono l'odore del fallimento, persino al telefono.

"Sto andando a vedere il Teatro Danzante di Harlem", dice con un tono da cancellazione.

"Ah, ah", borbotto io.

"A che ora dobbiamo vederci, o...?" continua esitante.

Non tradire debolezza. Mettiti del deodorante per coprire la puzza di cuore spezzato.

"Perché non passi dopo il balletto?"

Ingegnoso. La faccio venire a casa.

Trattengo il respiro mentre lei ci pensa.

"Mmh", dice, "d'accordo."

Adesso rilassati. Mi esercito male al piano – è uno Yamaha elettrico da 99 dollari; Schroeder aveva un piano migliore – e poi leggo distrattamente l'*Observer*. Salto gli articoli, sono solo il pane del sandwich della disperazione. La carne è nelle ultime pagine, negli annunci personali.

"Donna bianca, single, con deformità facciale, cerca uomo dai 29 ai 40, in buona forma, dal metro e settantotto in su."

Questa tizia ha una deformità facciale e io non sono alto abbastanza per lei. E noi abbiamo paura di impegnarci? Le donne non si impegnano nemmeno a uscire una volta col ragazzo più in gamba della terra se è un centimetro più basso di loro. Ho letto da qualche parte che Manhattan non ha la più grande percentuale di single in America. Siamo al secondo posto. Al primo c'è una contea delle Hawaii, ex colonia di lebbrosi. La donna con la faccia deformata non è che ha messo un annuncio su una rivista qualsiasi del settore medico, per esempio. No, l'ha messo sul giornale più raffinato del Paese, e magari sta lì seduta e pensa *George Clooney mi chiamerà da un momento all'altro.*

Liesl mi suona intorno alle cinque. Non le salto addosso, anche se è sexy con la canottiera beige e il reggiseno uguale con le spalline che spuntano. E il trucco leggero. È importante: è domenica e lei è una femminista, una di quelle che scrive lettere arrabbiate al *Times* per richiamare l'attenzione sul loro insidioso linguaggio sessista. Stiamo parlando del *New York Times*, il giornale che ha trasformato "maschio bianco" in un potente insulto.

Mi piace com'è, tutta occhioni azzurri, pelle chiara, capelli medio-biondi. Sembra il sogno proibito di Hitler, e perché no? È tedesca. Mezza tedesca, quanto meno. Lei è nata qui, la madre è fuggita da Berlino Est negli anni Cinquanta. Immagino i miei amici ebrei, i Cohen, i Meyer, gli Shapiro, i Fleisch, che faccia faranno quando la conosceranno.

"Mi piace casa tua", dice guardandosi in giro come se stesse pensando di prenderla in affitto. "Oh, mamma mia! Quei fiori! È ora di cambiarli."

Guardo sul davanzale. Ah, sì, i fiori. Sono lì dalla sera della Cena. Hanno la mia stessa aria.

Stavo guardando uno special su Brian Wilson in TV. Glielo dico, magari è una fan.

"E chi è Brian Wilson?"

Chi è Brian Wilson? Ha scritto soltanto *Good Vibrations, Wouldn't it be Nice* e *Don't Worry Baby*. Posso capire che una non conosca Brian Wilson se non sa nemmeno chi è Mozart. Ma lei sa perfettamente chi è Mozart. Ed è cresciuta al tempo di Brian, non nell'Austria del diciottesimo secolo.

Di bene in meglio, non ha mai sentito nemmeno *Caroline, No.*

In momenti come questi mi rivolgo a un potere più alto in cerca di aiuto. Per fortuna ho la Sua foto sul muro:

Bogart. È seduto alla macchina da scrivere. Accanto a lui ci sono due tipi che gli puntano addosso una pistola. Lui li ignora e continua a battere sui tasti. Quella foto dice tutto. Il film si intitola *Il diritto di uccidere.* Lui fa la parte di uno sceneggiatore in crisi sospettato dell'omicidio di una vicina ma poi scagionato. La mia battuta preferita è quando il suo amico investigatore gli dice che si è sposato. Bogey ribatte: "Perché?"

Cosa farebbe Bogart con Liesl? La porterebbe in un bel localino, un french café, uno di quei posti che alle ragazze fa venir voglia di bere perché fa tanto stile europeo. Ce n'è uno proprio nel mio quartiere. È una delle ragioni per cui ho scelto questo appartamento: ho concluso molti affari al Café Frog.

Ci sediamo a un tavolino al sole. Le faccio la solita domanda: "Prendiamo una bottiglia di vino?"

"No", risponde lei.

Ne ordino mezza solo per me. Liesl ordina una birra e se la fa bastare. Questo stronca la mia serata sul nascere. Mai sedotto una donna che poteva passare il test del palloncino.

Acconsente a venire a casa mia dopo la birra. Il mio arsenale è pronto.

Arma numero uno: foto di quando ero piccolo. Mi umanizzano, mi fanno sembrare sensibile, le fanno pensare che potremmo avere dei bellissimi bambini (dopotutto ero carino da piccolo) e mi mostrano al meglio, perché francamente a cinque anni ero stellare. Dopo non lo sono più stato.

Mentre passo le foto a Liesl, mi accorgo che le sta mettendo meticolosamente in ordine cronologico. Non fa neanche il solito "ohhhhh!" Andiamo: io col cappello di paperino, a sei anni. Come si fa a resistere?

"Aspetta, aspetta", mi dice mentre le passo una foto con mio padre a Disney World nel 1979. Porto degli enormi occhiali di plastica e una maglietta della Electric Light Orchestra.

Liesl la guarda, la gira, controlla la data e trova il posto esatto nella pila. Sono tentato di rovesciare il tavolino buttando tutto all'aria per vedere se scoppia a piangere.

Tolgo il *Greatest Hits* dei Beach Boys dal lettore cd. L'ho messo per fare del sarcasmo, c'era dentro anche *Caroline, No*, ma lei non sembra averci fatto caso. Sfodero l'arma numero due: *The Trinity Session* dei Cowboy Junkies. Con questo si va sul sicuro. Negli anni mi ha garantito almeno una palpatina quindici volte su quindici. Non pensate che non tenga il conto di queste cose.

"Questo cos'è?" mi chiede lei.

"*Cowboy Junkies*", rispondo.

"È una battuta?"

"No, si chiamano proprio così."

"Non c'è niente in TV?"

Ci guardiamo una sitcom sulle ragazze arrapate di New York ("Non mi è sembrato così divertente", mi informa dopo), poi le offro un bicchiere d'acqua (questo non dovrebbe venire *dopo* il sesso?).

Chiacchieriamo del più e del meno e poi del meno e del più e poi riflettiamo e ci chiediamo come sarà il futuro, il tutto quando l'unica cosa che voglio è assaporare l'interno della sua bocca. Ma non posso perché ha ancora in mano il bicchiere d'acqua. Ne beve un sorso per volta e *lo tiene in mano*. Come si fa a essere così? Il tavolino è qui a un passo! Un altro sorso e ancora non molla il bicchiere. Avanti così finché non lo prosciuga. Finalmente, nonostante l'ansia (la mia mezza bottiglia di vino è finita, quindi sono di nuovo agitato) riesco ad avvicinarmi e a darle un bacio, cioè non proprio un bacio perché all'ultimo momento mi tiro indietro e viene fuori un bacetto di quelli che si danno alla mamma. Sbrigativo e non particolarmente dolce.

"Mmh", fa lei.

Eccolo che arriva. Il discorso sull'essere soltanto amici. O peggio, quello in cui dice che non prova per te quello che provi tu per lei.

"Sì?" dico, cercando di nascondere la disperazione. Dio, quanto avrei bisogno di provare a me stesso che posso dimenticare.

"Niente", risponde lei. Le donne dicono sempre "niente", ma è sempre qualcosa.

"Andiamo", la incalzo. Perché ti fanno sempre implorare per darti brutte notizie?

"È che..."

"Sì?"

"Ti spiacerebbe..."

Massaggiarti la schiena? Baciarti l'orecchio? Toglierti il reggiseno?

"Sì?"

"...accompagnarmi alla metropolitana?"

Sono le dieci. Sono appena le dieci, cazzo.

Alla metropolitana. Un altro paio di bacetti, ma alla fine lei mi dà un abbraccio lungo e caldo. Cosa significa? Forse per tagliare corto. Forse vuole che siamo come fratello e sorella.

Cinque minuti dopo sto guardando di nuovo la TV, ma dopo un po' decido di averne abbastanza di questo comportamento improduttivo. Mi alzo. Spengo le luci e accendo il lettore cd. Mi risiedo. Mi ci vogliono cinque bicchieri di Scotch per finire il disco e poi vado in cucina a bere cinque bicchieri d'acqua per non farmi venire il mal di testa e alla fine il divano sembra così caldo e invitante che...

LUNEDÌ, 9 LUGLIO

E quando stamattina entro nell'edificio, qual è la prima faccia che vedo? La sua. Non in sogno, in carne e ossa. Lavoriamo ancora insieme, dopotutto. Non ve l'ho detto? La incontro di rado però, perché la sua scrivania è in fondo al piano.

Oggi è il primo giorno del suo nuovo lavoro. È stata promossa da portaborse in prova a tuttofare.

Scherzo un po' con lei. Patetico.

"Allora", le chiedo. "Sei nervosa?" anche se quello nervoso sono io.

"Non molto", risponde.

Già, perché dovrebbe esserlo? La aspetta una lunga giornata a ritirare i fax. Sono le 9.37, e ho già fatto la prima figura di merda del giorno.

"Com'è andato il fine settimana?" domando allegramente entrando con lei in ascensore per la lunga corsa fino al quarantaduesimo piano.

"Bene", non si sbilancia, ma è come se urlasse *ho scopato come un riccio con uno che non sei tu per quarantotto sudatissime ore.* "E il tuo?"

Scacco matto. Com'è stato il mio fine settimana? Com'è stato Hiroshima? Rispondo con un mugugno. Mi sembra di vedere le nuvolette di dialogo che aleggiano sulle nostre teste:

IO: *vorrei che non mi avessi mai lasciato*
LEI: *vorrei che mi lasciassi in pace*
IO: *vorrei che questo ascensore andasse fino a Saturno*
LEI: *vorrei trovare una buona scusa per scendere al trentacinquesimo piano e aspettare il prossimo ascensore*

Continuiamo la corsa in silenzio.

D'altra parte, però, siamo insieme!

Lavoriamo a *Tabloid*, un giornale scandalistico. Veramente scandalistico. Siamo il ghetto dei giornalisti seri.

Tutti devono credere in qualcosa e noi abbiamo riposto la nostra fede nello scetticismo. Non siamo stati noi a scoprire che il mondo è un cesso. Vi diamo giusto qualcosa da leggere mentre ci state seduti sopra.

Tre anni fa ero il redattore più giovane. Per una regola non scritta, il redattore non lascia l'ufficio durante il giorno. Non va a pranzo né in palestra durante la pausa e non vede gli informatori al bar. Il redattore non sa mai quanto resta in ufficio. Trascorre la giornata abusando di tre droghe: caffeina, MSG, alias monosodio glutammato, e notizie. Sa tutto quello che succede mentre sta ancora succedendo. È necessario: da un momento all'altro può ricevere una chiamata da un giornalista col fiato corto che lo informa di una nuova svolta in una storia che è passata sui giornali il mese scorso (il genocidio nei Balcani, una gara a chi mangia più hot-dog a Coney Island) e deve potergli fare le domande giuste per riempire i buchi e scriverla in tempo per andare in stampa. Il redattore ascolta tutte le notizie delle agenzie, assorbe tutti i notiziari in TV (non è difficile: rubano le storie a noi), ingoia ogni tipo di giornali. Il redattore sa tutto, e racconta tutto. Niente viene tenuto segreto. Sono arrivato ad avere tre scadenze al giorno e sono sopravvissuto finché hanno fatto un'edizione domenicale. A quel punto qualcuno doveva diventare redattore capo dell'edizione del weekend. Io sono stato il primo ad alzare la mano.

Non ci sono stati aumenti di salario, ma ho accettato di buon grado una diminuzione del ritmo di lavoro del dieci per cento. Adesso mi occupo delle recensioni dei film al venerdì, delle interviste alle starlet e dei soffietti al sabato, e della rubrica sul meglio in città alla domenica. Allora mi era sembrato un grande successo. Ma sono passati un paio d'anni dall'ultima volta in cui mi hanno definito un giornalista promettente, e a un certo punto ho dovuto scoprire di essere diventato un mediocre quadro intermedio.

Le mie sono le pagine che non stroncano nulla, non accusano nessuno, non fanno trapelare niente; quelle che si possono programmare e chiudere quattro giorni prima. Se scrivo un pezzo troppo appetitoso, me lo rubano per metterlo nell'edizione del giorno. E questo crea un buco nel numero domenicale così mi tocca sbattermi per riempirlo con qualcosa di commissionato al volo. Quindi meglio non farlo troppo bene, il mio lavoro. Mediocrità, è quello che vogliono da me. I dieci migliori centri estetici in città dove farsi la manicure? L'abbiamo pubblicato il mese scorso, e anche in novembre, in gennaio e ad aprile.

Eccomi pronto per un'altra giornata nel mio cubicolo. Dieci anni qui dentro, e non ho mai avuto un ufficio. Sono sempre stato a tiro del mio capo, Max, il direttore di giornale più pazzo della città, che occupa il cubicolo attaccato al mio.

Davanti alla fila di televisori c'è un tizio con dei vestiti addosso che sembrano ordinati su Postal Market che guarda il notiziario del primo canale. È il mio arcinemico Eli Knecht. Quando ho cominciato mi ha spiegato le regole della strada. Diversamente da molti giornalisti, è stato generoso nel trasmettermi le sue conoscenze. Mi ha insegnato i trucchi del mestiere. Ne conosce più di una puttana da quaranta dollari. Eli si porta sempre appresso una matita perché la penna può esplodere, finire l'inchiostro o congelarsi. E non si sbatte a registrare nulla perché poi bisogna passare mezza giornata a trascrivere quanto detto (un'idea assecondata dai nostri avvocati, perché chi può provare che l'hai citato erroneamente se non c'è una registrazione?).

Siamo andati al South per anni, io, lui e Hillary della pagina editoriale, una che quando passa davanti a un cantiere edile i muratori non fischiano e non le urlano dietro nulla. Una volta, sulla Broadway, si sono addirittura alzati in piedi per riabbassare subito dopo la testa. Nessuno di noi due se la filava, ovviamente. E poi c'era la questione dell'anello al dito. In redazione circolavano battute sul nostro piccolo *ménage à trois*, ma improvvisamente sono rimasto solo e nessuno parlava più del mio *ménage à un*. Quando persino in redazione cessano il fuoco contro di te, significa che sei messo male. In seguito ho scoperto che si erano messi insieme. Eli e Hillary. L'anello era uno stratagemma per tenere lontani i seccatori. Da quel momento non li ho più potuti vedere.

Lo saluto con un cenno. "Ciao, Ignazio." Per una ragione che nessuno dei due ricorda, lo chiamo sempre Ignazio.

"Ehi, Pappy", risponde lui. Per una ragione che nessuno dei due ricorda, mi chiama sempre Pappy.

Alla mia scrivania, premo il pulsante del computer e ascolto il ronzio. Comincio a scrivere. Scrivere, scrivere. Sto curvo davanti alla tastiera con una tazza di caffè e le parole mi vengono fuori spesso prima di pensarle. Sono bravo a fare questo lavoro. Sono stato io il primo a definire Hugh Grant "sopravvalutato".

Oggi faccio i titoli di testa. Che devono far ridere e spaventare allo stesso tempo. Un po' come Mike Tyson.

Alle cinque e mezza mi appare uno che sembra il derelitto meglio vestito del mondo, un'apparizione tenuta insieme dal gel per capelli e dal gin. Ha la pelle così incartapecorita che sulle guance ci si potrebbe aprire una busta. Se si presentasse a una veglia funebre la gente gli direbbe di tornare nella bara. Uno così può fare solo due cose: il vampiro o il giornalista.

"Come va, amico? Io sono Rollo."

"Tom", rispondo. "Ci conosciamo da tre anni."

"E qual è il tuo ruolo qui?"

"Sono il tuo caporedattore", specifico. "Hai scritto la recensione che ti ho chiesto?" domando, pensando che potrei scriverle io le recensioni dei film. Quando mi chiedono cosa vorrei fare, rispondo sempre "a parte scrivere recensioni dei film?" Insomma, cosa c'è di meglio? Il critico cinematografico è una star, quello che si becca la foto gigante accanto al nome in cima all'articolo e i viaggi pagati al festival di Cannes o al Sundance.

"Te l'ho già data, rimba", ribatte lui.

"Ti avevo chiesto di sistemarla, ricordi? Mi hai dato solo seicentocinquanta battute sulla bocca di Reese Witherspoon."

"Hai ragione", dice. "Mi sono scordato le tette." E si allontana con cautela come un barboncino che attraversa una pozzanghera ghiacciata. Non sta andando nel suo ufficio. Sta uscendo dalla stessa porta da cui è entrato.

"Ci vediamo da Langan?" domando. Lui mi fa un cenno affermativo con la mano.

Quando sto per spegnere il computer vedo arrivare il Rospo coi suoi capelli bianchi alla Einstein.

"Ciao, Tom", mi saluta. "Hai un aspetto da far schifo."

"Sì?" replico. "E chi lo dice, l'uomo più sexy del mondo?"

"Sul serio", insiste. "Hai passato il fine settimana in galera o roba del genere?

"Quasi", ribatto.

Irving T. Fox, vicedirettore del giornale, è un ebreo di sessant'anni con tre gatti, due ex mogli e senza televisore. È il mio migliore amico al giornale. Abbiamo cominciato a chiamarlo il Rospo per la sua lingua lunga. O almeno è quello che facciamo credere a lui. In realtà è per via degli occhi fuori dalle orbite e per la testa larga. Lavora a *Tabloid* da venticinque anni. Dovrei chiedergli come fa.

MARTEDÌ, 10 LUGLIO

Scendo dalla metro alla fermata tra la Broadway e la Quindicesima. Arrivo alla sede di *Tabloid*. Prendo l'ascensore e ci trovo dentro solo un'altra persona: ha un viso raggrinzito vagamente familiare, un punto della testa completamente privo di capelli, ed è avvolta in una nuvola di Eau de Decadence. Redattrice? Bibliotecaria? Una con cui sono uscito?

"Ciao!" mi saluta.

"Come va?" dico tra i denti.

"Benissimo!"

Eccola che arriva. La conversazione sul tempo.

"Nel weekend abbiamo avuto un tempo splendido, eh?"

Una conversazione è una fatica fisica, l'estenuante ricerca di un argomento interessante per entrambi. E il tempo è ciò che accomuna il maggior numero di persone. Viene subito prima di: "Ho notato che viviamo tutti e due sul pianeta Terra. Gran bel pianeta". Come la nostalgia per il weekend: dovrebbe svanire il lunedì a mezzogiorno.

"Sì", brontolo frugando nello zainetto alla ricerca di una rivista che mi tenga occupato per gli ultimi quaranta secondi.

"Faceva caldo", precisa, "ma non era per niente appiccicoso!"

"Sì, infatti", replico distratto, fingendomi interessatissimo a un articolo sul cancro alla prostata.

L'ascensore fa "ding". Sono libero.

Un'altra brillante mattinata in redazione. Incarico odierno: scrivere la recensione di un libro. La nuova biografia di David McCullough su John Adams. Nelle vesti di critico devo essere scrupolosamente neutrale, imparziale, obiettivo. Per non farmi influenzare in alcun modo, non ne ho letto nemmeno una parola. Ho invece letto a spizzichi e bocconi tutte le altre recensioni. La mia sarà una specie di metarecensione. Una recensione delle recensioni. Come diciamo qui al giornale: "È solo un tabloid". Apro il libro a caso:

> Silenzio in aula, finché Oliver Ellsworth, ritenuto un'autorità nel campo della Costituzione, si alzò in piedi. "Signore", disse, "ritengo sia chiaro come la luce del sole, signore, che tutte le volte che il Senato deve riunirsi, lei, signore, debba presiedere la riunione. Di più, signore, non desidero aggiungere."

Bene, signore, davvero eccitante. Farò comunque una recensione positiva. L'hanno fatta tutti gli altri. Inoltre, nessuno ti accuserà mai di non aver letto il libro se fai una recensione carina come un biglietto per San Valentino. Un libro come questo ha un unico scopo: essere il regalo per la festa del papà. Lui ti sorriderà ("Mio figlio crede che io sia intelligente!"), tu gli sorriderai ("Sono premuroso e patriottico!"), la mamma ti sorriderà ("Starà benissimo nella libreria!"), e Simon & Schuster avranno incassato altri trentacinque dollari.

Telefono. È Shooter, il mio consigliere personale. Saltiamo i saluti. Si parte subito con uno dei suoi sproloqui.

"Il problema con le donne", comincia Shooter, "è che non sanno cosa vogliono. Ti ricordi di quel mormone?"

"Mmh", faccio io. Raramente mi servono altre parole durante una conversazione con Shooter.

"Lo hanno messo in galera per bigamia. Galera. Perché aveva dieci mogli. Non è un reato avere dieci fidanzate. Non è un reato essere marito di una e scoparsene altre dieci. Non è reato scoparsi dieci ragazze *in una notte*. Ma se oltre a scopartele sei disposto a dargli qualcosa di concreto in cambio e giuri solennemente davanti a tutti di prenderti cura di loro, dargli da mangiare, ascoltarne i problemi, dargli una casa? *Questo* è un reato. Dico io: le donne non la menano sempre col fatto che non ci prendiamo le nostre responsabilità? Questo tizio è il Superman della responsabilità. E l'hanno sbattuto in gattabuia. In che cazzo di società viviamo?"

"Mah!"

"Ora ti spiego perché questa è una società decadente", continua Shooter. "La Manhattan di oggi è la prima civiltà evoluta a essere completamente controllata dalle donne. Come sei vestito?"

"Eh? Pantaloni neri. Camicia grigia. Scarpe nere."

"Perché?"

"Non lo so. Cerco di essere un po' elegante."

"Esatto", dice Shooter. "Fuori ci sono ventinove gradi, ma tu pensi che il nero sia elegante. Perché il nero è elegante? Perché le donne credono che nasconda la ciccia. Serve a ridurre la stazza. Per questo lo considerano elegante. E poiché elegante è qualsiasi cosa le donne sostengono sia elegante, tu devi vestirti di nero – devi vestirti come una donna! – per essere elegante."

È da un pezzo che il nero è considerato elegante. Chi si ricorda di quando non lo era? Io no. Ogni anno diventa il nuovo colore dell'anno, come se fosse sempre un nero diverso.

"Non si vestono per far colpo su di noi?"

"Negli anni Ottanta le donne portavano le spalline imbottite", riprende Shooter. "Gigantesche. Gli dicevi che stavano bene? Io no. Nessun *uomo* glielo ha mai detto. Ma a loro non importa di noi. Si sussurravano l'un l'altra che così la vita appariva più sottile. In realtà, la vita era sempre la stessa e le spalle sembravano quelle di un difensore dei Pittsburgh Steelers."

"Almeno i soldi li abbiamo noi", faccio io.

"L'hai detto! L'hai detto!" esclama Shooter. "E a cosa servono i soldi? Perché lavoriamo tutto il giorno?"

"Dillo tu."

"Così possiamo spenderli per loro! Fatti un giro da Saks Fifth Avenue in orario di lavoro, chi vedi?"

"Donne. Comprano borsette da 1.500 dollari."

"Esatto. Di chi sono i soldi che stanno spendendo? Non possono essere i loro: chi vuole poter sganciare quindici bigliettoni per una borsa di Fendi deve lavorare tutto il giorno. No, le donne spendono i nostri soldi. Si divertono. Quando escono a fare shopping, o vanno a pranzo fuori o a vedere uno spettacolo, noi non ci siamo. Siamo in ufficio. Vendiamo azioni. Scriviamo libri. Disegniamo palazzi. Gli uomini stanno morendo. Ci uccidiamo da soli. Le donne vivono *dieci anni* più di noi, lo sapevi? E giornali e riviste continuano a pubblicare un articolo a settimana sulla scarsa attenzione dedicata alla salute delle donne. Già ci danno una decina d'anni, non contente ora vogliono arrivare a una ventina! Intanto noi ci ammazziamo di stress e di lavoro. E sai perché? Per un solo e unico motivo: per scopare. Per corteggiare le belle donne. Per dirgli: Ehi, ti posso portare in qualsiasi ristorante! Ehi, *ho venduto i miei anni migliori a Wall Street in cambio di dollari a palate*! Ehi, ho costruito questo palazzo *per te*! Sono andato in guerra *per te*! Le belle donne non hanno bisogno di avere un lavoro di successo. Non hanno bisogno di niente per avere rapporti sessuali. Tutto quello che devono fare è mettersi in mostra ed essere carine, andare spesso dall'estetista e dal parrucchiere. Sai che sforzo. Non gli servono soldi loro. Se lavorano, lavorano nell'editoria. Insegnano negli asili. Prendi le donne che lavorano sul serio, come avvocati di studi importanti o cose del genere. Sono tutte, nell'ordine: a) troppo brutte per rimediare un uomo, b) lesbiche, c) stanno lì ad ammazzare il tempo in attesa di sposare un socio anziano."

"Quand'è stata l'ultima volta che hai lavorato?" gli chiedo pur sapendo già la risposta: 1991. Shooter ha sempre fatto la bella vita, appartiene a una famiglia ricchissima. Bisogna prendere tutto quello che dice *cum grano salis*, anzi con una montagna di sale.

Lui non risponde.

"Ogni libro scritto, ogni film girato, ogni concerto di un gruppo rock... c'è sempre una donna dietro."

"E le band femminili?"

"Ce ne saranno *cinque* in tutto. Per il resto, nel mondo della musica le donne fanno sempre le cantanti. Perché? Perché tutti guardano la cantante. Le ragazze vogliono farsi vedere. Non vogliono sgobbare dietro la batteria. Alla batteria ci sta un uomo. Che cerca di far colpo sulla donna col microfono. Tutto quello che facciamo lo facciamo per loro, e ancora non basta."

"Mmh, mmh."

"Prendi gli omicidi."

"Prego?"

"Quando gli *uomini* uccidono, uccidono mogli o fidanzate che li hanno lasciati. O il padrone di uno spaccio di alcolici per rimediare i soldi da spendere con qualche ragazza. E gli danno la pena di morte. Le donne uccidono i figli, e gli danno da tre a cinque anni e uno strizzacervelli."

"Forse in Texas non è proprio così."

"Ora, non sto dicendo che l'omicidio non vada penalizzato. Ma cosa è peggio: uccidere una troia pervertita che si è scopata il tuo migliore amico, o un bambino innocente che si è cagato addosso?"

"A proposito di cacca", lo interrompo. "Devo scrivere degli articoli."

"Ah! Che ora è?"

"Le undici, più o meno."

"Oh", conclude Shooter, "è stata una lunga notte. Va be', ciao."

Mi rimetto a lavorare alla recensione per un po'.

Suona di nuovo il telefono.

"Tom?"

"Sì?"

"Il bambino è nato sabato", dice Mike Vega, il mio amico fertile. Papà orgoglioso. Perché quelli sposati sono *orgogliosi* e i single sono *presuntuosi*?

"Ehi!" esclamo. Lo so già, me l'ha detto la sua segreteria telefonica. Tono elettrizzato, mi raccomando. Probabilmente si è offeso perché non ho chiamato prima per fargli le congratulazioni. "Splendido! Carino! Ehm, bello!" Mi sto sforzando di trovare qualche superlativo, ma siamo seri: "UN UOMO, UNA DONNA, DIVENTANO GENITORI"? Non è che sia una grande notizia.

"Che cosa, ehm, cos'è?"

"Una bambina. L'abbiamo chiamata Alexandra."

È il terzo bambino che conosco che si chiama Alexander o Alexandra. Cerco di scolpirmi questa informazione nel cervello. Ho notato che la gente si aspetta che tu memorizzi il sesso dei figli, e in diverse occasioni sono stato costretto a giocare d'azzardo domandando alle coppie: "E, come sta... la creatura?"

"Quanto pesa?" chiedo. Lui me lo dice. Ed è tutto. Sono le uniche domande che mi vengono in mente in questa situazione. Ma mi viene svelato molto di più. Dettagli che non voglio sapere. Un vero film dell'orrore, corpi squartati, liquidi che sgorgano a fiotti, otto ore e tre quarti di urla atroci. La nascita di un bambino somiglia parecchio ad *Alien*. Sono invitato a conoscere questo bambino oggi all'ora di pranzo, anche se Mike sarà al lavoro.

Il fatto che i miei amici abbiano dei figli mi rende più

bambino che mai. Con tutta la vischiosa produzione maschile che ho scaricato nel gorgo vorticoso della mia doccia potrei aprire una banca dello sperma. Una Svizzera spermatica. Non è un po' infantile da parte mia? Forse dovrei farci qualcosa con tutto questo sperma. Dovrei avere qualcun altro di cui preoccuparmi, a parte me, a questo punto della mia vita.

La colpa è solo mia. I motivi per cui sono finite le mie ultime cinque relazioni:

Mi sono comportato da stronzo
Mi sono comportato da stronzo
Mi è scaduto il permesso di lavoro in Gran Bretagna e sono dovuto tornare a New York
Mi sono comportato da stronzo
Si è comportata da stronza, ma solo dopo che io l'ho tormentata per sei mesi.

Naturalmente mi mancano tutte. Prendiamo Maggie Kelly, la ragazza dell'estate scorsa. L'ho incontrata a una festa di compleanno. Adorabile. Intelligente. Divertente. Sicura di sé. Le piaceva ridere, mangiare, bere, scopare. Siamo andati a casa di sua madre per il weekend del Memorial Day. Il padre non c'era, essendosi trasferito in città un paio di mesi prima con l'amante. Pare che la madre fosse costretta a vendere la casa. Era una bella casa. Tenuta benissimo, giardinaggio sfrenato, il massimo. Ma i figli erano grandi ormai, e lei non aveva un lavoro né poteva pensare di cominciarne uno perché non sapeva fare nulla. Stava invecchiando e la vita era diventata dura. Ci ha preparato la minestra e abbiamo chiacchierato un po'. Io mi sono comportato nel migliore dei modi, cercando di essere allegro. Ho annuito molto. Le ho fatto i complimenti per la sua cucina, per sua figlia. Mi sono informato del giardino. Non ho nominato l'amante del padre. In breve, punteggio pieno. Ero l'ideale.

Un paio di settimane dopo Maggie mi fa il resoconto dei guai della sua famiglia.

"Mia sorella non ha avuto quella parte come controfigura", dice.

Sua sorella grande, Stephanie. Attrice. Momento di gloria: un provino per *The View*. Non l'hanno presa.

"Girava voce che cercassero un volto esotico", continua. Stephanie è graziosa, ma non come un'attrice, e ha trentacinque anni. Sarebbe stato maleducato da parte mia notare che a quell'età nessuna donna è mai diventata improvvisamente più carina.

"Che peccato", dico. "E adesso cosa farà?"

"Sta cercando lavoro come cameriera. Mi ha parlato di un posto dove fanno sushi."

"Come sta tua madre?"

"Papà sta facendo il coglione", risponde. "Mamma prenderà un avvocato."

Aspetto educatamente un minuto prima di arrivare al punto.

"Cosa ha detto di me?"

"Ha detto che le sembravi *triste*."

Triste. Detto da una donna la cui vita sta andando in pezzi. Queste sei lettere me le sono rigirate nel cervello per settimane. "Depresso" sottintende che non è colpa tua: fastidiosi squilibri chimici. "Triste" significa: *Amico, tu non ci stai proprio provando.* E dopo qualche tempo ho fatto diventare triste anche Maggie.

Prima di Maggie c'era la mia Betsy. La Betsy che amava i gatti. La Betsy che mi ha fatto appassionare ai film con Audrey Hepburn. Quella Betsy tanto sveglia, vivace, deliziosa e serena che l'ho dovuta lasciare.

Con la prossima fidanzata non sarò triste, o strano, o distaccato. Le darò tutto quello che vuole, e anche di più. Un'American Express delle emozioni. Credito illimitato di intimità.

Prima però devo andare a festeggiare un bambino non mio.

Mike oggi è tornato al lavoro, ma Karin è ancora al New York Hospital. La creatura ha due giorni; sembra la brutta copia di un essere umano. Dovrei dire che è graziosa, ma decido di non pronunciarmi sull'argomento. Devo tenermi aperta ogni possibilità.

"È la bambina più bella del mondo, vero?"

Queste sono le prime parole che escono dalla bocca di Karin. Il suo viso risplende come se qualcuno ci avesse passato sopra una smerigliatrice e una mano di cera. Negli ultimi due mesi di gravidanza era aumentata di peso in modo spaventoso. Persino lei si stava preoccupando. Io non ho fatto commenti, anche se dentro di me mi domandavo se non avrebbe partorito una Volkswagen.

Karin sorride da tutti i pori. Anche i suoi capelli sorridono.

"Allora, è carina?" insiste.

"Non lo so. Aspetta che faccia un giro alla nursery per confrontare la merce, almeno."

Non lo dico.

“Certo”, dico invece.

“Una splendida bambina”, affermo.

“Ottimo lavoro. Ehm, il parto. E il resto”, aggiungo.

Ho sempre sentito dire che i genitori soffrono di una curiosa patologia, un corto circuito cerebrale che li costringe a pensare che il loro bebé sia il più dolce imbrattapannolini mai nato. Sono in attesa di una prova contraria, ma non arriva mai. Ho un sacco di amici in gamba, consulenti finanziari, medici eccetera. In teoria, sono tutti abbastanza intelligenti per capire che una buona metà dei bambini esistenti è al di sotto della media. Eppure a tutt’oggi non ho mai sentito un neopapà o una neomamma dire: “Non trovi che il nostro bambino sia meno grazioso della media? Onestamente, sono rimasto male dal risultato finale. D’altra parte, guarda chi mi sono sposato”.

Con qualche esitazione, chiedo: “E, ehm, com’è stato il, ehm, travaglio?” Sarebbe maleducato non darle l’opportunità di chiacchierare di ciò che, in fin dei conti, è l’esperienza più memorabile della sua vita, anche se a me non interessa affatto. Ma è l’unica domanda che faccio su questo argomento. C’è un motivo: non *voglio sapere*. Però nei successivi venti minuti resto lì ad annuire educatamente col capo e a mormorare “mmh mmh”, venendo comunque a sapere che:

1. I medici hanno dovuto tagliare orizzontalmente un’enorme trincea nell’addome di Karin.
2. Poi hanno dovuto affettarle il ventre in profondità, stavolta in verticale.
3. Al momento è tenuta insieme da punti.

4. Non ha ancora scorreggiato dopo il parto, e a quanto pare è una cosa che non va bene.
5. Per ora la marmocchia si nutre esclusivamente di quello che succhia dal petto della madre.

"La vuoi tenere in braccio?"

No. Perché le donne ti chiedono una cosa così? Non capiscono che quello che provano *loro* tenendo in braccio il *loro* neonato (ovvero: gioia ineguagliabile, amore, l'orgoglio di non aver concepito un bambino con la spina bifida o altro) è diverso da ciò che provo *io* quando tengo in braccio il neonato *di qualcun altro* (ovvero: niente). A me piace (ancora) l'Electric Light Orchestra, ma non ho mai obbligato nessuno ad ascoltarla.

"Sì", rispondo.

La sto tenendo in braccio. Le reggo la testa mentre penso che è grande più o meno come una pagnotta. Ecco perché per dire che una donna è incinta in inglese si dice "ha una focaccina nel forno". Karin va in bagno (che sia ripreso il transito dell'aria?), e quando è sparita mi metto a tastare di nascosto la testa della bambina per sentire se è molle. Ma mi sembra abbastanza dura. Pensavo che queste teste fossero come delle banane vecchie di una settimana. Un'altra delusione.

"Cosa stai facendo?" Karin è tornata. Mi ha sorpreso a palpeggiare furiosamente il cranio della sua neonata.

"Ehm, niente, non so." *Cambia discorso. Rilancia!* "È così tenera!"

"Dille qualcosa!" mi ordina. "Le fa bene!"

Me la immagino fra diciotto anni, quando le arriverà la lettera di rifiuto da Stanford. O anche dalla SUNY (State University of New York), Binghamton. Tutto perché non ho sufficientemente stimolato il suo cervello rimanendo in silenzio nei quattro minuti che ho passato con lei quando aveva due giorni di vita.

"Ehm", dico. "Ciao, piccola. Sei davvero... minuscola. Com'è nascere? Che bella bambina. Sono felice di conoscerti. Spero che tu stia bene."

Poi mi scuso ("Sono stressato dal lavoro", borbotto... chi l'avrebbe mai detto! È la prima volta che uso questa scusa con un neonato), e riesco a fuggire.

VENERDÌ, 13 LUGLIO

Torno dal lavoro con la sensazione di essere grasso (penso che mi stia venendo un po' di cellulite sotto il *mento*) e butto via tutte le porcate che mangio di solito. Sto pensando a domani. Domani c'è quell'evento di Julia. Lei sa che io voglio andarci. Gliel'ho accennato. (Esempio del mio accenno: "Senti, posso venire il 14?".) Ma lei non ne ha parlato questa settimana. Forse mi telefonerà. Probabilmente non lo farà.

È venerdì sera, quindi festeggio guardando il baseball. Metto anche un cd. E apro pure la finestra. Ho bisogno di rumore per coprire il frastuono dei miei pensieri su di lei. Di tanto in tanto mi viene in mente, Julia: ogni volta che squilla il telefono, ogni volta che l'e-mail lampeggia in redazione, ogni volta che ascolto una canzone che le piace, ogni volta che mi ritrovo seduto davanti alla TV a guardare un film di cui abbiamo parlato, e più o meno in ogni altro momento della giornata.

Per quanto riguarda il mio appartamento, be', normalmente ha un'aria vissuta, al momento ha un'aria defunta. Devo assolutamente fare un po' di pulizie. Per fortuna è una casa piccola. Spruzzare un po' di tossine schiumose su ogni superficie visibile e poi strofinarle via non mi ruba tutto il tempo che temevo. Il profumo di limone, leggermente vomitevole, si diffonde dappertutto.

Il telefono. Sono le 20.55.

Mi butto sulla mia superpoltrona di pelle, con le gambe penzolanti da un bracciolo. Gli scaffali di plastica nera brillano, non c'è un granello di polvere. Emetto un "pronto" interlocutorio. Detesto quando rispondo al telefono con voce calda e amichevole e dall'altra parte c'è un venditore di qualcosa.

Mi sento sfruttato.

"Sono io", dice la voce che voglio sentire di più e, allo stesso tempo, di meno al mondo.

Cazzo. È venerdì. Mi ha beccato a casa senza niente da fare.

"Come va?"

"Bene..." risponde lei. Le sue frasi terminano spesso con i puntini di sospensione. Julia crede fermamente nelle parole non dette.

"Che fai?" chiedo io, come al solito.

"Niente", ribatte lei, come al solito. "E tu?"

A questo punto esamino silenziosamente le possibilità che ho:

1. La verità: ho pulito la casa che se mia madre la vedesse rimarrebbe di stucco. Anzi, avremmo qualcosa da dirci per la prima volta dal 1984.
2. Una debole bugia, improvvisata sul momento.

"Niente, ho della gente a cena", improvviso.

Inspiro, preparandomi alle domande che seguiranno.

"Mi chiedevo..." continua, "che progetti hai per domani?"

Espiro. Domani è il giorno del saggio. Lei e la sua classe di danza, la maggior parte bambine piccole, hanno messo su uno spettacolo a livello amatoriale in un liceo di South Norwalk. Julia si esibirà in due brani, ed è così bella quando se ne sta seduta così, senza far niente, che darei il mio testicolo sinistro per vederla danzare. Be', forse il mio testicolo sinistro potrebbe tornarmi utile. La milza sì, però. O il pancreas. Qualunque altro organo di serie B.

Ma lei sta per dirmi: Non venire.

Sta per dirmi: Viene Duane. (Ed è più alto di te.)

Sta per dirmi: Non capisci che fra noi è finito tutto?

Sta per dirmi: Smettila di gironzolarmi intorno.

"Mi piacerebbe venire a vederti danzare", azzardo, tanto per sondare un po'.

"Sei sicuro?" mi chiede.

"Penso che potrebbe essere divertente."

"Ma sarà uno schifo!" si schermisce.

"Non credo", ribatto. "Penso che sarà incantevole." Ho appena detto "incantevole"? Questa ragazza mi fa uscire parole assurde. "Incantevole."

"Verrai fin quaggiù per poi dire 'Ho sprecato un bel sabato pomeriggio'."

Non esiste un bel sabato pomeriggio senza di lei.

"Non ho niente di meglio da fare", mento. In verità ho già rifiutato l'invito a un battesimo e a un matrimonio. Naturalmente non potevo confessare ad amici che conosco da una vita che non sarei andato a queste cerimonie così importanti perché c'era la remota possibilità che una ragazza che mi piace mi permettesse di vederla danzare in una sala di linoleum e cemento. Quindi ho detto a tutti che non potevo andare perché mia madre ha una cisti ovarica. (Regole per raccontare bugie: numero uno, essere precisi e dettagliati così nessuno penserà che state mentendo; numero due, scegliere sempre un argomento di cui la gente non ama discutere in lungo e in largo.)

Parliamo degli orari dei treni e di dove trovarci. Il treno che torna in città non funziona tutta la notte, quindi mi consiglia di portare il necessario per rimanere fuori. Male che vada posso rimanere a dormire a casa dei suoi.

"In un certo senso mi eccita l'idea che tu venga", ammette.

Mmmmh.

"A proposito", aggiunge. "Potrebbe venire anche Duane..."

"Davvero?"

"Nessun problema?" chiede lei.

Dribblo la domanda con un grugnito. Poi metto giù il telefono e rimango seduto ad ascoltare la sinfonia serale degli antifurti sulla Ottantatreesima ovest.

REWIND

Ma torniamo indietro. A come ci siamo conosciuti. Più che appuntamenti li definirei dosi. Potentissime.

PRIMA DOSE

Sono seduto nel mio cubicolo in ufficio in uno squallido giorno di febbraio con il ricevitore del telefono all'orecchio. Cerco guai? No. Solo qualcosa da mangiare. Sono le otto di sera e sto ordinando il mio quarto pasto della giornata. Sulla scrivania: menù, menabò, giornali e le mie Oxfords misura 41 e mezzo nuove di zecca.

"Quanto per il pollo fritto?"

"Dieci minuti?" risponde la ragazza all'altro capo del filo.

Riaggancio e torno al lavoro. Sto solo facendomi gli affari miei. Anzi quelli dei personaggi famosi e dei criminali.

"Qui c'è Tom Farrell", dice Hyman Katz, il più vecchio fattorino del mondo, devotissimo al suo lavoro, disponibile sette giorni su sette e ventiquattro ore su ventiquattro. È con una ragazza nuova. Lei prende un fax dalla pila di fogli che ha in mano e me lo passa.

Alzo lo sguardo. Lei sorride. Un'esplosione di bellezza. La sua faccia mi fa uscire gli occhi dalle orbite.

Poi Hyman Katz la porta via.

Wow.

Dopo di che non la rivedo più. Non so come si chiama, non so nemmeno in che ufficio lavora. E se la rivedo cosa le dico? "Ciao sono Tom. E tu sei... incredibile."

SECONDA DOSE

Una settimana dopo, San Valentino. Sono al Langan con Bran Lowenstein, una ragazza con cui esco da un paio d'anni quando non ho nessuno di meglio con cui uscire. Ci conosciamo benissimo. Ci siamo scambiati le confidenze più intime durante lunghe conversazioni a letto fino alle due del mattino, lei nel suo letto sull'Ottantasettesima ovest e io nel mio sull'Ottantatreesima.

Bran ha tutto nero, occhi, capelli, senso dell'umorismo. All'inizio è difficile considerarla attraente per via del naso. Una volta, scherzando ma non troppo, l'ho definito "becco", e lei non l'ha presa bene per niente. A prescindere dal senso dell'umorismo, le donne non sopportano che si prenda in giro una parte del loro corpo. Nemmeno i piedi. Pensano che non sia sexy essere ben dotate sotto la caviglia. Sono convinte che noi uomini stiamo seduti al bar a fare commenti tipo: "Quella Rebecca è carina, ma ho sentito che ha il 41 di scarpe". "Cosa? Nooooo! Non posso crederci, amico! Non la guarderò mai più. Il resto è perfetto, il viso, i capelli, le tette, la pancia, e che culo! Ma se ha il 41, non se ne parla proprio!"

I piedi di Bran sono delle cannoniere, a proposito. Quanto al naso, dopo un po' che la conosci ti rendi conto che è la cosa migliore che ha. Mi fa ridere tutte le volte che la vedo. Ogni tanto andiamo al cinema insieme – una volta su tre vuole pagare lei – e ci lamentiamo di essere single. Non la vedo molto, perché è sempre in giro a caccia di storie. È un produttore di uno di quei programmi d'informazione in onda nella fascia oraria di massimo ascolto in cui ti dicono che non è vero che lo yogurt ghiacciato è senza grassi o che la linguetta delle lattine può uccidere e roba del genere.

Stare con Bran mi fa sentire meglio con me stesso. È più alta di me e quindi mi costringe a stare bello dritto. Pensa veloce quanto me, quindi devo stare attento. Ho visto un film, una volta, in cui un bambino con la faccia deforme entra in una galleria di specchi e quelli deformanti lo fanno sembrare normale. Bran è la mia galleria di specchi.

"Sembri..." esordisce lei.

"Cosa?"

"Come se avessi pensato al tuo aspetto", risponde, "per una volta."

"Sto bene vestito", ribatto. "Non per vantarmi ma ho il fisico di un atleta professionista. Di un lottatore di sumo."

Ho i capelli lunghi e scomposti, che mi fanno sembrare un po' una rockstar o un bandito solitario. Ma rimedio coi vestiti: giacca e cravatta blu, camicia azzurra. Sì, porto quasi sempre la giacca. Mi dà l'illusione delle spalle. Ho anche le Kenneth Coles ai piedi, belle lucide. A un certo punto intorno ai trent'anni ho scoperto che sono importanti e che le donne non ti prendono nemmeno in considerazione se porti le scarpe sbagliate.

"Non posso credere di essere senza un uomo", si lamenta Bran.

"E io cosa sono?" chiedo con ironia.

"Che uomo sei tu?" dice lei. "Non mi metti nemmeno in imbarazzo al lavoro con un immenso mazzo di fiori il giorno di San Valentino."

"Magari te li manderei i fiori se tu facessi sesso con me."

"E io magari farei sesso con te se tu mi mandassi i fiori."

"Non lo sapremo mai."

"Odio San Valentino."

"A me piace", rispondo io. Una bella brunetta si fa largo verso di me al bar. Mi fa un sorriso timido. Devo ammettere che ogni volta che sono con una ragazza mi viene istintivo guardare tutte le altre per vedere se la mia è all'altezza.

"Ciao, bellissima", dico, per far incazzare Bran. "Belle scarpe." Le donne scelgono sempre con molta cura le scarpe, sono la cosa di cui vanno più orgogliose, ma sono così poco abituate agli uomini che le notano che ti può capitare di guadagnare tre minuti buoni di conversazione con un commento come questo. E non solo, pensano pure che sei gay se noti le scarpe che hanno ai piedi, quindi abbassano la guardia.

Qualcosa nel viso della brunetta si accende. Fa per rispondere, ma Bran la interrompe.

"Sei malato", esclama a voce inutilmente alta.

La brunetta e il suo faccino se ne vanno.

"Davvero, guardati intorno", ribatto. "Ci sono un sacco di ragazze favolose. E in più sai che sono single perché in un giorno come questo tutte quelle che hanno un fidanzato stanno con lui, quindi non devi preoccuparti di perdere un'ora a chiacchierare con una per poi sentirla mollare la bomba F."

"La bomba F?"

"La notizia che ha un fidanzato."

"Ah! Be', peccato che tu sia congelato qui con me allora."

"Magari sono cotto, invece che congelato. Cotto di te."

"Ma smettila!" brontola lei.

Non so se ho una cotta per Bran. Tutte le volte che ci penso non posso fare a meno di aggiungerci una vena di sarcasmo. Quello che so è che quando sono con lei le ragazze ci guardano. Pensano che ho già l'approvazione di una di loro. Se cinque donne in un bar conoscono cinque uomini, quattro single e uno che sta con una supermodella, tutte faranno a gara per quello che sta con la supermodella.

Ed è qui che Laurel, una giovane redattrice un po' nervosa, entra nel locale mangiucchiandosi i capelli, si guarda in giro e ci raggiunge.

"Ciao", la saluto col bacetto d'obbligo. Le presento Bran.

"Ciao", dice Laurel. Poi si gira a cercare qualcuno nella folla alle sue spalle. "Lei è Julia."

Ed ecco davanti a me la più bella distributrice di fax

che abbia mai visto che si fa largo verso di noi tra la folla. Sembra piccolissima, sopraffatta dalla città.

"Io sono Tom", dico come se non l'avessi mai notata prima, e le stringo frettolosamente la mano. Questa è la prima volta che la tocco. Quando hanno cominciato uomini e donne a stringersi la mano? Devo dare una stretta energica, da uomo, rischiando di frantumarle le nocche, o risparmiare le sue ossicine da passero e darle una stretta molle facendomi marchiare per sempre come un "senza coglioni"? Ammettiamolo pure, niente è facile con le donne.

Julia non dice niente. Bran e Laurel cominciano subito a lamentarsi di San Valentino. Laurel sta aspettando di vedere il fidanzato, il quale, nonostante esca con lei da un anno, oggi non le ha mandato i fiori. Il messaggio non potrebbe essere più chiaro che se fosse stampato su un enorme cartellone pubblicitario: non ha intenzione di sposarla. Laurel e Bran cominciano un lungo dibattito stile scuola di Atene sull'argomento. Ogni volta che si avvicinano all'ovvio significato del fatto, lo rifuggono. Concludendo infine che la miglior strategia è farlo sentire in colpa facendogli un regalo costoso. Che sarà utile da tirargli in faccia quando lui prenderà la palla al balzo e si deciderà a lasciarla una volta per tutte.

"Ma forse mi sto solo illudendo", mormora Laurel.

"Sembra un sognatore, un essere inutile, senza nessuna ambizione", dice Bran. "Oh, scusa, Tom."

Non stavo ascoltando. Stavo guardando Julia. È una visione impietosa. Ha la pelle liscia e ambrata di chi si fa un bagno di sole nel Mediterraneo tutte le mattine. Le labbra mi ricordano la prima bottiglia di vino con cui mi sono ubriacato. I capelli biondo cenere le scendono copiosi sulle spalle e alcune ciocche le coprono gli occhi come rivoli di lussuria. Mi ci voglio tuffare. E quegli occhi verdi, caldi come il focolare della vigilia di Natale, coi contorni scuri. Sono dolci, pazienti, lievemente disillusi, occhi che dicono *a volte mi piace che mi si faccia del male*. E hanno delle sopracciglia vere sopra, non quelle assurde parentesi disegnate con la matita di quelle che se le strappano con la pinzetta. Credo che non sia truccata per niente, a parte un po' di rossetto.

A un certo punto la serata prende una strana forma. Laurel se ne va a stanare il suo F, e Bran, lamentandosi perché nel locale non c'è nessun potenziale F per lei, comincia a borbottare di volersene andare a casa a guardare *Pretty Woman* in TV, quindi la accompagno a un taxi. Tutte queste favolose ragazze e non sono il fidanzato di nessuna.

Poi succede una cosa ancora più strana: Julia, quella cara piccola creatura, indugia. Che probabilità ci sono? Ma d'altra parte, quante probabilità c'erano che in un gruppo rock si ritrovassero insieme tre Taylor non parenti tra loro come nei Duran Duran?

"Posso offrirti da bere?" le chiedo stupidamente. Sono un tipo che non chiede mai "posso offrirti da bere". Sembra uno spot del Martini del 1979.

Lei dice una cosa meravigliosa.

Dice: "Sì". È la prima parola che mi ha mai rivolto.

"Prendo un gin tonic", m'informa, ma senza togliersi il suo caro cappottino giallo. "Caro"? Ho detto "caro"?

Mentre ordiniamo da bere mi attacca bottone un tizio.

"Sembri uno scrittore o roba del genere", osserva. "Uno sofisticato."

"I calzini li ho uguali", tengo a chiarire.

"Saprai tutta quella roba su similitudini e metafore, no?"

"Più o meno", rispondo.

"Una metafora cos'è, quando paragoni due cose usando 'come', giusto?"

"Quella è una similitudine", rispondiamo io e Julia insieme, e sorridiamo. Mi colpisce infinitamente una ragazza che sa la grammatica.

Un pensiero: parlando con questo tipo invece che con lei la sto ignorando. Sto facendo il gallo. La cosa che so fare peggio. Il mio consigliere personale, Shooter, mi ripete sempre *comportati come uno che parla sempre e solo con strafighe.*

"Io sono John", si presenta il tipo.

"Tom", rispondo. "Questa silenziosa ragazza è la mia nuova amica Julia."

Si stringono la mano.

"Grazie per il drink", fa lei accendendosi una sigaretta e bevendo un sorso del suo gin tonic. "Me lo godo in santa pace."

Io non fumo. Non mi piace fumare. Però mi piace la gente che fuma. La maggior parte delle conversazioni più interessanti che ho fatto in questa città si sarebbero potute grattare dai miei polmoni il giorno dopo.

"Lavori al *Times*", tira a indovinare John.

"No, al *Tabloid*", rispondo. "Mi spiace."

"Perché non al *Times*?" mi chiede, deluso.

Me lo chiedono spesso. Perché non al *Times*? Sto bene qui, guadagno abbastanza. Importa davvero se lavoro per un giornale la cui prima edizione è così piena di errori di battitura che quelli del mestiere la chiamano "prima stesura"? Importa tanto che l'inchiostro dei titoli ti impiastricci le mani tanto che dopo averlo letto senti il bisogno di farti una doccia vera, oltre a una doccia morale?

No, nulla di questo importa. Lavoro qui perché mi piace l'adrenalina, perché amo le personalità folli, disinvolte. E in più, quelli del *Times* non mi richiamano quando li cerco.

"Il *Times*?" dico per farlo sentire a Julia. "Perché dovrei volere un taglio del 40% sulla paga?" Shooter dice: *i poveri non scopano.*

"Pensavo che invece vi pagassero poco", dice John.

"Il *Times* ti paga in prestigio. Con il prestigio non si mangia", ribatto, anche se non ho idea di quanto paghino al *Times*, benché quasi certamente più di quello che prendo io. Ma Julia è nuova in questo ambiente e per quello che ne so pensa che mi strapaghino.

"Oh, *Tabloid* è un bel giornale", commenta il tipo, annuendo. "Lo leggo in treno."

"Tutti lo leggono in treno", rispondo. "Finché la gente caga e usa i mezzi pubblici, per noi c'è mercato."

Julia ride.

"Tu cosa fai?" chiedo.

"Indovina", dice lui. Ha il fisico di un muratore. Il collo di un muratore. I palmi duri di un muratore. La pelle abbronzata di un muratore.

"Arredatore d'interni", azzardo.

Julia ridacchia.

"No", dice lui, "riprova."

“Ah, scusa! Come ho potuto essere così stupido? Disegnatore d’interni.”

“Noo! una cosa completamente diversa.”

“Direttore d’orchestra.”

Un’altra risatina di Julia.

“No”, mi incoraggia John, “dai.”

“Istruttore di karate?”

“No. Sono un capomastro. Il capo di una squadra di muratori.”

“Costruisci edifici”, dico.

“Esatto.”

“Lo rispetto”, commento, ed è la verità. “Quando andrai in giro per la città con tuo nipote potrai dire ‘quello l’ho costruito io, quello pure’. Quello che scriviamo noi sui giornali invece sarà dimenticato.”

Julia approva la mia osservazione. Ha finito il drink. Gliene ordino un altro.

Per quello che ne sa lei, potrei essere un tipo interessantissimo. Sincero, schietto. Uno che si veste bene, ed è amico degli operai. Tutto quello che devo fare adesso è buttare lì qualche battuta per far intendere che amo gli animali.

“Ehi, di dove sei?” mi chiede John. “Scommetto che sei di Manhattan. Io sono di Long Island.”

“Veramente sono di Washington, D.C.” Lo dico sempre a tutti, per far pensare di essere il figlio di un senatore di Georgetown, quando in realtà mio padre riparava impianti di aria condizionata a Rockville, nel Maryland, e credeva che il *fois gras* fosse un’insalata.

“E cosa fa tuo padre?” chiede John.

“Temo di non poter rispondere, questione di sicurezza nazionale.”

Julia ride.

E la mia erezione mi sta sfondando la patta dei pantaloni.

È ora di prendersi una pausa.

Nel bagno degli uomini, mi guardo allo specchio e penso che è passata un'ora e mezza. Julia resta. Forse vuole andarsene da un momento all'altro visto che non si è tolta il cappotto, ma siamo vicini alla porta ed entra il freddo, e comunque finora è rimasta. Mio Dio, ho davvero una possibilità con lei?

È ora di dire due parole all'amico Fritz. Mr. Number One.

"Allora."

"*Allora.*"

"Calmati, okay? Non siamo qui per questo."

"*Cazzate. Siamo su questa terra per una ragione.*"

"Questa non è la terra, questo è un orinatoio."

"*Mettimi nella sua bocca, ti prego. Ti chiedo solo questo.*"

"Senti sto cercando di concentrarmi."

"*Ti prego, non ti chiederò altro.*"

"Figurati, continuerai a chiedere invece. Non sei mai contento."

"*Sono solo umano.*"

"Non posso. Devo usare la testa, giocarmela bene."

"*Agli uomini non serve la testa, servono le palle.*"

"No, serve la testa per guadagnare i soldi da spendere per le donne. Se hai troppe palle finisci in prigione a fare tu la fidanzata di qualcuno."

"*Non rovinare tutto.*"

"Cerco solo di fare del mio meglio. Le donne possono offendersi se la butti subito sul sesso."

"*Tutto è sesso.*"
"Per te forse."
"*Io sono la forza più potente dell'universo.*"
"E Dio allora?"
"*Sì, ma io esisto veramente.*"
"D'accordo amico. È ora di rimetterti dentro."
"*Non sei mio amico. No, lasciami!*"
"Dai, così penserà che mi sto facendo una sega!"
"*Lo faresti? Ti prego, è questione di un secondo.*"
"Non mi sembra il caso."
"*Cazzate.*"
"Calmati. Barbara Bush."
"*Oh, no.*"
"Hillary Clinton."
"*Agh!*"
"Rosie O'Donnell. Oprah."
"*Uma.*"
"Oprah."
"*Uma!*"
"Ecco! Liza Minnelli."
"*Hai vinto. Fottuto bastardo.*"
"Ah! Meno male."

Torno al bar. John è andato via, Julia è rimasta. Come si chiama di cognome?

"Brouillard", risponde, esalando uno sbuffo di Camel Light.

"Francese eh?" dico.

"*Un peu*", fa lei, espirando.

"Allora, cosa ti ha regalato il fidanzato per San Valentino?" mi informo, con aria casuale.

"Niente", risponde lei.

La guardo. Lei guarda me. Non specifica nient'altro.

C'è una scena di *Bronx, 41° distretto di polizia* (al quarto posto nella mia lista dei migliori film, subito dopo il numero tre, *I guerrieri della notte,* il numero due, *Un uomo da marciapiede* e il numero uno, *Quel pomeriggio di un giorno da cani*) in cui Paul Newman è seduto in macchina in un merdoso quartiere del Bronx con questa poliziotta con cui sta flirtando. Lei gli chiede perché non ci ha provato. "Non vado alle feste a cui non sono invitato", risponde lui. "Vuoi un invito scritto?" gli chiede lei.

L'invito scritto è arrivato.

Shooter dice: *Appena hai un attimo, portala fuori di lì.* Solo lasciare un posto e andare in un altro posto con lei aumenta le possibilità.

"Ho detto a un mio amico che sarei passato al suo bar. Vuoi venire?"

"Sì", dice lei.

Be', non è stato difficile.

Lungo il tragitto le capita di menzionare un "io e il mio fidanzato lavoravamo al giornale di Bridgeport, Connecticut". Non è chiaro se il passato si riferisce al fidanzato o al lavoro. E Bridgeport è come il Bronx del Connecticut. Quindi commento solo: "ah, ah".

Shooter dice: *Tutte le gnocche hanno un fidanzato da qualche parte. Ignora l'informazione. Il loro cervello non è in grado di gestire il concetto di mancanza di un fidanzato, quindi si tengono il vecchio finché non ne trovano uno nuovo.*

Lei non aggiunge altro. Io non insisto.

La fortuna è di nuovo con me al South, uno sgangherato locale sulla Quarantanovesima. Pete è sulla soglia.

Fa l'amicone come al solito. Mi dà un abbraccio da uomo (nessun contatto dal petto in giù, il che significa tenere il sedere un po' in fuori, che è una posa da checca, ed ecco perché gli abbracci tra uomini sono rari). È l'unico proprietario di locale che conosco in questa città. Ma Julia non lo sa. Pete ama i giornalisti, gli offrc sempre da bere gratis. E noi gli regaliamo i numeri del giornale. Lo faremmo con tutti quelli che hanno un locale. Perché gli altri non l'hanno capito? Prendo da bere. Pete non vuole farmi pagare. Non insisto più di tanto.

È ora di mostrare a Julia la saletta sul retro, dove una volta c'era il banchetto del barbiere e del lustrascarpe. Non c'è nessuno. Le faccio scegliere tre canzoni dal juke-box (lei opta per un pezzo dei Nirvana, uno di Nick Drake e *Then She Did it* dei Jane's Addiction.) Non me ne sono accorto per mesi che due delle canzoni erano di persone morte e la terza sembra lo spossante trip di un eroinomane.

Ci sediamo su un divanetto da due, e solo due. L'illuminazione è abbagliante, ma siamo completamente soli.

"Com'eri a scuola?" domando.

"Ero una tonta. Nessuno voleva mai uscire con me, fino a quando ho avuto quindici anni."

"Sembri un tipo solitario", commento.

"Lo sono sempre stata", risponde lei. "Sono, non so, una sfigata."

"Hai dei bellissimi occhi per essere una sfigata", replico.

Lei sorride. "Non so se sono pronta per la città."

"Dove abiti adesso?"

"A South Norwalk, Connecticut."

Wow. Un bel viaggio. "Non puoi continuare per molto a fare la pendolare", osservo.

"Lo so. Ci metto un'ora e mezza a venire al lavoro. Questa settimana sono stata ospite della ragazza che lavora alla reception."

"Puoi trovarti un appartamento qui", dico. "Se sopporti lo squallore della città."

Lei ride. "È quello il fatto. Non ho problemi a dormire in una topaia, ma qui ci sono troppe persone. Io sono una ragazza di paese. Voglio solo leggere libri, e poter guidare la mia macchina."

Parliamo un po' di tutto, ex fidanzati e fidanzate, libri, film, canzoni. Stare con lei è nuovo e familiare allo stesso tempo. Come un ricordo del futuro. Sai, quando sei giovane e pensi sempre che incontrerai la tua donna ideale? Una donna con capelli e vestiti magnifici che non parla di capelli e vestiti? Una donna che non pensa che "comunque sia" sia una frase? Una donna che mangia bistecche? E che non fa di tutto per conoscere quelli che lavorano a Wall Street? Che non odia sua madre e non ha neppure la fissa di compiacerla?

"Dovresti almeno provare a vivere qui", le consiglio. "Magari soffri ma non ti annoi di sicuro."

Lei ci pensa, immobile come un gatto sul davanzale. Tra noi non passerebbe nemmeno l'edizione del sabato del *Tabloid.* E, signore e signori, lei – sta – restando. Ma sta anche accendendo una sigaretta.

Comincio a sentire il mio respiro. Il mio battito cardiaco. Il mio uccello. Sapete come vi sembra una ragazza carina dopo aver bevuto? A me lei sembrava così da sobrio. Immaginate come mi sembra adesso che ho bevuto un barile di birra.

"Quanti anni hai?"

"Ventidue. E tu?"

"Trentadue." Alle ragazze piacciono quelli un po' più grandi. Più maturi. Continuo a guardarla negli occhi. Per darle qualche segno di interesse. Per crogiolarmi nei suoi occhi e nei suoi capelli.

Ha finito le sigarette. Vado al bar a vedere se Pete ne ha qualcuna. Non le vende ma me ne mette un paio nel taschino della giacca. Rimedio anche dei fiammiferi.

"È la tua fidanzata?" vuole sapere.

"Non ancora", rispondo.

"Oh, guardatelo, l'aspirante dongiovanni!"

"Sta andando benissimo, l'ho appena conosciuta."

"Sai qual è la cosa migliore che puoi fare?" consiglia lui. "Dalle la buona notte e vai a casa. Impazzirà."

Non posso. È la ragazza più bella con cui sono arrivato a questo punto. Ride nei momenti giusti. È seria nei momenti giusti. Porta ancora il cappottino giallo e solo pensare a cosa c'è sotto mi fa salire la colonnina di mercurio.

Ed eccoci qui. Sono ubriaco di lei, del suo viso, di birra, dell'aria notturna. Abbiamo passato tre ore insieme, forse di più. Siamo seduti l'uno accanto all'altra a sentire la musica, quella che sentiva lei quando faceva sesso alle superiori.

Le do una sigaretta.

"Grazie", dice lei. Fruga nelle tasche del cappotto, ma io sto già accendendo un fiammifero. Anche se odio le sigarette, le ho accese a parecchie ragazze.

"C'è qualcosa di sexy nell'accendere una sigaretta a una donna", confesso, agitando la mano per spegnere il fiammifero.

“Assolutamente”, concorda lei buttando un pennacchio di fumo verso di me.

Mi avvicino un po’. Lei non scappa. Mi avvicino ancora di più. Lei rimane dov’è. Potrei baciarla adesso. La guardo. Mettiti dritto, ragazzo. Sei sempre messo male. Distolgo lo sguardo, mi guardo intorno, poi torno su di lei. E ci provo.

Lei resta. Mi riempio di sollievo. Un’ondata di calma. Le piaccio. Aver conosciuto questa ragazza è come aver pulito dietro il frigorifero. Una cosa che capita una volta nella vita. Ho avuto alcune ragazze quasi perfette. Ma questa potrebbe essere l’ultima che bacio.

Ci baciamo. Ci fermiamo. Ci baciamo ancora un po’. Lei posa la mano sulla mia spalla. Poi le avvicino la bocca all’orecchio e piano piano le sussurro esattamente quello che sto pensando.

Non dovresti mai dire quello che pensi veramente.

E soprattutto non dovresti mai dire quello che stai pensando veramente se c’è pericolo di svelare il vero te, quello che dovrebbero volerci sei mesi di sesso spinto per venire fuori.

E ancora di più, non dovresti dire quello che stai pensando veramente se quello che pensi suona come il dialogo di un episodio dei *Giorni della nostra vita* del 1968.

Ma ecco cosa dico. Dico: “Dove sei stata fino a oggi, per tutta la mia vita?”

Lei fa un sorrisetto che non ho mai visto a nessuno. A metà tra il preoccupato e il lusingato.

Poi fa una risatina.

Sono pieno di speranza.

Ci mettiamo d'accordo per vedere un film giovedì.

"C'è uno spettacolo alle otto e mezza, e uno alle sei", dico.

"Magari otto e mezza", suggerisce lei. "No, aspetta... e se facessimo alle sei?"

Mi presento alle 17.50. Lei non c'è. Alle 18.15 ancora non c'è. Vado al ristorante messicano accanto a cambiare un dollaro. Chiamo in ufficio, chiamo a casa. Nessun messaggio.

Sono pietrificato. Non può essere entrata senza di me. Quindi aspetto. Sei e mezza. Che diavolo. Aspetto fino allo spettacolo delle otto e mezza e vedo cosa succede. Se si presenta alle otto e un quarto è perdonata.

Attraverso la Quarantaduesima per andare all'HMV a far passare un po' di tempo dando un'occhiata agli ultimi cd usciti. Poi controllo la segreteria in ufficio. A casa. Le ricontrollo. Aspetto dieci minuti e controllo di nuovo. Cosa può essere successo? Una volta ho letto un articolo sul rasoio di Occam. È una teoria secondo cui la spiegazione più semplice è la più probabile. La spiegazione più semplice è che ha perso interesse.

Mi guardo lo stesso il film. Volevo vederlo davvero. Ma è così tragicamente tragico che mi sembra di vedermi dentro ai raggi X. Esco prima della fine. So già che qualcuno morirà.

Ho questo problema. A volte finisco fuoribordo. Senza salvagente. Nelle acque infestate dagli squali. Con una brutta perdita di sangue dal naso. E non mi ricordo come si fa a nuotare.

Il venerdì mi do malato. Nessun messaggio. Chiamo Julia in ufficio, suona, risponde qualcuno ma poi cade la linea. Non richiamo. Passa il fine settimana. Lunedì mi do ancora malato. La chiamo in ufficio. Non risponde. Lascio un messaggio. "Ciao, sono Tom. Mi chiami?" Ma lei non mi chiama.

Sono furioso, principalmente. Ho visto un semaforo giallo, un cappottino giallo, e ho schiacciato il pedale. In mezzo a un incrocio trafficatissimo.

Martedì torno al lavoro inventando delle scuse. Nessuno mi dice che non sembro malato.

La settimana in ufficio è una pena. Non la vedo per niente. *Starà lavorando a una storia. Magari è malata!* Troppo malata per prendere in mano il telefono? Potrebbe anche essere.

Il lunedì seguente, dieci giorni dopo il bidone, sono nel mio cubicolo, immerso dalle carte. In fondo alla pila trovo un biglietto. Senza busta. Carta bianca spessa, piegata in tre. Il mio nome in corsivo. Leggo:

> *Caro Tom, non so dirti quanto mi dispiace per settimana scorsa. Non credo di poterti dare una spiegazione convincente. La verità è che sto passando un periodo difficile e non sono proprio me stessa. Non è certo una giustificazione per non prendere il telefono e chiamarti, lo so.*
> *Il fatto è che sono stata bene con te e mi piacerebbe che uscissimo ancora insieme. Ovviamente se pensi che sia una psicopatica lo capisco, è comprensibile. Ma volevo dirti comunque che mi dispiace.*
> *Julia*

Che bella scrittura. Chiara, leggibile, serrata, un po' spigolosa, riflessiva quasi. Non come la scrittura tipica delle donne tutta a occhielli tondi e cerchiolini sui puntini delle *i*. Adesso sono veramente stregato.

Non la chiamo fino a quando non finisco di lavorare.

"Ehi", dico al telefono.

"Come stai?" mi chiede. La voce delle altre si alza di tono? Diventa acuta alla fine delle frasi? Non la sua. La sua è bassa, suadente, sexy, e mantiene sempre la stessa tonalità. Per parlare con lei si dovrebbero pagare 3 dollari e 95 centesimi al minuto.

Mi suona l'altra linea.

"Ho visto il tuo biglietto", dico.

"Sì", risponde.

"Che ne dici di ricominciare?"

"Mi piacerebbe."

Poi passo sull'altra linea per occuparmi della notizia del secolo di oggi.

TERZA DOSE, SECONDO TENTATIVO

Le do appuntamento in uno di quei nuovi locali messicani. Che non hanno niente di diverso da quelli vecchi se non per dei gessetti sul tavolo per fare scarabocchi sulla tovaglia di carta, e poi mettono musica soul invece della salsa e i margarita sanno di kiwi e melagrana. Ah, e che con quello che costano potresti sbronzarti tre giorni a Tijuana. Shooter dice: *Falle vedere che butti via i soldi.*

"Prendo solo un margarita", risponde alla cameriera. Se ne sta immobile nel suo cappottino giallo. Immagino che tutti la stiano guardando. E non ho molta immaginazione.

"E per lei?"

"Un cocktail all'anguria. È senza semi?"

Julia ride. La cameriera no. Le cameriere di New York non ridono mai.

"Anzi prendo quello al mango", mi correggo. Mi viene in mente dopo che non è un drink molto da uomo. Avrei dovuto ordinare "un whisky senza ghiaccio".

La cameriera alza gli occhi al cielo e se ne va senza proferire verbo.

"Allora, cos'è successo quel giorno?"

Lei non risponde. Si limita ad abbassare le spalle e ad assumere un'espressione da cane bastonato. Vedo formarsi delle parole nei suoi bellissimi occhi verdi, ma non riesce a farle uscire dalla bocca. Poi le viene in mente qualcosa. Prende la borsa in cerca di una risposta. E tira fuori le sigarette.

"È questa la tua risposta?"

"È che... sai, il mio fidanzato."

Le accendo un fiammifero.

"Le cose non vanno benissimo ultimamente. Non so cosa mi prende. Tu lo sai?" Soffia il fumo da un lato della bocca. Non si è ancora tolta il cappotto, nonostante qui dentro ci sia un caldo infernale. Ha l'aria di una che sta per andarsene da un momento all'altro.

"Posso chiederti cos'è che non va bene?" provo.

"Non ancora", risponde lei.

Lei non lo sa, ma sono un patito di misteri. Specie se hanno gli occhi verdi. Uno dei quali nascosto da quei meravigliosi capelli.

Torna la cameriera con le ordinazioni. Al tavolo accanto al nostro si siedono due ragazzi bianchi e uno nero; cominciano a discutere di sport. Uno dei due bianchi è grande e grosso, porta un cappello da baseball e stuzzica la cameriera. Mi diverto a vedere gli altri che ci provano.

Julia esala un altro sbuffo di fumo, che sale a spirale sopra la sua testa. Tutto quello che fa ha stile.

"Com'era il film?" mi chiede.

"Carino", rispondo. "Ma preferisco i vecchi film."

Lei spalanca gli occhi. "Hai perfettamente ragione. Non capisco perché ci sia un cinema solo che proietta i vecchi film e centinaia d'altri che proiettano quelli nuovi. Voglio dire, se entri in una libreria hanno uno scaffale con i libri nuovi davanti, e tutti gli altri scaffali pieni di libri vecchi."

"Stessa cosa per i cd."

"Perché tutto deve essere *adesso*? Vorrei che il tempo rallentasse. Che andasse all'indietro."

"Be', come ha detto qualcuno, questo significherebbe anche rivedersi *La corazzata Potëmkin*."

"Mi piace invecchiare", continua. "Vorrei che solo la storia tornasse indietro. Ci sono un sacco di cose che mi sono persa. I Beatles. JFK."

"Combattiamola."

Lei sorride. "Sì, dai! E come?"

"Mai leggere un libro che non abbia almeno dieci anni." Per me è semplice. Tanto io non leggo niente.

"Giusto. E guardare solo film in bianco e nero."

"A meno che siano con Steve McQueen."

"Mmh, mmh. O Hugh Grant. O Jack Nicholson."

"Non ti può piacere sia Hugh Grant sia Jack Nicholson. È come se io dicessi che voglio sposare Audrey Hepburn o Marilyn Monroe."

Lei alza le spalle. "Io almeno voglio andare a letto con i *vivi,* nonno."

"Forse non sai quello che vuoi."

"Sì che lo so. Uno come Hugh quando ho voglia di Hugh e come Jack quando ho voglia di Jack."

"Ah, capisco", dico. "E come fanno loro a sapere di chi hai voglia oggi?"

"È proprio questo il punto", conclude lei. "Se non sai leggere, non prendere il libro."

Lo dice esattamente come lo direbbe Gloria Grahame. Il naso all'insù. Il modo in cui piega il sopracciglio.

"Sai chi era Gloria Grahame?" azzardo.

Lei abbassa le palpebre a metà. Sembra entrare in trance. "Era la mia attrice preferita in *Il bruto e la bella* e in *Oklahoma!* Certo, la *ragazza che non sa dire di no.* Quella canzone era fantastica. 'Ogni volta che perdo un incontro ho la strana sensazione di aver vinto.' Credo sia stata il primo personaggio di troia totale della storia del cinema a non essere considerato una figura negativa. Alla fine non ha dovuto pagare per i suoi peccati. Non è impazzita e non l'hanno nemmeno ammazzata."

"Tu me la ricordi un po'", dico.

"Adesso?"

Questa trovata mi permette di guadagnare un'altra consumazione.

"Non sono mai riuscito a capirla, Gloria Grahame", confesso. "Pensavi sempre che avrebbe finito per sposare l'eroe o..."

"...o per strangolarlo", finisce lei la frase. "Era una

specie di Lauren Bacall più femminile. Ah, hai visto *Il diritto di uccidere?*"

"Se l'ho visto? Lo so a memoria."

"Quel discorsetto che le fa lui, ti ricordi?"

"Certo. In macchina. 'Sono nato quando mi hai baciato. Sono morto quando mi hai lasciato.'"

"E", dice Julia, facendo un gran tiro dalla sigaretta, "'ho vissuto le poche settimane che mi hai amato.' Fantastico."

"La faccia di Bogart quando glielo dice", aggiungo, "potrebbe implicare qualunque cosa."

"Infatti. Perché parlare quando puoi sottintendere?"

"Cosa ci fai al *Tabloid*?"

"Ti prego", replica lei. "Il giornale del Connecticut non pagava."

"Forse c'è della poesia in quello che facciamo. Stiamo cercando di carpire il ritmo del caos. La musica dello squallore."

"Scommetto che sei bravo a scrivere", mormora accendendosi un'altra sigaretta.

"Mi ci guadagno da vivere", le faccio presente.

Lei alza un sopracciglio.

"Che c'è?"

"Intendo 'scrivere' sul serio."

Acc! Una freccia nel collo. Quante volte ho pensato di crescere e di mettermi a lavorare sfruttando uno dei miei talenti. Ma c'era sempre qualcosa di più interessante in televisione.

"Forse lo farò un giorno", le dico.

"Scriverai una storia su di me?"

"No", rispondo. Lei ci rimane male. Quindi aggiungo: "Per te ci vorrebbe un romanzo".

Salvo! E la folla esulta. Ho vinto un'altra consumazione. La sorprendo a guardarmi con uno sguardo diverso.

"Cosa significa quello sguardo?" le chiedo.

"Niente. Non so. Sei uno dei pochi rossi che ho conosciuto che non ha quegli orrendi capelli arancioni."

"Mmh, devo dirti grazie?"

"Senza offesa, eh?" e posa una mano sulla mia.

Le guardo la mano, sperando che resti per un po'. "Vorresti averli anche tu, vero?" la stuzzico. "I miei capelli starebbero benissimo a una ragazza. Tutte vogliono avere i capelli rossi. A volte penso che l'unico motivo per cui escono con me sia perché tramano di radermi a zero mentre dormo e di scappare col bottino a farcisi fare una parrucca."

Lei ride. Si riprende la mano. "Potrei fare molte cose coi tuoi capelli."

"Mi stai guardando come un macellaio guarda una bistecca."

"Mi piace anche il tuo naso", dice.

"Oh, be'... quello puoi prendertelo."

"Okay, adesso tocca a te farmi un complimento."

Oh, mamma. E da dove comincio? Dalla *a*?

"Perché?" prendo tempo.

"Io te ne ho fatti due."

"Dire che non sono orrendo è un complimento?"

"Certo."

"Okay", borbotto. "Fammi pensare." Guardo il pavimento. Guardo il soffitto. Abbasso il mento e la guardo timidamente dal basso in alto. "Julia", inizio. "Voglio essere serio per un attimo. Di tutte le ragazze che ho conosciuto..."

Credo che lei stia trattenendo il respiro.

"...tu sei una delle molte che non mi fa vomitare."

Lei ride. Ma sembra un po' sollevata.

"Me ne devi ancora uno, cretino", chioccia.

"E hai degli occhi misteriosi", aggiungo.

Ancora quel mezzo sorriso. Poi comincia a scarabocchiare con un gessetto.

"Così è sufficiente", dice.

"Disegna un autoritratto", le propongo.

"Va bene, ma tu fai il tuo", acconsente.

Prendo un pezzo di gesso dal vasetto di vetro e comincio a pasticciare. Non so disegnare. Ci sono un sacco di cose che non so fare, ma questo non mi impedisce di provarci lo stesso.

Sto cercando di vedere cosa fa lei ma non ci riesco perché mette la mano davanti.

"No, no", dice senza alzare la testa.

Io sto disegnando uno stadio enorme con una folla esultante. Mi serve una gomma. Lei cambia colore. "Dammi un giallo", dice.

"Ho quasi finito", dico io. "Cosa stai disegnando?"

"Sssst! Genio al lavoro."

Non apro bocca per un po'. Continuo a disegnare.

"Fatto!" esclama.

"Fammi vedere."

"Prima tu."

Le faccio vedere il mio autoritratto. Un tizio tutto muscoli con la spada, lo scudo e le gambiere. Capelli rossi fluenti sotto l'elmetto. La folla mi adora. Il leone e la tigre davanti a me. Non sembro spaventato. Ho il sorriso crudele di un killer spietato.

"È *esattamente* così che ti vedo", dice lei.

"Ehi, Picasso", interviene il nero del tavolo accanto. Lo ignoro. Julia sembra a disagio.

"Ehi, Rembrandt", gli fa eco il compare.

"Che c'è?"

"Fai anche nudi? Di lei?" domanda.

Julia è profondamente a disagio.

"Vi state comportando da maleducati", faccio notare ai gentiluomini.

"Ehi, Shakespeare", dice il bianco palestrato. "Ci fai un autografo?"

"Certo", rispondo. Mi chino verso il loro tavolo, prendo un gessetto e scrivo "coglioni" sulla tovaglietta.

Potete forse immaginare cosa succede dopo.

I tre si alzano tutti in piedi. Julia adesso è spaventata. Mi alzo anch'io.

"Senti amico", dice il nero, "non sai contare fino a tre?"

Lui e il compare sono alti come me. Li guardo. "Perché non usciamo così ti do la risposta?"

I tre conferiscono tra loro. Poi scoppiano a ridere. Julia è allarmata.

"Sì", ammetto, "probabilmente vincereste voi. Alla fine. Ma vi garantisco che prima uno di voi andrà in ospedale. Chi sarà?"

Rimangono in silenzio un attimo. Io mi siedo a bere un altro sorso. Si siedono anche loro. "Perché non la finiamo qui?" suggerisce uno del trio.

"Posso dimenticare tutto", rispondo, "se vi scusate con la mia amica."

Loro borbottano un attimo.

"Sì, hai ragione", ammette quello, "abbiamo esagerato. Scusa." E tornano a discutere di baseball.

Julia spalanca gli occhi. Respira come se fosse stata sott'acqua finora. "Bene", mormora, "sai dov'è la toilette?"

Gliela indico. Lei si allontana. Appena fuori dalla vista il nero mi dà una gomitata. "Allora?"

Non apro bocca.

"È gnocca", dice. "Tu che ne pensi, Mike?"

"Stragnocca", commenta lui.

"Sì, bella ragazza", dice il tipo fisicato. Lo guardo.

"Ned, lui è Tom", ci presenta Mike.

"Piacere", dico seccato. "Avete quasi mandato tutto all'aria."

"Come..." chiede Shooter.

"Avevo detto tu e un complice. Vi siete portati anche il gorilla. Niente contro di te, amico, ma non vi sembra un po' ridicolo che io minacci di pestare due ragazzi grossi come me più uno che sembra King Kong? Chi ci crede? Avete tirato troppo la corda."

"Si chiama atmosfera", risponde Ned.

"Taci, animale", gli intima Shooter. "Cazzo ti è venuto in mente di tirar fuori quella stronzata di Shakespeare?"

"Non prendertela col gorilla", dico, passandogli due pezzi da venti dollari. "Sei tu che l'hai portato. Io avevo detto tu e Mike."

"Ehi, smetti di chiamarmi gorilla se non vuoi che facciamo un giro fuori."

"Andiamo, amico", lo blandisco.

Ned mi prende per il collo e mi sbatte contro il muro.

Shooter gli sta battendo i pugni sulla schiena urlando di lasciarmi quando torna Julia. Mike è scomparso sotto il tavolo. La cameriera e il barista non sembrano contenti. Quest'ultimo sta venendo verso di noi. Ed è più grosso di me.

Per fortuna ho il privilegio di essere sbattuto fuori per primo. I ragazzi sono ancora dentro a discutere il conto quando io e Julia ci ritroviamo all'aria aperta.

"Carino", considera. "Da bere e uno spettacolino. Che si fa adesso, mio coraggioso gladiatore?"

Dobbiamo riempire un'ora prima del treno che la riporterà in Connecticut, così ci avviamo per l'Upper West Side.

"La prossima volta", domanda lei, "posso scegliere io il posto?"

La prossima volta. Mi piace come suona. Julia sembra un uccellino, piccola e tremante con quel cappotto giallo e i guantini bianchi. Il freddo mi punge gli occhi. All'angolo dell'isolato ho un'ispirazione: il supermercato aperto tutta notte con frutta e verdure luccicanti e invitanti come gioielli. A volte l'insegna luminosa si spegne, ieri per lo meno era spenta, e questo crea delle possibilità.

"Vieni."

La luce manca anche stasera. Il corridoio con la frutta è nel buio più totale. Ma si è già sparsa la voce. Becchiamo un tipo alto e la fidanzata coreana a ridere in un angolo dopo aver rubato dei grappoli d'uva.

"Sei tremendo", mormora Julia mentre le metto un mirtillo in bocca.

"Sssst", dico io. "Nessuno si accorgerà di nulla se ingoiamo le prove."

Incrociamo un'altra coppia, una bionda e uno che sembra un artista, che ridono con aria colpevole.

"Mi piace sentire le cose al tatto", mi rivela accarezzando un'arancia con entrambe le mani. "L'odore, il colore. Il modo in cui certe cose possono essere ruvide all'esterno e tenere all'interno."

Vero. Non ci ho mai passato più di un minuto in questo corridoio. Ma visto coi suoi occhi sembra un altro mondo, eccitante e stimolante.

"Oh, mio Dio! Che fragole!"

Ne prendo una dalla cassetta e ne mangio metà.

"Dammela", mi ordina, e fa per prenderla. La allontano.

"No, no", dico.

Lei mi guarda senza dire nulla.

"Chiudi gli occhi", suggerisco. Lei lo fa. Schiude le labbra quasi involontariamente, in attesa. Le strofino la fragola sul labbro superiore, su quello inferiore, poi rifaccio il giro di nuovo, più lentamente, intorno alle labbra, ancora e ancora. Passano gli anni. Mi fermo. Lei apre di più le labbra e dà un piccolo morso. Poi un altro. Mi tiene le mani come se le stessi accendendo una sigaretta. Non apre ancora gli occhi. Le scende un po' di succo dal mento. Ci mette cinque morsi a finire la fragola. Poi mi bacia le dita.

Quando apre gli occhi mi guarda con malizia. "Vieni qui", sussurra. Mi chino per baciarla.

Ma lei non mi bacia. Fa la faccia birichina e mi conduce al banco dei caffè. Arabo, espresso colombiano, tostato di Sumatra. "Prova questo", propone. "È una sensazione fantastica." Si toglie il cappotto e immerge le mani in una cassa di caffè fino al gomito, girando le braccia da una parte e dall'altra.

"Prova", mi invita, "è come entrare in un'altra atmosfera. Io potrei tuffarmici dentro e sparire. La cosa strana è che non mi piace per niente il caffè."

"No, infatti, ti piace molestarlo."

"A volte mi preparo il caffè solo per sentirne l'odore. Poi lo butto. Non lo trovi gradevolissimo?"

Seppellisco la mano sinistra nella cassa. Le nostre mani s'incontrano a metà strada sotto i grani di caffè.

"Presa!" dice lei e mi guarda da sotto le lunghe ciglia. Vuole vedere cosa faccio adesso. Mi sta sfidando.

"Sono io che ho preso te o tu che hai preso me?"

"Forse."

"Forse quale delle due?"

"Forse dovresti capirlo tu."

La bacio. Un bacio lungo e meraviglioso. Il profumo del caffè ci arriva come se ogni chicco fosse stato prelevato dal centro della terra. È così forte che sembra di essere soli, nascosti in una nuvola di caffeina.

QUARTA DOSE

Disdice due volte. Senza nessuna spiegazione. Poi sceglie un locale francese nell'East Side. Arriva con cinque minuti di ritardo. Che per una donna vuol dire dieci minuti in anticipo.

È un giovedì di marzo. L'inverno fuori dalla porta sta finendo. Prendiamo una panca nella saletta posteriore e ordiniamo bistecca e patatine. Shooter dice: *Prendi sempre la cosa più costosa sul menù e insisti perché la ordini anche lei.*

Mi guardo intorno e mi faccio un appunto: un posto ideale per portarci le ragazze.

"Una bistecca alla griglia, cottura media", dico alla cameriera.

"*Moi, je prends la même chose*", mi fa eco Julia stringendosi nel cappottino giallo.

Altro appunto: imparare il francese.

"Che St. Emilions del '99 avete?" Shooter mi ha fatto imparare a memoria questa frase.

La cameriera sembra colpita. Mi descrive il vino migliore che hanno. Ordino senza neppure chiedere il prezzo. Questa è classe. Sono fatto così.

"Parli francese", dico.

"Non molto", risponde lei. "So più che altro le parolacce."

"Il tuo cognome, Brouillard", continuo, assaporando le lettere. "Cosa significa?"

"Nebbia", risponde. "Mi piace. Mi dà la sensazione di potermi nascondere. Di essere sola in una foschia che nessuno può penetrare."

"E il nome di questo posto, le Deux Magots? Due maghi?"

"È argot", mi spiega accendendosi la seconda sigaretta, "sta per due brutti ceffi."

"Allora ti faccio pensare a un brutto ceffo?"

Ride. "Quello di Parigi era frequentato da Verlaine e Rimbaud."

"Ehi, so chi sono. Erano in una canzone di Bob Dylan."

"Sì, in *You're Gonna Make Me Lonesome When You Go*. È da lì che ho cominciato a interessarmi a loro."

“Quindi non ha funzionato tra questi due”, noto.

“No, era destino. Verlaine era sposato e Rimbaud era solo un adolescente quando si sono conosciuti. Era la sua... Lolita. Ci si potrebbe fare un bel film.”

“Che sorriso sognante hai.”

“Sto pensando al potere che ha una Lolita. Ci pensi?” riflette. “Mi è piaciuto da morire il libro.”

Io non l’ho mai letto. Un vecchio che scrive sconcerie? Non è poi così scioccante, oggi come oggi, no?

“Non mi hai più fatto vedere il tuo autoritratto dell’altra sera al messicano”, le ricordo.

“Oh”, risponde mettendo automaticamente la mano sulla borsetta. “Era brutto.”

“Ah, ah”, deduco, acuto come Sherlock Holmes, “ce l’hai ancora.”

“No”, ribatte lei. “Cioè, sì.”

“Dai, fammelo vedere. Io ti ho fatto vedere il mio.”

“È stupido”, si schermisce, e lo tira fuori mentre arriva la cameriera con le bistecche.

Prendo una patatina fritta e guardo il disegno. Grattacieli appuntiti, tutti come il Chrysler, a entrambi i lati di una strada, che si piegano gli uni verso gli altri oscurando il sole come dei mostri. In strada un taxi solitario, e nel taxi un visetto che guarda fuori dal finestrino, sopraffatto dalla mostruosità del tutto.

“Sei tu in taxi?” chiedo.

“Lo so, è stupido. Volevo fare una cosa artistica.”

“Mi piace”, la rassicuro, anche se non ne sono certo. “Potrebbero usarlo all’ufficio del turismo. Ci sono veramente troppi turisti a New York.”

"Non ho mai detto di saper disegnare", replica lei.

"Cosa sai fare?"

"Niente."

"Non ci credo."

"Okay", dice con aria complice. "Resti fra me e te. Ballo."

Ballo. C'è un'altra parola che può farmi più effetto? Anche Betsy ballava.

"Cosa balli?"

"Un po' di tutto", risponde. "Danza moderna, jazz, classica. Tip tap no, però."

"Scommetto che sei bellissima quando balli", dico.

Un sorriso timido.

"Posso vederti ballare qualche volta?"

"A dire il vero stiamo mettendo su un saggio. A luglio. Io, la mia amica Carla e alcune ragazze del nostro corso a South Norwalk."

"Mi piacerebbe vederlo."

"Dovresti venire", suggerisce, puntandomi una patatina fritta.

Alla fine della cena abbiamo bevuto tre bicchieri di vino a testa e siamo un po' su di giri. Quindi ne ordiniamo dell'altro.

"Ho trovato un posto", mi informa.

"In città?" chiedo.

Il garzone sta pulendo il tavolo. Improvvisamente siamo gli unici avventori rimasti. Guardo l'orologio. Sono evaporate quattro ore.

"È ad Harlem", continua. "Sulla Centoventunesima. Trasloco il prossimo weekend."

"Hai fatto in fretta", osservo.

"In realtà c'era una persona con cui lavoravo a Bridgeport che cercava una compagna di stanza", spiega.
"È una tua amica?"
"È un ragazzo per la verità."
Mi sento un nodo allo stomaco. Ma è normale a New York dividere l'abitazione con persone dell'altro sesso. Conosco almeno cinque ragazze che convivono con uomini con cui non hanno nessuna storia. E alcuni non sono nemmeno gay.
"Mi fa piacere averti in città", dico.
"Sono eccitata. Fare la pendolare mi stava uccidendo. Tre ore al giorno."
"Ti divertirai qui", aggiungo.
"Lo spero."
"Vieni qui."
"Okay", fa lei.
Si alza e si siede sulla panca accanto a me. Ci coccoliamo per un po'.
"Voglio averti sempre a portata di mano", le sussurro all'orecchio.
"Okay", fa lei.
"I francesi", continuo, "hanno un modo speciale di baciare."
"Ah sì?"
"*Oui*", rispondo. E quando finiamo di baciarci ci accorgiamo che una decina di cameriere e un garzone sono lì immobili ad aspettare soltanto che ce ne andiamo. La musica è finita. Julia ride.
"Da un momento all'altro", commento, mettendo la carta di credito sul tavolo (che sparisce in un secondo), "ci lasciano al buio."

"Tanto devo andare", dice Julia, "l'ultimo treno è fra venti minuti."

Hanno già portato il conto. Pari a una settimana d'affitto. Largheggio con la mancia. Poi la accompagno alla Grand Central. A quest'ora è bellissima e tranquilla, dopo che ha rispedito folle di pendolari in Connecticut e a Westchester.

"Ho passato una bella serata, *monsieur*", dice mentre scendiamo le scale. Cioè, io scendo le scale. Lei balla, più o meno, e quando arriva in fondo fa una giravolta su una gamba. Poi mi guarda con aria insolente, puntando la lingua contro la guancia come una bambina discola.

"Sai come chiamano una storia d'amore in francese?"

"Come?"

"*Une aventure.*"

"Un'avventura?"

"Sì", risponde, dolcissima.

Quindi io sono Indiana Jones.

"Non muoverti", le sussurro avvicinandomi. E quando le poso le mani sulla vita, scommetto che sa cosa sto per fare.

DOSI SEGUENTI CHE HANNO PORTATO ALLA DIPENDENZA

La porto al cinema. Poi andiamo a bere qualcosa da McHale's. La porto a teatro. Poi andiamo a bere qualcosa al Russian Samovar. Una settimana dopo la porto a una prima al Radio City, e al grandioso ricevimento all'Hilton che segue. La porto a una partita dei Knicks; alcuni amici avevano un paio di biglietti in più in tribuna VIP, coi camerieri che ci servivano continuamente da bere. Non sono sempre così splendido, ma sono disposto a fingere quanto necessario.

"Cosa vedi in me?" le chiedo davanti a un drink da Swift. È passato un mese ormai, e la faccenda del sesso vola tra noi come una mosca fastidiosa che cerchi di ammazzare perché la smetta di distrarti. Le nostre serate finiscono tutte con affannate sessioni di sesso sul sedile posteriore di un'automobile. Quando il tassista si ferma davanti a casa mia, io dico ogni volta "sali" e lei risponde ogni volta "non posso".

"In che senso?"

"Nel senso, perché esci con me?"

"Sei intelligente", replica. "Sei gentile, divertente. Mi piace uscire con te."

"Allora sono l'uomo dei tuoi sogni."

Questa osservazione conquista una mezza risata, ma nessun commento. Julia sarebbe stata un'ottima portavoce della Casa Bianca.

"Volevo dirti una cosa", esordisce.

Annuisco. Oh, mamma mia.

"Quando ci siamo conosciuti", continua, "ti ho detto che avevo un fidanzato."

"Quello con cui lavoravi a Bridgeport", interloquisco.

"Sì. Quando vivevo in Connecticut era diverso. Ma da quando sono qui..."

La frase resta sospesa nell'aria per un attimo, poi cade sul pavimento con un tonfo.

"...è diventata più seria."

"Capisco", commento.

"Quindi tra noi vorrei che restasse una cosa..."

So cosa sta per dire. Sento quella parola arrivare strepitando come il treno della linea 2 all'ora di punta, quando esce dal tunnel spargendo scintille sui binari e piomba nella stazione con il suo centinaio di tonnellate di ferro.

"...platonica", conclude.

Ho baciato il quaranta per cento della sua superficie corporea. Ma deve restare una cosa platonica. E poi chi cazzo era 'sto Platone? Uno che non scopava? E questo lo rende un eroe? Sono passati tremila anni e il suo Paese per cosa è noto? Per le decorazioni sui piatti e sulle tazze.

Non mi scompongo. Annuisco e basta. Faccio quello che capisce. Anche se forse sto per avere un arresto cardiaco.

"Come vuoi", dico, impassibile.

Lei mi prende la mano. Abbassa le spalle come sollevata e aggrotta le sopracciglia. Così è ancora più bella.

"Grazie", sussurra.

"Allora", indago, "come si chiama?"

Lei non parla per un po'. Io però non mollo. Non le tolgo gli occhi di dosso.

"Duane", risponde infine. Io non commento. Faccio l'indifferente. Il disinvolto.

"Come si fa a rimanere interessati a qualcuno? Non ci si stufa sempre dopo un po'?"

"Sei stufa?"

Lei annuisce.

Non oso farle la prossima domanda. Sono troppo al limite. Usciamo. Chiamo un taxi. E non le chiedo se è stufa di me o di lui.

A casa, salgo quattro piani di scale a piedi. Ho bevuto parecchio stasera, ma non abbastanza. Mi verso un bel bicchiere. Perché tutto deve essere sempre così complicato? Ho le stesse preoccupazioni che avevo a tredici anni. Mi piace ancora guardare i film, raccontare le barzellette e farmi le seghe. Solo che adesso mi vesto un po' meglio, ho molti più soldi e sono pericolosamente vicino al punto in cui è assolutamente anormale essere single.

In redazione, leggo i giornali e preparo la conversazione con lei. Pianifico la spontaneità fin nei minimi dettagli. Poi la chiamo "per farle un salutino". Non voglio niente. Sono un brillantone, uno che fa commenti divertenti sugli argomenti del giorno. Non le chiedo di uscire. Chi, io?

La chiamo anche il giorno dopo, stessa cosa. Sono un grande, eh? Faccio l'amico. Parliamo di suo fratello, di sua madre, dei libri che leggiamo. Be', che legge lei. E non le chiedo di uscire.

Poi siamo al telefono un piovoso venerdì di aprile. C'è sempre un clima sognante di addio in queste chiacchierate pomeridiane. So che alle 20.52 prende il treno e che non la vedrò fino al lunedì. Non le chiedo i dettagli. Non ci siamo mai visti il fine settimana.

"Cosa fai questo weekend?" mi domanda.

"Niente di speciale", rispondo. "E tu?"

"Solito", risponde.

"Vuoi uscire a prendere una boccata d'aria?"

Pare che abbia smesso di piovere (da quest'altezza, posso capirlo solo dal fatto che la gente non ha gli ombrelli aperti). Passeggiamo lungo la Settima fino a Penn

Station, parlando di Audrey Hepburn. *Colazione da Tiffany* è ovviamente il suo film preferito.

"*Sciarada* è molto meglio", controbatto.

"Belllllissimo", risponde lei.

"*Sabrina* l'hai visto?"

"Vuoi dire che ha fatto la parte di Julia Ormond?"

"Carino", le concedo. "E *Due per la strada*?" È il mio preferito con Audrey, perché pochi lo conoscono. Ma ha visto anche quello, e le è piaciuto.

Facciamo un giretto da Kmart e torniamo in ufficio. Uscendo dall'ascensore lei inciampa su niente. "Ti ho mai detto", si informa voltandosi verso di me, "che ballo?" Poi schizza via. Letteralmente. Torno nel mio cubicolo ma non la chiamo. Gli ultimi dieci minuti fingo di affrettarmi per cominciare il mio folle fine settimana da scapolo, benché la mia agenda sia vuota, a parte la cena di stasera da Karin e Mike, ex forme di vita autonome che adesso invece dicono cose tipo "a *noi* non piace quel genere di film", "non *li abbiamo* mai sentiti nominare" e "*aspettiamo* un bambino".

Il telefono. Il suo nome sul display.

"Ehi", dico.

"Ehi", dice.

"Buon fine settimana", dico.

"Anche a te..."

"Che c'è?"

"Stavo pensando... ti andrebbe di vederci per un brunch, domenica?"

La mia mente in perenne agitazione si placa per un attimo e si lascia cullare dalla contentezza. Stava pensando se mi andrebbe di fare sesso domenica.

"Va bene al Café Frog?"

"A mezzogiorno?"
"Ci vediamo là", concludo.
Guardo l'orologio. Quarantadue ore e mezza di attesa.

È arrivato il giorno. Scendo dal letto alle otto e apro le persiane. Mi batte il cuore a ritmo di SES-SO, SES-SO, SES-SO, SES-SO, SES-SO. Mi lavo la faccia. SES-SO. Mi spazzolo i denti. SES-SO. Mi faccio una doccia. SES-SO. Mi vesto per trasmettere il messaggio: non sto cercando in nessun modo di fare sesso. Jeans, maglietta pulita e camicia slacciata sopra. Casual. Profumo? Solo un pochino. Sniff sniff. Troppo! Metto le orecchie sotto il rubinetto. Così l'acqua mi scende lungo il collo e dentro la camicia. Ma meglio non sapere di niente che puzzare di profumo come una donna.

Arrivo un po' in ritardo. Ma lei è ancora più in ritardo. Dieci, quindici minuti. Sto lì e penso che se mi bidona di nuovo... la perdonerò come ho fatto l'altra volta.

Eccola. Si sta svincolando dal sedile posteriore di un taxi.

"Scusa scusa scusa", dice, "è veramente impossibile trovare un taxi quando piove!"

"Nessun problema", la tranquillizzo baciandola sulla guancia.

"Entriamo?" mi invita. Ed entriamo. Mentre scorro la lista noto che mi guarda dall'alto in basso.

"Dunque è così che sei nei fine settimana", osserva.

"Come sono?"

"Carino", risponde. Mangiamo un po' più veloce di quanto necessario, parlando del più e del meno.

"Allora cosa vuoi fare?" domando. "C'è un mercato delle pulci qui vicino." Sì, proprio il motivo per cui siamo qui.

"Per la verità sono un po' stanca", dice senza alzare lo sguardo dal piatto.

"Vuoi fare un pisolino?"

"Potrei fare un pisolino, sì", sempre a testa bassa.

Il mio cervello comincia a prosciugarsi. Il sangue è necessario altrove.

"Mi porta il conto?" chiedo al cameriere.

Cammina piano, mi impongo mentre la accompagno nella mia tana. Passeggio. Ammiro i fiori che spuntano tra i rami degli alberi. La gente ben vestita che esce dalla chiesa. Loro credono in Dio. Io credo nelle ballerine sexy. Senza alcuna fretta. *Quattro isolati.* I passeggini sono proprio lenti. Sorpasso. Mi godo la giornata. Questa coppia occupa tutto il marciapiede come se fosse loro. Piccola deviazione sulla strada per passare. Ma sì, non importa se mettiamo i piedi in una pozzanghera. Potrei passare ore a vagare senza meta. Questo tipo che fa jogging però va praticamente in retromarcia. Passiamo in mezzo tra lui e la parete dell'edificio. Oh oh, mi sono spelato un gomito contro il cemento, pazienza. *Tre isolati.* Che bella giornata. Ma quelli coi pattini non si mettono quegli affari ai piedi per andare più veloci degli altri? Di questo tizio davanti a noi non si direbbe. *Due isolati.* Sì, sto giusto facendo un giretto con una ragazza. Inciampo su un cane e su dei bambini. *L'ultimo isolato.* E che, oggi tutti quelli sull'Upper West Side hanno preso sei dosi di Valium col caffè? O è la giornata del movimento al rallentatore?

Attenzione, attenzione. Non le metto il braccio intorno alla vita. Non la bacio al semaforo rosso. Guardo dritto avanti, evitando le pozzanghere. Saliamo i quattro piani dell'appartamento. E.

Lei si siede sul divano. Io accendo lo stereo, metto *Murmur*. E anche se detesto scadere nel classico commento "il loro primo album è il migliore", in questo caso purtroppo è vero. Tranne che per *Radio Free Europe*, una canzone brutterrima, ma essendo anche la prima la salto sempre.

"Mi piace questo disco", dice chiudendo gli occhi. Mi siedo accanto a lei. Ragionevolmente vicino. Una vicinanza da amico. Non la tocco. Ascolto solo.

"*Pilgrimage* è una canzone bellissima", commenta.

"La migliore del disco?"

"*Perfect Circle*", risponde.

"Speravo che lo dicessi. Sai, non sento questo disco dai tempi dell'università."

Lei mi guarda senza dire nulla.

"Vuoi vedere delle foto?"

"Sì!" Con entusiasmo.

Tutto parte del piano. Le tengo apposta in disordine, le mie foto, così pare che sia la prima volta che le faccio vedere a qualcuno. Le mostro alcuni scatti recenti con in braccio i bambini degli altri. Foto ai matrimoni dei miei amici. Foto in abito scuro. Tutte foto accuratamente selezionate per dire: sono divertente ma affidabile, mondano e pieno di sorprese. Mi ci vuole l'intero cd per passarle tutte. Quando finisce lo rimetto daccapo e quando vado a riporre le foto nel cassetto siamo già alla quarta canzone del secondo giro.

"Divertente", dice lei.

Poi cominciamo a baciarci.
Poi cominciamo a toccarci.
Poi cominciamo a svestirci.

Porta il reggiseno rosso porpora. Mentre glielo slaccio, mormoro: "Mmh, sexy. L'hai messo per me?"

Lei ride. "Ma non ho gli slip uguali!"

"Vediamo", dico. Slaccio la cerniera. Verdi.

Ci vado piano.

"I tuoi baci sono così teneri e dolci", sospira.

Sorrido.

Uso il cd dei R.E.M. per dare ritmo. Con l'intenzione di lavorare a una zona erogena per canzone. Ma è troppo, sono quattro minuti ognuna. Al diavolo. Quando arriva *Perfect Circle* ce l'ho in braccio e la sto portando in camera. Sto barcollando un po', certo. È dura portare in braccio qualcuno, sapete? Quasi le faccio sbattere la testa contro lo stipite della porta.

La butto sul letto. Lei aspetta, sdraiata sulla pancia in biancheria intima. Guardatela. Uno spettacolo.

Sarà incredibile. Sarà come mai prima. Salvo che... Avete presente quando uno pensa di avere un gran senso dell'umorismo, di essere bravo a guidare e fantastico a letto? Ecco, quando sono a una festa e c'è una pausa nella conversazione non mi viene mai in mente una buona barzelletta. Prima di compiere venticinque anni ho fatto tre grossi incidenti in macchina. E...

SABATO, 14 LUGLIO

Ma questo succedeva quasi quattro mesi fa. Il saggio è oggi. Mi alzo presto. Non voglio vivere questa giornata. Si può passare direttamente alla prossima, per favore?

Pieno di incertezze, rimetto insieme i pezzi. Sul mio shampoo c'è scritto: "Dolce". Sul liquido per le lenti "Soluzione multiuso". Il gel per i capelli dice: "Controllo totale". Il mio deodorante è "Rinfrescante". Non sono all'altezza degli articoli da toeletta che uso.

Mi immagino seduto in prima fila accanto a lui, bello composto. Poi vedo un'altra scena: lui travolto da un attacco di gelosia nei miei confronti, che urla contro Julia e la spinge fra le mie braccia con una carambola perfetta, pigolando mentre fugge nella notte sulla sua Hyundai Muskrat due cilindri del 1986.

Dal fiorista per un bouquet di rose a gambo lungo. Se le prendo rosse trasmetto un segnale troppo forte. Meglio gialle, il colore della prudenza, di chi va adagio. Le rose gialle mi ricordano il suo cappottino. Il tipo mi consiglia di prendere anche un vaso di vetro. Scicchissimo. Il tutto mi costa 68 dollari. Me ne frego.

Mi ha detto che posso rimanere a dormire dai suoi, perciò mi porto un paio di calzoncini e una maglietta per la notte e un cambio di biancheria, e quando apro il cassetto dell'intimo... ehi, guarda un po' chi c'è? Salve, amici di lattice. Non ha mai fatto male a nessuno portarsene dietro uno (o cinque!). Ne prendo un paio e li metto nella borsa. Poi li rimetto nel cassetto: e se me li trova? Ci faccio la figura dell'arrogante. D'altro canto, quante probabilità ci sono che Julia, la ragazza meno impicciona del mondo, si metta a frugare tra le mie cose? Li rimetto nella borsa. E poi penso: l'ultima cosa di cui mi dovrei preoccupare è farmi trovare senza un preservativo. Così ritornano al loro posto, nel cassetto.

In metro, viaggio seduto con il bouquet gigante in braccio, che mi nasconde l'erezione. Le donne mi guardano con approvazione. Cenni d'assenso, sorrisi. Ecco un uomo che sta portando dei bei fiori alla sua donna. Prendo nota: *un buon sistema per rimorchiare?* In fondo, devo solo sborsare 68 dollari ogni sabato e andare tutto il giorno su e giù in metropolitana. Naturalmente, se qualcuno mi domanda qualcosa, sono per mia madre. *No, non è il suo compleanno. È solo... un pensiero.*

"Che bei fiori", mi dice una donna alla Grand Station. Bionda, begli occhi. Be', è sui cinquanta. Ma pur sempre la mia migliore performance della settimana.

Parto da New York e prendo un treno per l'America. L'America che guarda la CBS. L'America di JCPenney. L'America dei souvenir. L'America che guarda la TV di giorno. L'America degli adesivi sul paraurti della macchina e delle falciatrici da prato. Della sindrome di Lyme e dei centri commerciali.

Nel cd portatile ho messo qualcosa che mi prepara alla sfida: OK *Computer* dei Radiohead. Musica perfetta per fare sesso sfrenato. Poi mi ricordo che lei mi ha detto di avere una passione per questo disco. O forse che era stata travolta dalla passione con questo disco. Cerco di non pensarci. Non ci riesco.

Rivivo i più bei momenti con Julia. Quella volta da Swift: stavamo guardando il juke-box, lei cercava *Rikki Don't Lose That Number* e io le ho posato le mani sulla vita, l'ho avvicinata a me e le ho baciato i capelli. "Mmh", ha detto. "Hai un *buon* profumo." Scorro mentalmente l'elenco delle cose che mi ero messo addosso quel giorno, o che avevo appena sfiorato. Shampoo. Balsamo. Un po' di Ivory per le ascelle. Deodorante. Cerco di ricostruire il mio odore.

Quella volta al Russian Samovar. Erano le undici. Eravamo entrambi di buonumore. Ci siamo presi una vodka al limone, una al cren, una al cocco, una all'anguria. Un sacco di vodka. Lei era a stomaco vuoto. Ci siamo raccontati dei segreti, e poi siamo andati a zonzo in taxi. Non è voluta salire da me, è rimasta sul taxi. In seguito mi ha raccontato che quando il tassista l'ha portata a casa, lei si è chinata in avanti e, senza far rumore, ha vomitato sul sedile posteriore. Era troppo imbarazzata per confessarglielo. Si è comportata da vomitatrice indisciplinata. Le ho detto che da quel momento in poi avrebbe dovuto pensare a me ogni volta che vomitava. È scoppiata a ridere.

Quella volta del National Book Critics. Doveva essere una serata noiosa, ed era stata all'altezza delle aspettative. La cerimonia si svolgeva in un sinistro, minuscolo auditorium della facoltà di Legge alla NYU. Non avevo letto nemmeno uno dei libri premiati, e al rinfresco dopo la premiazione non ho visto nessuno che conoscevo. Il mondo editoriale è pieno di mostri affamati di sesso. Il posto adatto a me. Ma me ne sono andato presto e l'ho chiamata da un telefono pubblico: era un lunedì sera, c'era vento e faceva un freddo assurdo per essere metà marzo. Era ancora al giornale, ma stava per uscire. Le andava di bere qualcosa? Le andava. Le ho detto di vedersi al Mystery, quel bar elegante sulla Quarantottesima ovest. È un posto trendy, uno dei pochi nella zona in cui lavoriamo noi. Mi ha dato buca. Sono rimasto ad aspettare mezz'ora pensando: la chiamo al cellulare? Ma non avevo una moneta da venticinque centesimi. Sarei dovuto entrare nel bar. Avrei dovuto chiedere a una delle cameriere, un'affascinante amazzone, di cambiarmi i soldi. Avrei fatto la figura del coglione, di quello che gli hanno dato buca. Quarantacinque minuti. Nessuno vuole apparire ciò che è realmente. Alla fine ho preso il coraggio a quattro mani, ho cambiato i soldi e ho chiamato la mia segreteria. C'era questo messaggio.

Ciao, ehm, sono io. Sono un'idiota. Sono le 11, e io, be', si direbbe che non sono riuscita a trovare questo posto. Sono andata alla Quarantottesima ovest, ma sembrava non ci fosse nessuno in grado di aiutarmi a trovarlo. Mi sa che me ne vado a casa. Mi dispiace moltissimo. Perché è probabile che tu abbia passato un bel po' di tempo seduto a un tavolino pensando che io ero andata di nuovo a dormire. E invece no! Perciò, puoi chiamarmi, per favore? Sul cellulare? A casa? Quando senti questo mes-

saggio? E, be', solo per dirmi che non mi odi. Bene. Ci sentiamo presto. Ciao!

Adorabile. Poesia pura. La rabbia è svanita. L'ho chiamata sul cellulare.

"Il bar è un po' difficile da trovare", ho detto. "C'è un'insegna. Ma è piccola. È la regola newyorkese: se vuoi il bar pieno di clienti, nascondilo."

"Sono così scema", la voce tradiva un autentico nervosismo. "Non riesco a capacitarmi."

"Ssst, piccola, non importa. Vediamoci. Alla Quarantottesima angolo Ottava. Ho sbagliato io a scegliere un posto così infognato."

Cinque minuti più tardi ero in piedi all'angolo fra la Quarantottesima e l'Ottava. C'era un parcheggio. Faceva un freddo cane. A metà marzo! L'inverno infinito del 2001! Dov'era lei? Guardo sull'Ottava. Guardo sulla Quarantottesima. Mi stringo la sciarpa intorno al collo. Mi metto i guanti. Qualcosa mi ha fatto voltare verso l'entrata del parcheggio sulla Quarantottesima.

L'ho sorpresa ad avvicinarsi furtivamente dietro di me, in punta di piedi, col suo cappottino giallo troppo leggero per quel freddo. Faceva smorfie da cartone animato.

Aveva scritto in faccia: *preso! Battuto!* L'ho agguantata come un orso, l'ho sollevata da terra tenendola più stretta che potevo, e ci siamo messi a girare in tondo. Ha riso e riso. Ragazzi, alla gara della felicità quella notte ho battuto ogni record. Chiunque altro sulla faccia della terra era in lotta per il secondo posto.

Scendo a South Norwalk. Non mi aspetta al binario. Sta in fondo alle scale. Si è messa degli enormi occhiali da sole come una star di Hollywood, di quelli che ti fanno sembrare una mosca, e un vestito di jeans senza lampo sulla schiena (ho controllato). Si infila dalla testa, a pelle. Non porta il reggiseno. È pazzesca. La voce "sesso" dell'enciclopedia.

"Ciao", mi saluta e fa la sua risatina. Julia è il genio delle risatine nervose. Ci riempie tutti gli spazi vuoti, ci risolve il perpetuo lieve imbarazzo dell'esistenza. Si allunga per darmi un bacetto sulla guancia. Smack!

Solo allora si accorge che ho qualcosa in mano. Il gigantesco vaso di vetro è avvolto nel cellofan, qualche rametto spunta fuori e nell'insieme la confezione è molto impressionante.

"Oh, mio Dio!" esclama. E ripete la risatina nervosa.

"L'ho trovato sul treno."

"Mio Dio!" ripete accorciando la frase.

"Davvero", le dico "sono stato fortunato: qualcuno li ha lasciati lì."

A casa conosco i suoi genitori (papà scontroso, mamma emotiva e soffocante) e i fratelli (diciassettenne so-tutto-io, universitario profondamente confuso). Questa famiglia ha visto più scontri del Madison Square Garden. E anche più circo equestre.

Il papà sta seduto a capotavola. Mastica. Non parla.

Dopo pranzo ci mettiamo a vedere gli album di famiglia e prendiamo in giro Julia che nelle foto del liceo ha dei capelli assurdi. Si sente picchiare forte, come se alla porta di casa ci fosse Frankenstein in persona.

Apre Gary, il fratello minore. "Ciao, Duane", sento dire.

Ciao, *Duane*. Di solito l'unica circostanza in cui auguro il male a qualcuno è quando riguardo le note dei professori su di me a scuola.

I "ciao, Duane" si susseguono in tutta la casa. Non è un estraneo. A dire il vero si comporta come se fosse stato qui centinaia di volte.

Duane va a dare un bacio a Julia; lei gli porge la guancia e gli dà un'inopportuna strofinatina sulla schiena. Niente sesso davanti a me, per favore.

Duane è alto quindici centimetri più di me. Uno spilungone tutto gomiti e ginocchia. Probabilmente le ragazze lo trovano favoloso, ma proviamo a smontarlo a pezzi, vi va? Occhi azzurri, capelli di un comunissimo castano e un viso sfacciatamente non spiritoso, che ha la consistenza di un polpettone. E porta l'orecchino; ma non un orecchino interessante. Sembra un anello per rilegare i fogli, o alla meglio di quelli che ti mettono quando ti danno le chiavi nuove, o quando le fai rifare. Ma quale eterosessuale porta l'orecchino nel 2001? Indossa jeans, maglietta e scarpe da tennis. Guardaroba base del meccanico.

Sta ricevendo il bacio d'arrivo dalla mamma, un distratto "ciao, Duane" dal papà, come se fosse una presenza bene accetta invece che il principe delle tenebre. Lo trattano come un genero.

Duane e io ci prendiamo le misure a vicenda.

"Tom Farrell", mi presento.

Mi guarda con occhio torvo. "Che razza di nome è?"

"È... uhm, irlandese."

Muratore ubriacone mangiapatate, dice con lo sguardo.

"E il tuo cognome?"

"Feinberg", risponde aggressivo.

Uh, oh. Ebreo. Probabilmente è molto intelligente. E spiritoso. E probabilmente suo padre è un chirurgo cardiotoracico e non un tecnico dell'aria condizionata.

I fratelli chiedono a Duane di andare a giocare a frisbee. Come se lo avessero già fatto altre cento volte. *Sono tutti amici*.

"Vuoi giocare a *frifbee*?" mi chiede Duane.

Vediamo un po': ho voglia di giocare a frisbee con un tizio che fa sesso con la mia donna? No, non particolarmente. Sono anni che non gioco a frisbee, e io cerco di non fare niente che non so fare bene quando sono con una ragazza.

Duane non segue la mia stessa filosofia; per esempio, parla pur non avendo niente da dire. Ogni conversazione comprende un periodo di generico assestamento prima di diventare intelligente. Con lui è tutto un generico assestamento: il traffico, il tempo, a che ora si è alzato stamattina, cosa ha mangiato a pranzo (mineftra di azzime da mamma, che si direbbe abbia procrastinato la pasqua ebraica). È noioso, perfettamente costruito, fatto su misura per una periferia noiosa, uno nato per un unico scopo: fare il bersaglio a dodgeball.

"Di dove fei?"

"Rockville, Maryland", rispondo.

Gli lascio educatamente il tempo di replicare. Non ha niente da dire.

"E tu?" chiedo allora.

"Pithcataway", risponde.

"Scusa?"

"Pithcataway, New Jersey."

"Mi piacciono i nomi dei paesi del New Jersey. Se guardi la cartina, sono tutti nomi assurdi. Ho-ho-kus, Tu-tu-tuchus..."

Julia ride. Duane le lancia un'occhiataccia.

"A dire il vero sono nomi dati dai nativi americani. Non credo che loro ci troverebbero da ridere", ribatte lui.

Ha lo sguardo serio, grave. Quanti ebrei così rigidi conoscete? A parte i professionisti che si aggirano per le città con aria depressa, tutti bardati di nero con quell'affare in testa serie guardate-quanto-siamo-ebrei.

Ci mettiamo tutti a guardare le foto dei cinquant'anni di mamma. Julia è molto sexy, con una canottierina a V scollatissima, si vede mentre fa un brindisi con aria dimessa o le smorfie assieme ai fratelli. In tutte le foto Duane sta sullo sfondo, sempre con la stessa espressione stampata in faccia: sono un tipo Posato, sono Sobrio, ho un manico di scopa nello Sfintere.

C'è una foto di Julia con la lingua fuori dall'angolo della bocca, come in preda a una crisi epilettica. Sta goffamente tentando di afferrare il frisbee, le mani aperte come per applaudire.

"Cerca sempre di prenderlo in quel modo", dice Al scuotendo la testa.

"Che grazia. Che equilibrio", faccio io. "Sei una ballerina?"

"Zitto!" Una botta sulla spalla.

"Però la potresti davvero utilizzare, questa foto. Per le Paraolimpiadi, magari."

"Non è dove vai tu a rimorchiare?"

"Ci ho provato, ma la concorrenza era troppo forte. Sono stato battuto da un paraplegico."

A proposito: Duane non dice una parola. Lancia sguardi feroci a lei e a me. La madre prende un'altra foto dal mucchio: Julia in topless che sgambetta come una pazza sulla spiaggia, età quattro anni circa.

"Oddio!" esclama. "Mamma!"

"L'ho trovata l'altro giorno", spiega Charlotte raggiante. "L'ho buttata qui in mezzo mentre eravate a tavola."

"È bello scoprire che ci sono un paio di particolari che non sono cambiati negli anni", osservo.

Charlotte ride. "È sempre stata piatta", aggiunge. "Non ha preso da me!" Lo sottolinea mettendosi le mani sul petto e palpandosi. Sì. Non puoi non accorgertene.

"D'accordo", dice Julia. "Sacchetto di carta, *per favore*. Sto per vomitare."

"Eri così carina", sospira Charlotte.

"Ero?" dice Julia.

"Potrebbe farmene una copia?" chiedo a Charlotte.

Duane tace. Sta giocherellando con una ciambella. Il piano è dimostrare a Julia, nel confronto diretto fra me e lui, quanto sia meglio io da ogni punto di vista: certo, lui è un tantino più bello di me. Ma non avevamo detto che le ragazze sono poco interessate a questo genere di cose? E poi, anche se lui è un bel po' più alto di me, io sono sempre più alto di Julia. Nella conversazione lo batto. Lei se ne è sicuramente accorta. L'ho fatta ridere almeno una dozzina di volte.

Andiamo tutti insieme in macchina a vedere il saggio: papà orso, figlio orso, genero orso, e io: l'Orso Appena Tollerato. È nell'aula magna di una scuola media. Per strada, Duane si esibisce in un campionario di banalità, come una madre che porge un cestino di caramelle al figlioletto. Si sforza di iniziare ogni frase con un "allora", il che non è molto furbo da parte sua.

"Allora, che cofa fai al giornale?"

"Allora, da quanto tempo fai il giornalifta?"

"Allora, qual è l'ultimo film che hai vifto?"

Mi viene voglia di appiccare un incendio.

Nel suo elenco manca la domanda: "Allora, hai mai fatto feffo con la mia ragazza?" E questo nonostante sappia quanto segue:

1. Che le ho comprato un superbouquet, *completo di* vaso di vetro;
2. Che mi sono fatto un'ora di treno per vedere un'accozzaglia di ballerini dilettanti sbattere contro i fondali del palcoscenico e l'uno contro l'altro;
3. Che quando siamo insieme agli altri i nostri sguardi si incontrano a malapena.

Eppure non chiede niente. Che razza di reporter è? Uno che copia i comunicati stampa senza neanche alzare il telefono, uno che non chiede quello che non vuole sapere.

In aula magna do un'occhiata alla pallida fotocopia del programma. Un disegno appena abbozzato di grattacieli scintillanti nella notte. Grossi caratteri infantili proclamano OMAGGIO A NEW YORK.

Leggo il programma: Julia non compare fino alla seconda parte.

Nella prima parte ci sono diciassette pezzi.

Mi giro verso Al, il Silenzioso.

“C’è da bere in questo posto?”

“La fontanella”, è la sua offerta.

“Una fontanella di bourbon?”

Si stringe nelle spalle. Non raccoglie la palla. Una volta Julia mi ha detto: “Adoro Al. Al sono *io*”. Devo lavorarci, su questo Al.

All’intervallo usciamo tutti all’aperto, nell’aria primaverile. Il sole sta tramontando. L’aria ha quel fresco profumo di periferia. Come se da queste parti crescesse davvero la roba.

“Allora”, mi dice Duane, “hai mai vifto un faggio di danza?”

Sono seduto accanto a lui su un muretto di cemento. Papà si mette a chiacchierare con la ragazza che balla con Julia, Carla, che si è appena fidanzata. Seguo il copione e mi complimento per il diamante.

“Un carato. Oh, due”, si vanta lei.

Fra me e Duane compare una grossa formica. La schiaccio con la scarpa.

“No. Nooo”, dice Duane preso da sgomento.

Julia esce con un orrendo abito da sera sintetico rosso e nero, preso a nolo, si vede lontano un miglio.

“Lo so”, dichiara prima che chiunque apra bocca, “questi costumi sono *terrificanti.*”

“Fai una giravolta”, le chiedo.

La fa. Ha la schiena nuda. “Tra la la”, canticchia, e si stringe nelle spalle.

Il prossimo pezzo è il suo, ma l’ha appena saputo. È un po’ nervosa. E il vestito che ha addosso è altamente infiammabile. Si siede con una posa naturale sul muretto di fronte a quello dove siamo seduti io e Duane, equidistante da entrambi.

Duane ha il diritto di toccarla. Scatta in piedi e – boing! – si piazza dietro di lei. Le accarezza il braccio senza sosta, le poggia la mano sul fondoschiena, la avvicina a sé. Ogni tanto lei fa resistenza. Ogni tanto lo lascia fare. Cerco di chiacchierare con il papà, intanto però controllo con la vista periferica. Julia individua un'altra formica sul muretto vicino a lei e si alza in piedi civettuola. Duane la allontana più delicatamente che mai, con una foglia. Reinserita. Rilasciata sulla parola. Io scruto il terreno sperando di riuscire accidentalmente a camminarci sopra la prossima volta che mi alzo in piedi.

Sotto l'ampia scollatura, il vestito di Julia ha delle stringhe molto sexy. Ed è lì che al momento sta la mano di Duane. Non sto guardando, ma sto guardando.

Parlo del caso Microsoft con il padre di Julia. Non sto guardando (tocca, strofina, tira). Parliamo della recessione, del suo lavoro nel campo delle vendite di software. Parliamo di sport, e non sto guardando (arraffa, accarezza, *strapazza*).

Mi risiedo al mio posto per la seconda parte. Vi è mai capitato di veder danzare la vostra ragazza, la ragazza che vi piace di più al mondo? Ci sono circa quindici ballerine che danzano un *There's No Business Like Show Business*, che equivale a uno zircone da ventiquattro carati. Julia è una di loro. È un po' fuori tempo. Muove le braccia un quarto di battuta in ritardo. A un certo punto si volta verso destra quando dovrebbe voltarsi a sinistra, e urta leggermente il fianco di Carla, ridacchiando. Mi sto godendo ogni secondo. Le cose che riesce a fare con le gambe, il modo in cui inarca la schiena. Che spreco. Un corpo così riservato ogni notte a un amante delle formiche con un orrido difetto di pronuncia.

La coreografia di questo pezzo è così ridicola che non sono preparato per la successiva. Nel programma ci sono quaranta pezzi, ma questo è l'unico con la sua coreografia. La musica è strumentale, affascinante e misteriosa, i costumi sono belli: corpetti sexy molto attillati e pantaloni da harem turco molto larghi. Metà delle ragazze è in rosso, metà in blu. E mentre Julia si muove e si dimena e corre e ruota e resta su una gamba puntando l'altra verso gli dei, io comprendo il motivo per cui sono venuto, capisco perché Julia è Julia: il mistero. Tra cinque minuti sarà tutto finito e il palcoscenico verrà lasciato a un gruppo di bambine di quattro anni che farfuglieranno *Happiness* da *You're a Good Man, Charlie Brown*.

Ma in questo momento Julia è più che bella. È l'essenza della bellezza. Possiede il copyright. È come trovare un Matisse su una bancarella. Quando è finito, tutti gli altri membri della famiglia si alzano per uscire fuori di nuovo. Io rimango seduto da solo per un minuto.

Poi esco trovo la famiglia riunita. C'è anche Julia. È rilassata e madida di sudore, e Duane sta per ghermirla con i suoi artigli.

Torniamo dentro per vedere il gran finale, *One* da *A Chorus Line*, poi Julia si unisce alla prima fila e applaudiamo doverosamente. Quindi andiamo ad aspettare in corridoio. Duane e io siamo uno accanto all'altro.

"Allora", faccio io, "sistemiamo questa faccenda da uomini?"

Ma non lo dico. Non dico niente. Aspetto.

"Che tipo di libri ti piacciono?"

È il momento di fare un po' di indagini. Ho capito il suo orario di lavoro (lavora di notte, ecco perché la sera Julia sembra essere sempre disponibile), ho scoperto che a settembre la porterà in Messico (non se riesco a impedirlo, amico), che quando l'anno scorso è andata in Portogallo ("L'unica volta che ho preso l'aereo", mi ha raccontato con tono imbarazzato la prima sera che l'ho incontrata) è stato lui a portarcela. Penso al passato e riscrivo mentalmente tutte le storie che mi ha raccontato. Al posto di "io" devo leggere "noi". "Io" abito sulla Centoventunesima? No, secondo Duane quello è il posto dove abitiamo "noi".

Mi informo dei suoi progetti per il futuro.

Per il momento, sta cercando di arraffare un lavoro qualunque in città. Vuole andarsene dal Connecticut. La sua massima ambizione è diventare un reporter generico con incarichi generici per un giornale qualsiasi, uno che insegue gli incendi e aspetta nel sottobosco. In altre parole, il tipo di lavoro che facevo io qualche anno fa. E pensa di poterla mantenere al livello a cui è stata abituata (da me)?

Certo, va a letto con lei e tutto il resto, ma ecco qua un paio di cosette che so io, notizie uscite fuori dal gin e dal vino che Julia e io abbiamo condiviso.

1. Lui la vuole sposare.
2. Lei "non è sicura" di volerlo sposare.

"Pensi", gli chiedo in tono amichevole, "di farle la proposta di matrimonio a breve?"

"Ciao." Julia è tornata. Rimango a bocca aperta. Stavolta ha addosso un top rosso di lustrini, aderente come un guanto, e una gonna di jeans. Continua a non portare il reggiseno, e continua ad essere sbalorditiva.

Che cosa penserà di noi due, in piedi l'uno accanto all'altro immersi in piacevoli chiacchiere? Eccoci qui. Due persone che lei conosce abbastanza bene. Forse ci guarda e fa considerazioni del tipo: questo qui ha un buon sapore, ma quest'altro è più rassicurante...

Duane le va incontro. Le bisbiglia qualcosa nell'orecchio. Lei sorride. Poi le dà un biglietto buono per tutte le occasioni ("Congratulazioni per questo grande successo") e un mucchietto di erbacce più o meno appassite da cui spunta una margherita fresca. Probabilmente le ha colte nel prato dietro la scuola. Se era in bolletta, avrebbe potuto giocare la carta del ragazzo povero con un collage o una poesia pensati appositamente. Non voleva perderci tempo, o semplicemente non ci ha proprio pensato.

Lei ride, cerca di non avere uno sguardo sprezzante, fa girare il biglietto. Guardo la firma. Salta fuori che il suo nome si scrive D-W-A-Y-N-E. Un ebreo che si chiama Dwayne. Incredibile.

Fra un gruppetto di ballerine e il nostro bizzarro triangolo amoroso circola una mezza idea di vedersi più tardi per andare a festeggiare con un bicchiere.

"A che ora parte l'ultimo treno per tornare in città?" domando.

"Verso l'una, credo", mi risponde Julia.

Torniamo a casa. La madre ha approntato un altro banchetto. Pollo freddo con salsa teriyaki. L'orario dei treni è attaccato al frigo con una calamita: l'ultimo è alle 23.07. Guardo il mio orologio: sono le 23.00.

"Quanto ci vuole per arrivare alla stazione?" domando nervosamente.

"Un quarto d'ora circa", risponde Julia.

Oh, oh. Tutti si affannano per farmi passare la notte comodamente: posso dormire nel letto di Al perché, essendo nella fase guardate-come-sono-strano, lui dorme in ogni caso sul divano. Ma la malinconia si è impossessata di me. Mi tocca vedere Dwayne che le dà una zampata. Mi tocca guardarlo mentre la bacia. Devo anche stare a sentirli mentre lo fanno nella stanza accanto? Che almeno mi risparmino il cigolio.

Prendiamo la macchina del padre di Julia. Lei si siede al posto di guida. Dwayne si siede sul sedile davanti. Urrà! Ci attende una notte di follie. Andiamo a prendere Carla e Joe e ci dirigiamo verso la zona "all'ultima moda", uno di quei bar "da studenti" dove ti versano la Bud nei bicchieri di plastica, il juke-box suona Bon Jovi, dei "teppisti" incidono il nome sui tavoli di legno e tentano di filosofeggiare, senza essere autorizzati, di sabato sera.

Al bar prendiamo tutti una Corona e ci sediamo con le ballerine, che sono arrivate insieme a noi. Chiaramente siamo nell'unico bar decente della zona. Si chiama The Olde Cottage o The L'il Cabin o qualcosa del genere.

Dwayne inizia a parlare di hockey. Cifre. Per un appassionato di questo sport, quest'uomo è un genio.

"Io seguo di più la pallacanestro", dico. "Mi piace quella squadra di Philadelphia. Come si chiama?"

"Feventy-fixers", mi risponde.

"Come si chiama quel giocatore, la guardia, che si dice sia favoloso?"

"Allen Iverfon."

"Tom?" È Julia.

"Stiamo parlando di sport", la aggiorno.

Mi dà uno schiaffetto sul ginocchio sotto al tavolo. Io le do un pizzicotto su una coscia.

E poi succede. Dico sul serio. Il juke-box. Quel pezzo di chitarra.

DUMB-dumb-dumb-dumb-DUMB-dumb.

Qualcuno sta suonando *Jessie's Girl*.

E mi torna una nausea spaventosa, pensando agli orrori che mi aspettano a casa di Julia. È una casetta a un piano con un seminterrato, e tre camerette da casa delle bambole di sopra. *Risparmiatemi il cigolio*. Per favore, vi prego, risparmiatemi il cigolio.

Passo il resto della serata guardando il fondo della mia sola e unica Corona, non ubriacandomi di proposito. Mi estranio dalla conversazione. Sulla maglietta di Joe c'è scritto FATTI PRENDERE DA UN LIBRO ALLA BIBLIOTECA AMO ROSSO. C'è il disegno di un pesce preso all'amo, e quindi condannato a morte, con un libro, che potrebbe essere un ottimo sistema per allontanare i bambini dalla lettura. Joe è seduto vicino a Carla. Sono in mezzo ad altre persone che chiacchierano fra loro, quindi si guardano a vicenda. Ma non trovano niente da dire. Perciò iniziano a farsi le coccole. Tutto una carezza e uno sbaciucchiamento.

Prima di entrare in macchina per tornare a casa, Julia dà le chiavi a Dwayne.

"Guida tu", gli dice.

Ritorno sul sedile posteriore, e questa volta Julia si infila in macchina accanto a me, sedendosi generosamente in mezzo. La sua coscia preme contro la mia. Carla è seduta dall'altra parte. A ogni curva Julia pende un po' dalla mia parte. Sento il suo profumo. E lei? Ho ancora un buon odore?

Arrivati a casa, Dwayne conquista per primo il bagno. Si scontra con Julia fuori della porta.

"Il water non fcarica", le sussurra con preoccupazione.

Il water è forse il meccanismo più semplice di una casa. Non sono molte le cose che possono funzionare male. Tiri la catena. La catena arriva dentro la cassetta e termina con un tappo di gomma. Il tappo chiude lo scarico. Quando tiri la catena, togli il tappo in modo che l'acqua possa uscire dalla cassetta lungo il tubo di scarico e finire nella tazza.

Tolgo il coperchio della cassetta. La catena si è staccata dal tappo. Per rimetterla ci vogliono più o meno quattro secondi. L'intelligenza di Dwayne è così modesta che non riesce nemmeno a immaginare che per riparare un water bisogna per prima cosa togliere il coperchio della cassetta. Non è uno scemo qualsiasi. È come se avesse una laurea in stupidità. Quest'uomo può perdere a monte con una sola carta. D'altra parte è abbastanza astuto da stare per ammirare Julia nuda, il che lo rende il Bill Gates di questa casa.

Mentre sto mettendo a posto il coperchio della cassetta arriva Julia con un bicchiere d'acqua in mano. Guardo i suoi occhi la pelle i capelli il corpo. Voglio un bicchiere di lei. Mi fa male il cuore. Non il cuore a forma di cuore, quello dei cartoni animati; no, il cuore vero, quello che batte. Sento dolore alle orecchiette atriali. Sento il soffio dei miei ventricoli. *Risparmiatemi il cigolio.*

"Ehi", mi chiama lei.

"Ho sistemato il water", le dico. In realtà non sto dicendo questo. Sto dicendo: *Sono un maschio che sa rendersi utile! So fare mille lavoretti in casa!* Sto dicendo: *Perdi tempo con un tontolone e hai a portata di mano un sognatore aggiusta-water!*

"Oh", è il suo commento. "Però. Ti ho portato questo."

Prendo il bicchiere con riconoscenza. Pensavo fosse per lei. È il suo piccolo gesto d'affetto. Un segnale segreto fra noi. O, più probabilmente, il più inefficace premio di consolazione del mondo.

Julia mi accompagna in camera di Al il Silenzioso, passando per l'ingresso. Fa uno strano effetto, è come un'istantanea di me quindici anni fa. C'è uno stereo economico accoppiato a casse costose. Ci sono poster di eroi alternativi, tipi difficili: Einstein, naturalmente. Brando, Gandhi, *Quei bravi ragazzi*, Carl Sagan, Jim Morrison, e... Big Al di *Happy Days*. Questo lo esamino da vicino. "Da Al a Al". C'è un mucchietto di ritagli di giornali sul ritorno nello spazio di John Glenn, un poster di Miller Lite, e, perfetto per uno che vive a 3.000 miglia di distanza dalla California, un altro di abbigliamento da surf Ron Jon (ma non era una cosa anni Ottanta? Forse è tornata di moda come citazione retro-ironica).

"Questo l'ho fatto io", mi dice lei. È un cartoncino snodabile con un disegno infantile a pennarello che pende dal soffitto appeso a una molla. Il soffitto è a soli due metri dal pavimento.

"È Carl Sagan", mi spiega.

Guarda dalla finestra di un'astronave, sullo sfondo ci

sono le stelle. Un braccio legnoso della leggendaria autorità dello spazio è piegato per salutare come nei disegni dei bambini, in modo disarticolato. Non capisco se l'ha disegnato quindici anni fa o ieri, ma è perfetto in ogni caso. Significa famiglia, significa amore di una sorella grande, significa vicinanza e calore fra due persone che si conoscono molto bene. Tutte cose che io non ho.

"Carino", commento guardando lei.

Restiamo lì immobili per un secondo.

"Ci vediamo domani mattina?"

Io faccio un cenno col capo.

Julia raggiunge Dwayne al piano di sotto, dormono nel seminterrato. Li sento parlottare a voce bassa.

Quando spengo la luce, su tutto il soffitto compaiono quelle stelle che brillano nel buio, e penso che non ho mai visto niente di più misterioso e meraviglioso. Le fisso per sette ore, aspettando l'alba. In ascolto.

Ma non sento alcun cigolio.

DOMENICA, 15 LUGLIO

Aspetto che si alzino tutti. Poi mi trascino in cucina, il mostro timido, il morto vivente con cui nessuno preferirebbe avere a che fare. Ho lo zaino in mano.

Stanno mangiando ciambelle e bevendo caffè, in famiglia.

Julia balza in piedi e mi viene vicino. Vicino in modo imbarazzante. Lontano in modo imbarazzante. "Vuoi una ciambella?"

Il solo pensiero mi dà la nausea. Io voglio: una doccia, vestiti puliti, qualche litro di collutorio, una maschera d'ossigeno, dormire, un trapianto di corpo, la prova inconfutabile che qualcun altro oltre a mamma pensa a me, un Bloody Mary, qualcosa per strofinarmi il viso, un massaggio completo, un lassativo, sesso, e una squadra di paramedici che mi portino fuori di qui. Non una ciambella.

"Vuoi una fetta di torta?" domanda il padre di Julia.

Non la voglio.

"Una taffa di caffè?" chiede Dwayne.

No.

"Devo andare", sussurro nell'orecchio di Julia.

Mi rigiro tra le mani l'orario dei treni. Lo metto nella tasca dei jeans e poi nel taschino della camicia. Ho lasciato lo zaino in bella mostra al centro del salotto, appena un metro dalla cucina. È davvero piccola questa casa.

Rumore di mascelle. Di denti che masticano. E io mi sento veramente, veramente malissimo.

"Il treno parte tra venti minuti", dico a Julia nell'orecchio.

Siamo in macchina. Presto sarò libero. Libero di avere un piccolo crollo nervoso.

"Oggi non c'è traffico", osservo stupidamente. È una domenica mattina in periferia.

"Sei stato carino a venire fin qui."

Parliamo di quella chiacchierona di sua madre e dei silenzi di suo fratello.

Io penso: così potrebbe andare. Potrei convivere con l'idea lei-non-è-più-pazza-di-me. Potrei tollerare il dettaglio lei-vive-con-un-altro. Probabilmente non sarei troppo turbato da tutto ciò.

Se solo ricominciasse a fare sesso con me.

Quando arriviamo alla stazione il treno è già lì. Prendo lo zaino e mi preparo a scappare. Lei in un lampo si slaccia la cintura di sicurezza e si china a darmi un bacio sulla guancia.

"Ti chiamo dopo", sussurra con sguardo preoccupato. "Giuro."

Me ne vado. Sul treno dormo per dieci minuti, raggiungendo un totale di dieci minuti di sonno da venerdì notte. Tornato in città mi aggiro come un sonnambulo alla luce del giorno, dopo di che vado in un negozio di alimentari, dritto nella corsia due, dove stanno birra, bevande gassate, salse, patatine. La corsia due: perché non chiamarla con il suo nome? È la corsia dello Scapolo. Uomini non accompagnati fra i 18 e i 34 anni che si muovono lentamente trasportando i loro tristi cestini di plastica come sperduti Cappuccetti Rossi che hanno perso l'occasione di diventare lupi. Qualche volta mi domando cosa ci sia nelle altre corsie. Il che mi fa venire in mente una cosa: mi servono i cereali.

Radio Lite sembra uscire a tutto volume dalla scatola del muesli.

Quando sono alla cassa mi assale con una canzone di Ken Boothe. Attenzione, perché quando inizi a sentire oracoli uscire dalla frequenza 106.7 sei proprio messo male. I Bread dicono:

> *I would give everything I own*
> *Give up my life, my heart, my home*
> *Just to have you back again.**

I cuori di carciofo in scatola mi cadono per terra. Raccolgo la scatola, che si è ammaccata. Quando sei in questo stato, lo Stato, tutte le canzoni parlano di te. Manilow, Diamond, Fogelberg: *sono tutti profeti!* Occasioni per piagnucolare.

Tornando a casa a piedi penso alla Cena di un paio di settimane fa. Il piano era: invece della solita uscita – a cena

* Darei tutto quello che ho / Rinuncerei alla vita, al cuore, alla casa / Solo per riaverti. [*N.d.T.*]

al ristorante, andare a bere qualcosa, andare a bere qualche altra cosa, andare di nuovo a bere qualche altra cosa, e poi invitarla a fare un giro by night del mio appartamento – invece di questo, dicevo, avremmo cenato a casa; bevuto a casa; ed ecco una ragazza sazia, felice, assonnata e un po' brilla adorabilmente sprofondata sul divano alle nove e mezzo di sera. Una serata clandestina al termine della quale lei avrebbe potuto, se voleva (non che io l'avrei incoraggiata in questo senso) vestirsi ed essere fuori di casa mia per mezzanotte.

"È l'operatore", ho detto al telefono quando l'ho chiamata. "Ho una telefonata oscena a carico del destinatario per Julia Brouillard. Accetta le oscenità?"

"Me la passi pure", mi ha risposto.

Le andava di andare a mangiare un boccone dopo il lavoro? Le andava. Sushi? No. (Bene. Era un test.) Cinese? Uhm, forse. Italiano? Italiano. Poi, come fosse un ripensamento proprio-mentre-sto-per-attaccare: oh, perché non facciamo una specie, ehm, sai, una specie di cena *da me*?

"Mmh."

"Devo avvisarti che come risultato immediato i premi della tua assicurazione potrebbero salire."

"Mmh."

"Non devi portare niente", dico. "A parte, naturalmente, un estintore."

Ride.

"Va bene."

"Diciamo alle sei?"

"Alle sei."

Attacco in preda a una completa felicità, e a un filo di

orrore. Ho cucinato per una ragazza solo un'altra volta nella mia vita. Non è andata bene. Betsy è venuta nell'appartamento sulla Centoseiesima ovest che dividevo con un pazzo con la barba da evaso. Avevo una ventina d'anni, ed era il periodo in cui ogni fidanzata diventava una moglie. Ho preparato pesce spada affumicato. Molto affumicato. Pane all'aglio affumicato, fagiolini affumicati, minestra affumicata. L'arnese da cucina che conosco meglio è il rivelatore di fumo. (Per me ogni ricetta inizia nello stesso modo: disattivare tutti i segnali di allarme.)

Quella volta Betsy mi ha perdonato. Me l'ha pure data: non c'è limite alla comprensione delle donne. Ma dopo mi ha consigliato di non cucinare mai più per lei (o per qualsiasi altra donna).

Perciò la sera in cui ho invitato Julia a cena sono uscito prima dal lavoro, con uno sguardo intensamente culinario. Questa volta non avrei incasinato tutto.

Da dove cominciare.

Non solo mi mancava l'arte di cucinare, mi mancavano le *cose*. Nella mia credenza avevo una ciotola per tutti gli usi (minestra/cereali/insalata), quattro piattini, grandi quantità di cibo eterno – in altre parole, cibo da rifugio antiatomico – e una legione di bicchieri.

Prima tappa. Bourgeois Barn. Tovaglioli di stoffa. Ooh, e tovagliette coordinate. Portatovaglioli? Non facciamoci prendere la mano. C'è un limite fra il buon gusto e l'essere frocio.

Seconda tappa. Glutton Mart. Un cestino. No: *un carrello*. Ho cominciato da frutta e verdura. Ingredienti per l'insalata. Qual era la lattuga più di moda? Il pomodoro superstar in questa stagione?

Secondo piatto. Tortellini freschi. Con formaggio, all'italiana. Salsa alla vodka, adora la salsa alla vodka. Oh. Qualche mousse per l'aperitivo? Con un subdolo goccetto extra di rum per la signora. Ritorno alla corsia con frutta e verdura. Banane. Mele. Yogurt.

Bistecche. Due grosse lombate. Sì. Perché? Perché costavano care. *Falle vedere che butti via i soldi.*

Naturalmente mi serviva un dessert. Qualcosa di leggero e gustoso, ma un po' nuovo. Sorbetto di frutto della passione? Meglio prendere anche quello al cocco. Una cucchiaiata dell'uno e una dell'altro. Oh, e un quadratino di cioccolata Ghirardelli da ficcarci in mezzo. La chiamano *presentazione*.

Di nuovo alla corsia della frutta e della verdura: mi servivano dei limoni. Così, se voleva un bicchiere d'acqua, le potevo mettere una fettina di limone. Mooolto elegante. Chi avrebbe potuto resistere?

Stop alla cassa. La fila era come quella per entrare a una partita dei play-off dei Knicks. Ma scorreva abbastanza in fretta. Appena qualche minuto e... mannaggia. Ritorno al reparto specialità. Ho perso minuti preziosi a palpare sacchetti di carta bianca, che differenza c'è fra il pane francese e quello italiano? Ho scelto il francese. Tutto ciò che è francese rimanda al sesso.

Di nuovo in fila. Era diventata più lunga. Quando ho pagato erano le 18.12. 18.12! Ho preso un taxi. Per fare undici isolati? Stavo bruciando soldi, sanguinando soldi. Peccato che lei non fosse lì a vederlo. Mi sono ripromesso di accennare più tardi, di sfuggita, a tutta quella follia. In affascinante stile autodenigratorio.

A casa alle 18.18. Probabilmente era venuta e se n'era andata. *No.* Dovevo smetterla di pensare in quel modo. Contemporaneamente ho tirato fuori la griglia elettrica George Foreman che mamma mi ha regalato a Natale, ho lavato la rucola, tagliato i pomodori. (Cazzo. Mi ero dimenticato di comprare un altro coltello da bistecca. Pazienza. Le avrei dato questo e mi sarei messo a segare pian piano la mia con la for... no! Meglio! Teneramente, amorevolmente, avremmo usato lo stesso coltello! Passandocelo a vicenda! Come due bohémien nella Parigi degli anni Venti che disprezzano la società materialista ossessionata dalla coltelleria!) Eh, eh. Ho messo l'acqua sul fuoco per la pasta. Peccato non avere un'altra pentola. Come facevo a riscaldare la salsa alla vodka? Come ho riscaldato il ragù dello Scapolo: nello stesso tegame rapidamente sciacquato, mentre la pasta riposava nell'unica ciotola disponibile con un piatto sopra per contenere il vapore.

18.26. L'insalata era pronta. Le bistecche erano del tipo che ci mettono una vita a cuocersi. Erano spesse due cazzo di centimetri e mezzo. E in più, ognuna era grande come tutta la griglia George Foreman, quindi era impossibile cucinarle insieme a meno che non ne mettessi una nella padella, nel qual caso l'avrei bruciata di certo, e, a proposito, dove cazzo era finita Julia?

18.29. Il telefono.

"Ehi", mi ha detto. "Sono io. Sto uscendo dalla metro."

"Bene", ho risposto, trasferendo il vapore della cucina dalla fronte alla manica della camicia.

"Devo portare qualcosa?"

Ficcando il cavatappi nella mia migliore bottiglia di rosso e osservando il mucchio di buste vuote, il chilo di sorbetto che si scioglieva sopra al frigo, le tovagliette e i tovaglioli ancora con i prezzi attaccati, le bolle che cominciavano a increspare la superficie dell'acqua nella pentola, la rucola e i pomodori lavati e tagliati e sbattuti di nuovo nelle loro confezioni di plastica, poiché non avevo un'insalatiera, ho affermato: "Penso sia tutto sotto controllo".

Quando ho attaccato ho pensato: merda. A lei piace il vino *bianco*.

"Wow!" ha esclamato entrando nel mio appartamento, che fino a mezz'ora prima era abbastanza pulito, ma ora sembrava fosse esploso un tritatutto. "Spero non sia stato troppo *disturbo.*"

Smorfia timida.

A quel punto mi ha dato i fiori.

"Grazie", ho detto. E che cavolo ci avrei dovuto fare con dei fiori?

"Ce l'hai un vaso?"

No, non ce l'avevo un vaso. Che tipo è uno che ha un vaso portafiori?

"Ho qualcosa di meglio", ho affermato rovistando nel ripostiglio. "Questo andrà benissimo."

"Che gusto", ha fatto lei, mettendo i fiori in una caraffa da birra alta venti centimetri. Ci ha messo un po' d'acqua e li ha posati sul davanzale. L'insalata, le bistecche, i tortellini: sono stato in un bagno di sudore per tutta la cena, sfrecciando come un forsennato avanti e indietro fra il tavolo da pranzo da due posti e il fornello della cucina tutto impiastricciato. La verità è che non avevo piatti per più di una persona. Ho passato mezza cena a lavare freneticamente le cose. Lei ha sbocconcellato svogliatamente qualcosa. Ha mangiato un sesto della bistecca. Ecco, ho pensato, come ci si deve sentire a essere mamme.

"Scusa", si è giustificata notando il mio sguardo. "Ero già piena dopo la mousse."

"Ti sei lasciata un posticino per il dessert?"

"Certo."

Mentre andavo a prendere il dolce lei ha preso un cd. "Ehi", ha esclamato, "*Automatic for the People!*"

"Bel disco", ho risposto leggermente seccato. Perché non *Murmur*?

Ho preso il mio tovagliolo e... merda. Quel prezzo maledetto. L'ho staccato furtivamente con le mani sotto al tavolo, come se questo potesse far sparire il prezzo anche dal suo.

"Bene", ho mormorato sfoderando il mio miglior sorriso mentre lei si sedeva.

"Tutto bene?" mi ha chiesto.

"Assaggia questo vino", le ho suggerito riempiendole un grosso bicchiere.

"Non mi aspettavo una cosa del genere, per la verità", ha osservato lei. "Tovagliette nuove?"

"Queste anticaglie?" rispondo io. "Eredità di famiglia. Risalgono a mio nonno Ezekiel Farrell."

Finita la cena l'ho cacciata via dall'Everest di piatti nell'acquaio (sì, erano tutti lì, praticamente tutti quelli che possiedo) e mi sono seduto sul divano, rigirando un bicchiere di vino fra le mani.

È tornata al tavolo e si è messa a scrutarmi. A un metro di distanza. Cinque chilometri.

Abbiamo parlato un po' dei R.E.M. Dei Cure e dei Radiohead e di Nick Drake e... *perché non ti siedi qui vicino a me*?

"Vieni qui", dico.

Shooter dice: *Non chiedere. Ordina.*

È venuta. Le ho dato un bacio. Un altro ancora. In cucina è caduto qualcosa e ha fatto un rumore pazzesco. Lei ha sussultato.

"Ci penserà la cameriera", ho detto.

Le ho stretto la vita con le mani, e sono salito sotto la camicetta, con uno scopo.

Lei mi ha fermato, scostandomi le mani con un doppio colpo di gomito. Mossa da kung fu.

"Grrr", ha detto chinando la testa e premendola contro il mio petto. Siamo rimasti seduti per un po', abbracciati. Non abbastanza a lungo. A poco a poco lei è svanita.

"Devo proprio andare." Erano le nove e mezza.

Michael canta: *Everybody hurts sometime.*

Questo è successo due settimane fa. Oggi torno a casa dal supermercato a leccarmi le ferite. Ho bisogno di qualcosa che attenui un po' il dolore. Quando ho problemi con le donne, a un certo punto faccio sempre una cosa che certamente gratifica i sensi, benché li ottunda alquanto. Per un po' mi fa sentire meglio, poi mi fa stare peggio. Il giorno dopo immancabilmente decido che questa cosa deve uscire da casa mia e che non la userò mai più, ma so che mi sto raccontando una bugia.

Ciò di cui ho bisogno è *Blood on the Tracks*, l'enciclopedia del dolore di Dylan. Forse di chiunque. Ascolto dal principio alla fine *Tangled Up in Blue*. Nessun problema, c'è anche qualcosa di bello (*She was married when we first met/Soon to be divorced*. Lei era sposata la prima volta che ci siamo incontrati /Dopo poco divorziò. Lo adoro).

Non mi chiama.

Non ho problemi neanche con *Idiot Wind*. Mi dà persino coraggio, perché sento una profezia che non avevo mai notato prima:

You didn't know it,
You didn't think it could be done,
In the final end he won the wars
*After losing every battle.**

Giusto.

Non mi chiama.

Sopravvivo a tutta *If You See Her, Say Hello*. È quella in cui si sente il cuore di Dylan che cade sul pavimento con un tonfo, poi calpestato da un paio di tacchi alti.

Sundown, yellow moon, I replay the past
I know every scene by heart
*They all went by so fast.***

Ed è qui che succede. Si sta facendo tardi. E lei non mi ha ancora chiamato. Ho un crollo e lascio scorrere le

* Non lo sapevi, / Non credevi che sarebbe potuto accadere, / Alla fine ha vinto la guerra / Dopo aver perso tutte le battaglie. [*N.d.T.*]

** Tramonto, luna gialla, rivivo il passato / Conosco ogni scena a memoria / Trascorsa troppo velocemente. [*N.d.T.*]

lacrime. Da dove vengono? Devo avere un grosso serbatoio di liquido salato perché la tempesta dura quarantacinque minuti. Porterò qualunque fardello. Pagherò qualunque prezzo. Lei è il mio Vietnam.

Alle undici: il telefono.

"Ciao", dice. "Sono io."

"Ciao." Ho il tono distaccato?

"Mi sono appena svegliata", spiega a mo' di scusa.

"Okay." Meno parlo, più probabilità ho di nascondere il nodo in gola.

"Sono tornata in città, mi sono stesa per fare un sonnellino e... ciao, ho dormito otto ore."

"Può succedere."

"Mi dispiace. Andiamo a bere qualcosa una volta?"

"Certo."

Fa una risatina, con la sua tecnica per riempire gli spazi vuoti. Non significa "com'è divertente" significa "com'è imbarazzante".

Ma avendo lei emesso quel suono, ora tocca a me. Devo dire qualcosa.

"Credevo", mormoro "che non volessi più vedermi."

Alla fine della commedia che faranno sulla vita a New York nel 2001, leggete i titoli di coda. Io non sarò il protagonista maschile. Non sarò l'amico intimo cinico, né il Barista Numero Due. No, mi troverete fra diecimila nomi, sotto "sfigato".

LUNEDÌ, 16 LUGLIO

A pranzo salto il pasto risparmiandomi la cotoletta fritta con il formaggio fuso e, mordicchiando al suo posto una schifosa barretta PowerBar, mi avvio verso il palazzo del dolore. Il tempio dei grugniti.

Perché vado in palestra? Per essere più bello quando sono nudo. Ma ecco l'elenco completo delle persone che mi hanno visto nudo da quella volta con Julia:

1. Quelli che vanno in palestra.

Praticamente mi spoglio per farmi vedere da ragazzi neri con il petto della dimensione di un'utilitaria e braccia come sequoie. Questo mi fa un po' gay. O no?

In spogliatoio mi tolgo i vestiti con umiltà, cercando, come al solito senza successo, di individuare il mio uccello sotto la sporgenza del ventre tremolante. Sbircio gli addominali degli altri: ferro. Mattoni. Acciaio. Titanio. Quando mi metto una maglietta io è come se avvolgessi una ciotola di purè. Ma in fondo in fondo so di non essere sovrappeso. È solo che ho tre tizi pelle e ossa intrappolati nel corpo di un uomo grasso.

Vado in sala pesi, dove tutti si dimenano con misterioso ottimismo. Poi dicono che uomini e donne non si capiscono. Prendi la palestra, per esempio: usando esattamente la stessa attrezzatura, le donne cercano di diminuire la massa corporea e gli uomini di aumentarla.

Questa palestra è frequentata da professionisti sulla trentina, perciò mentre faccio stretching l'impianto stereo spara a tutto volume domande in musica demograficamente appropriate, con canzoni dei nostri verdi anni: "Credi nell'amore? [*Do you believe in love?*]". No. "Vuoi davvero farmi male? [*Do you really want to hurt me?*]". No, grazie, sono troppo occupato a far male a me stesso. "Sei sicuro che stia uscendo con lui? [*Is she really going out with him?*]". Grrr.

Ci sono dei tipi enormi, con *pantaloncini attillati* e canottiere di lycra, che sollevano bilancieri con pesi comici, da cartone animato, così grossi che sembrano finti. Si piegano sulle ginocchia, si abbassano, poi barcollando ritornano in posizione eretta. Lo ripetono. Sembra difficile. Senza senso, ma difficile. Quante sono le ragazze che in questo preciso momento si stanno confessando a vicenda, davanti a una Ceasar salad, *voglio un uomo con muscoli lombari ipertrofici*?

Specchi su ogni parete, sui quattro lati di ogni colonna. È come un parco di divertimenti, basta sostituire a divertimento "tormento spaccaossa". Sono tutti ansimanti e madidi di sudore, producono rumori metallici e hanno volti gonfi e determinati, ma quello che stanno facendo, in realtà, è controllarsi a vicenda. Peggio: fingono di allenarsi per poter far finta di controllarsi a vicenda, mentre in realtà controllano se stessi. Ogni volta che guardi uno specchio – e non puoi guardare da nessuna parte senza guardare in uno specchio – vedi riflessi altri specchi, che riflettono ancora altri specchi, e così via, all'infinito. Sono molti più me di quanto sia dell'umore di sopportarne.

Altri uomini indugiano ai pesi liberi, indossando orgogliosi la maglietta aziendale. Io cammino dinoccolato verso la panca piana, esaminando la noiosissima sbarra d'argento con quelle scanalature che sembrano non aver altro scopo che farti venire i calli. Quelli che puoi definire "calli da allenamento" se una ragazza li nota mentre siete al bar. Non so quanto peso riesco a sollevare. Sono redattore di un giornale: quando è stata l'ultima volta che ho tirato su qualcosa di più pesante di un foglio? Quando ho sfidato qualcosa di più impegnativo della mia sorte?

Un energumeno e il suo collo spuntano su di me mentre sto spingendo e ansimando. Una quercia pneumatica. Ha uno *scaffale* al posto del petto. Ho sentito dire che con gli steroidi ti si gonfiano i pettorali e ti si rimpiccioliscono le palle fino a diventare come semi di girasole. In altre parole, ti fanno diventare talmente tanto maschio che cominci a diventare una femmina. Ecco cosa ti succede a curare il tuo aspetto fisico. Come ci viene in mente anche soltanto di provarci? Solo alle ragazze è richiesto di essere belle. Noi siamo qui ad ammirarle.

"Ciao, amico!" mi dice. "Vuoi una mano?"

Guardo verso l'alto. O ha qualcosa nell'occhio, o mi ha appena fatto l'occhiolino. La patta dei suoi pantaloni è a trenta centimetri dal mio naso. Ho la sensazione che ci siano dei film porno gay che iniziano così. Dalle casse, George Michael comincia a cantare in modo affettato. (Come hanno fatto a pensare che *questo* signore fosse etero?)

Non voglio fare il maleducato. Non voglio nemmeno testimoni.

"No, grazie", rifiuto. E giaccio sulla panca respirando con difficoltà. Lui rimane in piedi dietro di me, e guarda verso il basso sorridendo. È imbarazzante come molti miei appuntamenti con le donne.

"Ti dispiace se mi alleno?"

La canzone: *I Want Your Sex.*

"No, no!" rispondo con eccessivo entusiasmo. Salto su, felice di prendermi una pausa.

Lui fa scivolare fra pollice e indice i graziosi dischetti che ho messo come pesi sulla sbarra, e li rimette sulla rastrelliera. Aggiunge da tutte e due le parti due enormi dischi volanti e si sdraia sulla panca, guardandomi dritto negli occhi. Ora sono io in piedi dietro di lui, e cerco di non guardare da nessuna parte.

"Mi dai una mano?" mi chiede mentre inizia a spingere e a pompare.

George dice: *Sex is best when it's one on one*! [Il sesso è il massimo quando si fa in due].

"Ssssì", rispondo.

Ne fa velocemente una dozzina, ma verso la quindicesima ha finito la benzina. È il momento in cui devo intervenire attivamente. Dovrei aiutarlo a finire quest'ultima ripetizione e a rimettere la sbarra sulla rastrelliera. Tuttavia, poiché mi sento le braccia come linguine e poiché lui sta sollevando più o meno il peso della Norvegia, prevedo una scena comica. In realtà, lui sa benissimo che non avrebbe mai dovuto chiedermi di fargli assistenza. Ma si sta comportando correttamente. Sta facendo uno sforzo per non escludermi nonostante il mio aspetto. Mi sta accogliendo nella società dei forti con una specie di programma d'inserimento per persone gracili.

È arrivato a un quarto dell'ultima ripetizione. Le mie mani sono sotto la sbarra, pronte ad aiutare.

"Ci sei", gli dico.

"Uh. UH!" Gomiti piegati.

"Ce l'hai tu," aggiungo con i palmi aggrappati alla sbarra.

"Ah! AAAAAH!" La sbarra avanza di altri cinque centimetri. Io cerco di aiutarlo a sollevarla. Sembra una Buick.

"Ce l'hai tutto tu", dico per scusarmi.

Emette una serie di vocali a voce alta. Il sudore gli cola lentamente lungo la fronte. Impegno tutto il corpo per sollevare la cosa per gli ultimi cinque centimetri (pensando: figata. Mi si vedono le vene del braccio), ma avrei bisogno a mia volta di assistenza.

Abbasso la voce fino a emettere un grugnito virile. "Ce la devo fare", sibilo. Lee Marvin, tale e quale.

Ci riusciamo. Per fortuna, perché sentivo i tendini dell'avambraccio che iniziavano a staccarsi, come il caramello nella pubblicità degli Snickers.

Si tira su, espira come un vero uomo. "Grazie, fra'."

"No prob'", rispondo. Noi pesisti non pronunciamo le ultime sillabe.

"Davvero carino come sei riuscito a farmi fare tutto da solo."

Questi tizi muscolosi sono abbastanza intelligenti da riuscire a fare del sarcasmo? E se così fosse, ora che faccio? Ignoro l'offesa, o lo sfido a battersi?

"Sono qui per questo", ribatto.

Appena si volta per aggiungere altri pesi al bilanciere io sguscio via e mi trovo davanti a quel dispositivo terrificante che è la "lat machine". In questo caso si sta seduti e si deve tirare dall'alto verso il basso dietro la testa una sbarra gigantesca attaccata con una catena a una pila di pesi. Tolgo il fermo e lo piazzo quasi in cima alla pila. No. Ancora più su. Un personal trainer, con la gomma da masticare in bocca e le braccia incrociate con indifferenza, mi guarda fisso negli occhi. Non mi sono ancora seduto e il suo sguardo già dice: *stai sbagliando.*

"Come va?" borbotto.

Lui annuisce lentamente col capo, una sola volta. E continua a fissarmi.

E io ho di nuovo tredici anni. Sala pesi del liceo. Qualche volta mi fermavo lì alla fine di educazione fisica, dopo una pigra corsetta dal campo di calcio o da quello di tennis. La sala pesi era proprio accanto allo spogliatoio, e i ragazzi ci si fermavano per fare un po' di *leg curl* e di *leg press*: attività facoltativa per geni della palestra, che si mettevano in mostra proprio come facevo io scrivendo più relazioni sui libri di quante ne fossero richieste. Quindi stavamo lì: il capitano della squadra di calcio, il prima base della squadra di baseball, un paio di giocatori di football pieni di quadricipiti-deltoidi-trapezi, sepolti dalla montagna di muscoli, e io. Io restavo lì solo per passare il tempo fino al via libera alle docce, dove non mi piaceva far sfoggio del mio Sahara pubico in mezzo a una dozzina di adolescenti, amanti delle barzellette sporche e delle battaglie con gli asciugamani, che esibivano allegramente la loro giungla. Perché mai il fatto di trovarsi accanto ai genitali nudi di persone dello stesso sesso facesse scattare la molla del divertimento è una cosa che non ho mai capito. Tuttavia, poiché in quei momenti mi tenevo in disparte, mi davano del "finocchio".

All'università i ragazzi spostavano avanti e indietro senza fatica pesi come grattacieli, mentre io facevo stretching ai polpacci. Tendini del ginocchio. Braccia. Caviglie: non dimenticare le rotazioni. Oh, sì, e il collo, oscillare in tondo per un po'. Quando finivo il repertorio dello stretching, mi sedevo a fare qualche patetico peso per le braccia. Pian piano, tutti gli altri smettevano il sollevamento. Mi venivano vicino e formavano un cordone di ilarità alle mie spalle. Ognuno dava il suo non richiesto contributo alla telecronaca di ciò che stavo facendo io.

"Che cosa sta f-"

"- usa tutto il cor-"

"-si deve riposare dopo ogni rip-?"

"-una specie di handic-"

"-mio fratello solleva quei pesi lì, ma ha und-".

"Pensate che raccatti molta fica?" Tutt'intorno si ridacchiava. Mi sarebbe seccato meno se non fosse stato il professore di ginnastica a dirlo.

Ma il personal trainer della Quindicesima est non ha niente da dirmi. Rimane lì sprezzante a masticare gomma.

Tiro la sbarra per la prima ripetizione mentre lui mi

guarda gelido. Ne faccio un'altra, e un'altra. Dalla bocca mi escono impercettibili gorgoglii.

"Eep."

"Yaw."

"Ahiii."

"Stai sbagliando", dice il trainer.

"Sì?" rispondo io mollando la sbarra. SBANG! Tutti si girano dalla mia parte. "Ho guardato le indicazioni."

"No, amico, sono i *rumori* che fai. Tutti sbagliati. Vedi, non è che sia un gran peso."

"Il tuo compito non sarebbe quello di incoraggiare i clienti?"

Si stringe nelle spalle. "Tu non sei un mio cliente."

Quindi è così: devo assumere questo tizio per farlo tacere. I personal trainer costano 50 dollari l'ora.

"A te che importa?" ribatto stizzito.

Fa un cenno che indica sopra la mia spalla.

Mi volto: alcuni tori hanno messo giù i pesi e hanno formato un semicerchio bisbigliante intorno a me.

"Finito!" affermo asciugando il sudore sul sedile.

Faccio qualche miglio agonizzando sul tapis roulant. Quando ho finito sono fradicio come mi fossi immerso in una vasca. Ho bagnato tutta la macchina. Il mio sudore sta probabilmente arrugginendo gli ingranaggi. Se non bastasse, sono sicuro che un po' del mio grasso corporeo è volato via atterrando sulla deliziosa ragazza asiatica accanto a me. Per fare qualcosa mentre rantolo ritornando in vita, spingo un bottone. Il contacalorie. Ho bruciato... un terzo di un Big Mac.

Vado barcollando verso la bilancia. Ho perso quasi tre chili in una settimana. Ecco perché si va in palestra: ci sono sempre buone notizie. Se prendi peso, ti dici: *sto aumentando la massa muscolare*. Se lo perdi, ti dici: *sto eliminando il grasso*.

Dalle casse: *Love Is the Drug*. No, l'amore non è una droga, è una farmacia. E Julia è la mia farmacista, che mi dà: Viagra, etere, anfetamine, Valium, eroina.

MERCOLEDÌ, 25 LUGLIO

Shooter mi invita a cena. Dove voglio, ha detto. Rao's? Ho proposto. Il ristorante più esclusivo della città. Circa dodici coperti, frequentato da VIP, mafiosi e VIP mafiosi. Shooter ha telefonato, ma nemmeno lui ha i contatti necessari, quindi optiamo per lo Yale Club. Tetri ritratti di due metri e mezzo alle pareti da Casa degli Spettri di Walt Disney, camerieri con baffetti ossequiosi, enormi tavoli di quercia sbozzati da vichinghi gonfi di idromele. Età media dei membri del club: deceduto. Gli uomini sfoggiano pettinature impeccabili e fazzoletti ben stirati. Le mogli facce ben stirate. Teoricamente il club accoglie chiunque sia stato a Yale, ma in pratica è un rifugio per una specie in via d'estinzione, quella minoranza in declino che è il maschio bianco privo di senso dell'umorismo che adora commentare ciò che legge su *Foreign Policy* davanti a un piatto di manzo bollito e di patate lesse, accompagnato da un cognac o da un Rob Roy.

Shooter è nel suo elemento, trinciando giudizi sul tessuto dei tovaglioli, la qualità del vino, la resistenza delle pinze per i crostacei. Di tanto in tanto gli sfugge un inverosimile accento britannico. Lui parla, io bevo. Parla molto. È stato il caso a farci incontrare, ma è l'alcool che ci ha reso amici.

"Come va il traffico nella patta?"

"C'è questa ragazza..." inizio a spiegare.

"Stop", fa lui. "So già di che si tratta."

Aspetto le perle di saggezza. Shooter sistemerà le cose. Shooter sa tutto. Bevo un altro sorso di vino. Forza e coraggio.

"È Perrier", dice. Mi volto, e vedo che dietro di me c'è il cameriere. "Ho ordinato una San Pellegrino."

Mi giro sulla sedia. È un immigrato con lo smoking, uno sventurato con le spalle curve e il collo chino in segno di ossequio. "Controllo, signore."

"E porti via questa", gli ordina restituendo il bicchiere.

"Utilizziamo un po' di vino?" chiede aprendo la lista dei vini, che ha le dimensioni di un atlante.

"Utilizziamo...?"

"Eddai. *Fiesta*... non ti dice niente?"

"Avevo intenzione di leggerlo." Questa frase non è del tutto vera. Mi ricordo di aver comprato il libro, ma non l'ho nemmeno aperto, quell'anno c'era un sacco di roba sulla HBO. Da allora l'ho portato in vacanza con me, ficcandolo ottimisticamente nello zaino e nei bagagli con il proposito di leggerlo, o quasi, o almeno di essere notato mentre facevo finta di leggerlo in un caffè esotico di Piazza Navona o Khao San Road. Dopo un po' ha preso un aspetto così meravigliosamente vissuto che ho pensato fosse inutile leggerlo sul serio.

"In sostanza è un libro sul bere", spiega Shooter. "Solo che ci sono così tante scene in cui qualcuno sta bevendo che l'autore si è dovuto inventare delle nuove parole. Come 'utilizzare'."

"Bella parola."

"Vero? Trasmette bene l'importanza del vino in quanto utensile. Non lo consumiamo, lo usiamo per *costruire.*"

"E, a volte, per guidare."

"Se non sei in grado di fare il pieno di alcool e guidare fino a casa senza arrecare gravi danni a un albero o ad altri", afferma Shooter, "non sei un uomo degno di questo nome."

A volte mi chiedo se il parere di Shooter sia davvero il miglior parere possibile.

"Sai, a parte il taglio di capelli, sei carino." Tono ambiguo. "Non bello come me, ma insomma."

Shooter sa di essere bello. Ampie spalle da scaricatore di porto, vita sottile come una ragazza. Braccia spesse e nodose. Gambe molto toniche per anni e anni di calcio. Pelle perfetta, color mogano, treccioline lunghe fino alle spalle raccolte in una coda di cavallo. Sembra non si renda conto di essere nero. Non vi accenna quasi mai. Quando cammino per strada con lui, tutte le ragazze lo guardano negli occhi. Lui ricambia sorridendo. Naturalmente io sono invisibile. Una volta mi ha confessato che non è mai stato più di due settimane di seguito senza fare sesso. Detto da chiunque altro di mia conoscenza sarebbe ridicolo. Da lui no. Io vado a caccia di gonnelle; Shooter le cattura.

Indossa vestiti italiani. Il suo orologio costa più di dieci cose qualsiasi messe insieme che io abbia mai acquistato. Ero a Firenze con lui quando lo ha comprato. Il prezzo in lire era lungo come un numero di telefono. Con il prefisso. Shooter lo ha fatto addebitare sulla sua American Express senza pensarci un attimo. Non è molto bravo in matematica. Sono quasi sicuro che non ha mai capito la cifra esatta. Nello stesso viaggio si è comprato un paio di pigiami più cari del mio vestito più bello.

"La sua San Pellegrino", dice il cameriere, di ritorno.

Shooter annuisce come un imperatore romano mentre il cameriere versa l'acqua.

"Che cosa stai facendo per te stesso?"

"Vado in palestra e mangio meno."

"Butta giù altri nove chili", mi fa. "E forse ti posso passare qualcosa di smesso."

"Vestiti?"

Alza gli occhi al cielo. "*Ragazze.*"

A questo punto mi spiega perché secondo lui i britannici non dovrebbero mai sbarazzarsi della Camera dei Lord. Una spiegazione di quaranta minuti. È un convinto sostenitore della società classista. Secondo lui l'America non sarà mai veramente grande finché non riuscirà a concepire un sistema migliore per separare le persone di umili natali dai potenti. Quando era a Dartmouth aveva fondato un giornale così di destra che se fosse stato bianco sarebbe stato cordialmente invitato a trasferirsi altrove. Ma lui si era ritagliato una nicchia: il rasta reazionario. Una volta *60 Minutes* ha fatto un servizio su di lui. Aveva diciannove anni.

"A proposito. Bene bene, fratellino, bene bene." Inclina la testa alludendo a qualcosa.

Ogni tanto Shooter e io ci mettiamo a parlare come in *Arancia meccanica*, specialmente quando siamo in un ambiente elegante e ci serve un codice per fare qualche osservazione sconcia.

Mi volto. Una mora molto alta entra in silenzio, fasciata da pantaloni attillatissimi che non le arrivano all'anca. Siamo allo Yale Club, non credo sia permesso esporre la pancia, e la camicia le sfiora appena la vita dei pantaloni. Sbirciamo entrambi il segno del tanga mentre si china a baciare un tizio. Potrebbe essere suo padre. O il suo paparino. In un caso o nell'altro, lei gli sta affrettando il momento del decesso con un bacio infartoforo. Probabilmente con la lingua.

"Quelle", spiega lui come se avessimo parlato di questo argomento tutta la sera, "sono un paio di chiappe da Jacuzzi. Rrrrrah!" Sostiene, da seduttore, con un enorme sorriso.

Shooter è un bambinone come me, solo che lui è un *uomo* che si comporta da bambino, io sono un *bambino* che si comporta come un uomo. A differenza di me, lui possiede delle cose. Una macchina (una Range Rover. Stesso colore e dimensioni della macchina dei pompieri) e un nido d'amore agli Hamptons comprato da un VIP di secondo piano (con: piscina riscaldata, uno stagno con le ranocchie, e un terreno a disposizione del cane grande più di mezzo ettaro, così densamente circondato dai pini che non si vede nessun'altra casa). Shooter non lavora. La sua morale relativamente al lavoro è: lavorare è immorale. Vive con l'eredità di un figlio unico di figli unici. Suo padre è il re dell'insalata di cavolo del Midwest. Ogni volta che mangi l'insalata di cavolo metti dei soldi in tasca a Shooter. L'insalata di cavolo si presenta, non richiesta, e torna indietro, intatta, con ogni piatto che si prende nelle grandi catene di ristoranti per famiglie, quelle in cui il cibo è dentro vasche d'acciaio. Chi avrebbe mai detto che uno dei cibi meno desiderati al mondo ("Mamma, posso prendere un altro po' di quel delizioso cavolo con maionese, gnam gnam?" No, non credo) rendesse come un casinò di media grandezza?

Shooter ha lavorato un paio d'anni per il padre, ma solo per sviluppare la sua grande idea, un costoso progetto per inserire l'insalata di cavolo nel Grande Slam della prima colazione, ha bruciato qualche milione di dollari. Il vecchio ha quindi deciso che il rampollo avrebbe prosciugato il patrimonio di famiglia a una velocità meno allarmante se fosse stato impiegato in attività senza profitto (scuole di pittura, corsi di storia, volontariato in campagne politiche donchisciottesche) e parcheggiato in un luogo sicuro, a New York. Non che Shooter non sia creativo nello spendere il denaro: una volta a casa sua mi ha chiesto se volevo un caffè. Sì. Ha telefonato al bar di sotto e se ne è fatto mandare su uno, con la sua caffettiera tedesca da trecento dollari che troneggiava, ignorata, sul bancone di titanio della cucina. Alpha, il suo cane, beve solo Evian. Una volta ha lasciato accesa per due settimane l'aria condizionata del suo appartamento nell'Upper West Side, mentre era agli Hamptons. Apposta. "Non mi piace l'odore di chiuso", ha detto tirando su col naso. Io l'accendo per tre misere ore ogni volta, calcolando a mente i kilowatt che consumo.

A questo ritmo, Shooter prevede di finire i soldi quando avrà sessant'anni, ma più di una volta ha giurato solennemente di aggirare il problema continuando a bere in modo da finire presto i suoi giorni. A dire il vero, una volta Mike ci ha detto che è scientificamente provato che un consumo moderato di alcool si correli a una lunga vita (credo che stesse leggendo ad alta voce un articolo su *The Wine Spectator*). Ma non c'è niente di moderato in Shooter.

"Dunque, c'è questa ragazza", riprendo io mentre il cameriere inizia ad aprire sudando la seconda bottiglia di Bordeaux. Gli racconto del mio insoddisfacente weekend, tralasciando i dettagli imbarazzanti.

"Qual è la tua prossima mossa?"

"Non so. Starle dietro ancora un po'", dico. "La conoscenza genera consenso?"

"Dove sei arrivato con lei?"

"Abbiamo fatto delle cose."

"Bene", stabilisce Shooter, e gesticola con la mano destra, quella con il bicchiere. Circa otto dollari di vino vanno a finire sulla tovaglia. "Quello che devi fare è chiederle a che cazzo di gioco sta giocando. Devi smetterla di fare la checca. Dille, senti bellezza, questo tizio è un perdente su tutta la linea, e comunque, che cazzo ci sta a fare lei con uno così? È uno che non può aspirare a niente. Un reporter del Connecticut? Ma fammi ridere! Non tirerà su più di trentatremila dollari all'anno. È stupido e senza palle, non potrà mantenerla, non potrà mai portarla a nessuna festa veramente interessante!"

"Giusto." Mi siedo più dritto. "Io posso portarla alle feste." Feste delle star del cinema, party incasinati dell'industria musicale. Rinfreschi chic del mondo dei libri. Dove lei può incontrare un sacco di persone interessanti. E probabilmente andarsene con qualcuna di queste.

"Dille che tu non sarai più il suo cazzo di zerbino e che

se non scarica questo ritardato mentale, tu te ne cerchi un'altra. Devi dirle chiaro e tondo che non può andare avanti a prenderti in giro all'infinito."

Non mi piace la piega che ha preso. "Ma non è meglio soffrire atrocemente piuttosto che non vederla più?"

"No!" Stringe il pugno. Lo vedo al rallentatore salire al di sopra della spalla e prepararsi a crollare sul tavolo, ma invece di cadere in verticale, colpisce il plesso solare del messicano con lo smoking. Il cameriere tossicchia. Shooter lo guarda male, come per dirgli: *Stronzo, cosa ci fa il tuo stomaco addosso al mio pugno?*

"Per dessert abbiamo profiteroles..." comincia il cameriere.

"Se non lo piglia a calci in culo, tu devi farle vedere che sei un uomo, cazzo! Cosa porti lì sotto, biancheria di pizzo o che altro?"

"Non è un rischio?"

"Meringata al limone, la torta di lime, gelato..."

Certi uomini fremono di rabbia dentro di sé. Non Shooter. Quando lui freme, il signore seduto due tavoli più in là deve togliersi la saliva di Shooter dalla cravatta.

"Sì", dice al cameriere. "Gelato. Il mio amico prende la macedonia."

"Mi comporterò da uomo", prometto, o prevedo, un po' esitante. Immaginavo che prima o poi sarebbe successo qualcosa che avrebbe segnato la fine della mia adolescenza. Però era sempre una cosa tipo: io che vinco un teppista con il kung fu, oppure io che al Super Bowl afferro il passaggio vincente e schizzo nella stratosfera.

Mentre guadagno lentamente la via di casa con una bottiglia e mezzo di vino che mi sciacqua dentro, guardo l'orologio: è l'1.15 del 26 luglio. Accendo il computer. C'è posta!

FROM: wayoutthere
SUBJECT: bellezze strapazzate

FROM: salespro2001
SUBJECT: BAMBINONE33, TI SERVONO $500 AL GIORNO????

FROM: hotaxx
SUBJECT: INCREDIBILE!!! RAGAZZA CON CAPRONE

FROM: greetings etrade.com
SUBJECT: Buon Compleanno, TOM FARRELL!

Zap.Zap.Zap. Faccio doppio click sull'ultima.

DATE: 07/26/01 12:01 A.M.

C'è l'animazione di una fetta di torta con una candelina. È scritto con le divertenti lettere cicciotte dei cartoni animati:

*Avremmo voluto mandarti una torta, ma abbiamo avuto paura che la glassa potesse appiccicarsi allo schermo del computer. Tanti auguri. E*TRADE.*

Quindi ora i computer hanno programmi automatici per mandare biglietti d'auguri automatici via e-mail ai loro clienti automatici. Se configuro il mio computer per rispondere automaticamente a questi messaggi, non devo fare più niente. E i due computer entrerebbero in un loop infinito di auguri e ringraziamenti. "Grazie per gli auguri e-mail." "Grazie del ringraziamento per gli auguri e-mail." "Grazie della tua risposta al mio biglietto di ringraziamento per gli auguri e-mail." Non credete anche voi che le buone maniere siano la cosa più inutile che i computer dovrebbero eliminare dalla nostra vita? Invece, l'ATM ne vomita una ventina e lampeggia "È stato un vero piacere servirla". I computer ci hanno avvicinato alla totale femminizzazione della vita in America. Ora ti devi ricordare dei compleanni. Perché non hai scuse per dimenticare. "Oh, scusa, non ti ho considerato abbastanza importante da inserirti nella mia agenda Yahoo!"

Il che potrebbe sollevare una domanda o due sul perché non mi ha chiamato nessuno per il mio compleanno. Ma ci penserò domani. Sono stanco. Sono le due del mattino. Domani è un altro giorno.

GIOVEDÌ, 26 LUGLIO
ORE 8.55

Sbagliato. Stesso giorno di merda.

GIOVEDÌ, 26 LUGLIO
ORE 21.05

L'imprescindibile festa di compleanno nella saletta riservata del Langan. Ho invitato praticamente tutta la mia rubrica di posta elettronica. Quelli che vengono, portano persone che non conosco. Ma chi è questa gente?

Mi apro un varco tra la folla avanzando in apparente scioltezza, con gioia simulata. Ci sono circa settanta invitati. La mia idea di festa è: devi invitare molte persone che conosci poco, le quali arriveranno e incontreranno molte altre che tu conosci poco, e a quel punto crederanno che tu devi essere davvero famoso, e se tutti pensano che tu sei famoso in un certo senso lo sei davvero. O no? Ho mandato un invito e-mail a centoquaranta persone, comprese alcune di cui mi ero procurato il biglietto da visita ad altre feste, con il preciso intento di invitarle alla mia festa in modo di essere a mia volta invitato da loro.

Per conoscere qualche ragazza.

Stasera la mia ragazza è Liesl. Mi ha portato un regalo eccetera. Un romanzo in edizione economica. Non ho intenzione di leggerlo. Ho già visto il film. Dieci minuti dopo il nostro arrivo ha trovato un tipo mezzo tedesco con cui parlare. Sono seduti in un angolo a confrontare le ricette della cotoletta di vitello, o a parlare di *Lederhosen o Lebensraum*. Liesl dovrebbe farmi da ornamento. Ho bisogno di un bocconcino come lei per mettermi al riparo quando arriva Julia. Fortunatamente tutti mi procurano il balsamo per i miei nervi, e ogni bicchiere di "fottitene" va giù più in fretta del precedente. Nei fumi dell'alcool tutto sembra sempre più bello. O no?

Bevo e chiacchiero un po' con tutti. Sono tanti, lei però non c'è.

Rollo mi racconta una barzelletta. "Un sadico e un masochista escono insieme. Il masochista dice: 'Non mi picchi?' E il sadico: 'No'."

"Divertente", considero mentre tormento di sguardi la porta. "Raccontamene una che non conosco."

Guardo l'orologio. Le 21.15 e lei non c'è. Alle 21.21 è ancora assente. Alle 21.25 non c'è traccia di lei. 21.27. E 21.28. E 21.29. Non viene. Un altro bidone, ormai è routine. La mia presenza nella sua vita si assottiglia come il naso di Michael Jackson.

A questo punto arriva Bran. Non è sola.

"Tom", dice. "Lei è Katie Swenson."

Ex collega di Bran. Ha lasciato da poco il mondo dei telegiornali, fortemente competitivo e con occasionali pugnalate alla schiena per... iscriversi a Legge. Gote deliziose, mèche color caramella alla Cameron Diaz, lealtà del Midwest, come la mia mamma. (Ah. Ricordarsi di non pensare a mamma quando penso a Katie.) Mi piace Katie. Mi piace anche Bran. Se flirto con una accendo la miccia della competizione nell'altra. Perfetto. Quando si tratta di relazioni amorose, gratta la scorza di una fanciulla e troverai un feldmaresciallo indurito da molte battaglie.

"Mi hai portato un regalo?" chiedo a Bran.

"No", risponde lei. "Katie sì, però."

"Davvero?"

"Ce l'ho in borsa", dice Katie. "Voilà."

È un mazzo di tarocchi.

"Fatti leggere le carte", mi incoraggia. "Sarà divertente."

Poso il bicchiere.

Un tipo che conosco, che si chiama Doug, sta dicendo che non capisce i sensitivi.

"Prendi i medium in TV. Se sono veramente bravi, ti raccontano che hai appena perso un parente/un lavoro/un fidanzato. Cose che sai già. E per questo dovrei pagare 4 dollari e 95 al minuto? Che c'è di interessante? Dimmi piuttosto cosa farà Cisco nei prossimi sei mesi."

"Forse ti potremmo dire qualcosa di te che ancora non sai", aggiunge Katie. "Ti spiego cosa sto per fare. Fammi vedere la tua aura."

Mi prende la mano sinistra e inizia a scrutarla. La accarezza leggermente. Poi passa alla destra. Forse sta flirtando con me. È proprio sexy. Ha i capelli come l'estate e la voce delle tre del mattino.

"Hai davanti a te questo grosso ostacolo", continua. "E sei indeciso se affrontarlo o no. Ma lo farai. E all'inizio ti sembrerà un disastro. Ma dopo un po' andrà molto meglio."

Sento una goccia di sudore sulla fronte. Guardo Doug, un autore TV che ha avuto un'idea per un programma originale – un gruppo di scansafatiche che complottano di continuo per rubarsi a vicenda l'urna parlante delle ceneri di Kurt Cobain, che li prende in giro ogni volta che fanno una scemenza –, appena rifiutata da MTV, Comedy Central, e anche da Showtime.

"E di lui che mi dici?" protesto io. "Anche lui ha davanti a sé degli ostacoli. Chiunque ne ha."

"Okay. Ti dirò cos'hai in frigorifero", mi sfida Katie.

"Cosa?"

"Mmh. Muh. Mai. Maionese."

"E tu chi sei? L'oracolo di Hellman's?"

"Allora?" chiede lei.

"Mi spiace tanto. Perché tutti hanno la maionese in frigorifero. Tranne me." Però sono ancora sconcertato. Ha beccato gli ostacoli, immediatamente. La prossima volta potrebbe svelare la mia abitudine a masturbarmi.

Ha l'aria triste.

"Ci tengo la mostarda", preciso.

"Giusto", fa lei facendosi improvvisamente allegra. "Mostarda. È stata la *m* a ingannarmi."

Per fortuna non sa cosa significa quella *m*.

"E vedo un po' di, una specie di... carne in scatola."

"Figurati", replico io. Tutti hanno la carne in scatola nel frigo. A parte, si dà il caso, me. Solo le cose che mi servono per il Bloody Mary riempiono praticamente un intero piano.

A questo punto arriva la cameriera per avvisarci che è ora di chiudere.

"Ecco", dico. "Dobbiamo andare."

"Aspetta", interviene Bran con l'aria più tronfia del solito. "Non ti ha ancora letto i tarocchi."

"Facciamo un'altra volta", la prego, pensando: questa

ragazza riesce a guardarmi dentro. Proprio come Neil Diamond, Dan Fogelberg, e Bob.

"Altri cinque minuti?" chiede Katie alla cameriera, e le rivolge un sorriso dolcissimo. L'altra si stringe nelle spalle.

"Okay." Mi dà quattro carte. "Tu sei Quello che fa domande. Le leggeremo da sinistra a destra. Prima carta." La volta. "Otto di coppe. Interessante. Significa un inizio, nel senso di una nuova relazione. La tradizione vuole che ti stia vicino una bionda."

Mi fa quella smorfietta che solo le bionde possono fare. Questa ragazza è proprio carina. Ma sto pensando ai capelli biondo scuro di Julia. E a pensarci bene anche Liesl è bionda.

"Sempre bionde", brontola Bran scuotendo la sua testa nera. "Il mondo è così... biondista."

"Due", dice Katie girando ancora le carte. "Il Cavaliere di spade. Bene. Questo indica un uomo intelligente, affascinante, un consigliere che consulti regolarmente. Ma potrebbe essere inaffidabile. Potrebbe portare nella tua vita agitazione, o guai."

Cerco di non guardare Shooter, che in questo momento sta seduto vicino a Rollo su un divano morbido. Entrambi hanno una ragazza su ciascun ginocchio. Rollo sta chiaramente bisbigliando oscenità nell'orecchio di una. All'altra fa il solletico. Le ragazze sulle ginocchia di Shooter sono... be'... credo che la parola giusta sia "ondeggianti".

"Tre", dice Katie. "Due di spade. Stallo, un punto morto. Le cose si trascinano all'infinito."

Sapete com'è, uno non pensa mai alle proprie ascelle

finché non si accorge che là sotto sta succedendo qualcosa. Io sto pensando alle mie ascelle. Non mi serve un deodorante. Mi servono un paio di pannoloni.

Snap, snap. Le dita di Katie. “Sei pronto?” mi domanda riportandomi sulla terra.

“Attento, Tom”, fa Bran con l’aria molto divertita.

“Quattro.”

C’è un tipo che ridacchia come un debole di mente, ha un bastone appoggiato alla spalla e un cappello con dei campanelli. È inseguito da un cane che gli tira giù i pantaloni, quindi ha mezzo sedere di fuori.

“Ora”, continua Katie, “devo avvertirti, a questo è stato dato un nome improprio. Vedi come va avanti, e vedi che ha il bastone da viaggio? È la carta che generalmente indica nuove avventure. Nuovi inizi. Un nuovo lavoro, o un viaggio, qualcosa del genere.”

“Non puoi contestare le carte”, interviene Bran. “Tom, tu sei il matto.”

VENERDÌ, 27 LUGLIO

Sempre prendersi una giornata tutta per sé, dopo il compleanno. Per dormire fino a tardi. Che bello. Ho fatto un bellissimo sogno, stanotte: campionato di bowling, punteggio che polverizza tutti i record; e in più, come palla, usavo la testa di Dwayne. Mi alzo e mi faccio del pane tostato e un tè, una mattinata languida brandendo il telecomando; e ora posso dedicarmi alla cosa più importante che devo fare oggi: non telefonarle.

Non le telefono, non le telefono.

Non le telefono.

Fuori ci sono ventisette gradi, ottanta per cento di stupidità. Ma io non esco. Perché rischiare?

Mi faccio la doccia e mi sistemo i capelli, che sono un po' lunghetti. Cominciano a somigliare a quelli di un membro della comunità indiana di Long Island. Nel tentativo di coltivare una chioma fluente poetico-mistica alla Johnny Depp, o almeno un'interessante massa ondulata da pazzo, alla Beethoven, ho ottenuto una splendida scopa di stracci per pavimenti. Devo fare qualcosa.

Quando spengo il phon mi accorgo che sta suonando

il telefono. Arrivo troppo tardi. La segreteria si spegne e il telefono è muto. Uno che attacca. Julia è una che attacca, ha la fobia delle segreterie. Faccio subito il *69 per sapere chi ha chiamato. Un momento: posso permettermi di buttare settantacinque centesimi, più il centocinquanta per cento circa di tasse che viene misteriosamente aggiunto a qualsiasi cosa abbia a che fare con il telefono?

Mi risponde una voce gradevole del tipo talk show del mattino. Il numero che ho richiesto non può essere individuato da questo servizio.

Sono le dieci. Sicuramente era lei, che chiamava dal giornale – il *Tabloid* toglie l'identificativo alle telefonate in uscita. Che carino da parte sua. Preoccuparsi del fatto che magari sto dormendo. Ecco perché ha riattaccato.

Non mi azzardo a uscire di casa per paura che suoni il telefono. Ma riuscirò a non andare in bagno per tutta la giornata?

L'una. Il telefono.

"Pronto?"

"Pronto? Non so se ti ricordi di me, ma..."

Il mio serbatoio di sollievo si riempie rapidamente di allegri gorgoglii.

"Hai la voce", la interrompo, "di una ragazza che prima mi piaceva."

Fa la risatina. "Lo so. Lo so!"

"Hai dormito tutto il tempo?"

"Sì."

"Povera dormigliona", dico. Me l'ha fatta ancora: ha rigirato la frittata. Sono io quello comprensivo, quando lei ha dormito invece di venire alla mia maledetta festa di compleanno.

"Mi sono svegliata alle otto e ho pensato: 'Bene, prendo un taxi per il centro'. Poi mi sono riaddormentata."

Faccio una risatina. E non posso farne a meno: mi prendo un piatto e mi preparo a riempirlo di un buffet autopunitivo.

"Vuoi fare un giro dopo il lavoro?"

"D'accordo."

Vestirsi. Inspirare. Prepararsi psicologicamente. Per lei voglio avere tutto. Il sorriso di Tom Cruise, la poesia di Bob Dylan, la spacconaggine di Elvis. Invece ho la statura di Tom Cruise, i capelli di Bob Dylan, e il fegato di Elvis. Allaccio la cinta un buco più stretta del solito. La sofferenza non è, come mi aspettavo, infernale; solo atroce. Un altro buco e posso buttarla via questa cinta. Ho perso qualche chilo.

Vado a prenderla alle cinque precise. Andiamo a vedere un film che parla di un tizio che non riesce a trattenere i ricordi recenti. Qualsiasi cosa veda, o senta, qualunque informazione gli venga sbattuta in faccia, lui la dimentica. C'è una scena in cui la sua ragazza si comporta davvero male con lui, sapendo che tanto cinque minuti dopo lui non si ricorderà niente. Ci sono delle persone che non imparano mai.

"Andiamo al parco", propongo. "Dobbiamo approfittare di queste sere d'estate. La neve arriverà fra, diciamo, tre settimane."

"Sarebbe carino."

Sono pronto. Mi sono portato uno zaino con: una bottiglia di vino, due bicchieri di plastica, un cavatappi e un plaid. Andiamo al parco e ci sediamo sotto un albero. Lo Sheep Meadow è tutto un trillare. Non di uccelli. Di cellulari. Intorno a noi i papà giocano con le figliolette. Julia ha l'aria pensierosa.

Dietro di noi, a quindici metri di distanza, una coppia sta pomiciando. Davanti a noi, a quindici metri di distanza, una coppia sta pomiciando.

"Tutto questo mi fa pensare a una canzone di Bob Dylan", dico.

"Molte cose fanno pensare alle sue canzoni", fa lei.

Le parole mi escono di bocca.

"They sat together in the park,
As the evening sky grew dark,
She looked at him and felt a spark,
*Tingle to his bones".**

"*Simple Twist of Fate.*"

"Giusto." Sorrido riconoscente. Parlare con questa ragazza è così divertente, è come parlare con me.

È già il crepuscolo. Anche questo faceva parte del piano.

Stappo la bottiglia senza farci finire dentro i pezzetti di tappo (urrah!) e ci sediamo sul plaid. Le verso un po' di vino in più che a me.

"Mi è piaciuto il tuo biglietto."

Oggi ha firmato il suo primo articolo. Per festeggiare, ieri, prima di andare via dal lavoro, le ho lasciato un bi-

* Sedevano insieme nel parco, / mentre il cielo della sera diventava scuro, / lei guardò verso di lui e lui sentì un brivido, / percorrergli le ossa. [*N.d.T.*]

glietto buffo e una bottiglia di champagne. E anche una rosa a gambo lungo.

Lo so. Non dite niente.

"Cos'hai pensato quando hai visto la rosa? Che qualche redattore ti stesse tampinando in segreto?"

"Ho capito che eri tu appena l'ho vista", risponde.

Lei è seduta. Io sono steso dietro di lei. In adorazione dei suoi fianchi, le curve del violoncello, affascinato dalla sua vita sottile. Porta una maglietta attillata senza maniche che le lascia scoperta la parte bassa della schiena. Faccio fare un giretto alle mie dita.

"Hai dei minuscoli peli bianchi sulla schiena", mormoro. Ed è vero. È come lisciarle le penne. È adorabile.

"Lo so, mi radevo prima. Sono così pelosa!"

"Va bene così."

Inspiro profondamente. Lei se ne accorge.

Mi tiro su e mi avvicino. Le prendo le mani. Abbiamo bevuto due bicchieri di vino a testa.

"Devo dirti una cosa."

Quando sulle montagne russe sei lentamente arrivato alla fine della salita più ripida, e prima che inizi la discesa, c'è quel momento. Di totale immobilità.

Lei ha un brivido. Ha degli "uh, oh" stampati in fronte.

Faccio una lunga pausa. In parte è una pausa teatrale. In parte è la pausa che si fa quando non si vuole sapere cosa succede dopo.

Cerco di usare parole diverse dai soliti cliché, ma non esistono. Tutto quello che provo è già stato provato. Tutto quello che ho da dire è già stato detto meglio. Ma questa potrebbe essere la mia ultima occasione per dirle le cose che lei sa già.

"Ti voglio ringraziare", esordisco. "Per essere come sei e per condividere tutto ciò che hai."

Ha uno sguardo disperato. Siamo vicinissimi. In mezzo a noi non ci può entrare neanche un frisbee.

"Ma il fatto è", continuo, "che è chiaro che non lo sposerai. E so che tu hai pensato 'Sono cattiva?' Tu non sei cattiva. Se qualcuno lo dovesse pensare, quello sarei io. E io so che tu sei una... persona gentile, piena di premure, generosa. Hai solo fatto uno sbaglio."

È vicina alle lacrime. "Non hai un'altra bottiglia di vino per caso?"

"Hai pensato che forse, dopo un po' di tempo, ti saresti potuta innamorare di lui, ma non è successo", continuo. "Non vuoi ferire i suoi sentimenti. Ma non gli fai un favore aspettando altri due o tre anni a dirglielo. Lo stai torturando, Julia." Sono o non sono un grande? Lui convive con una donna sexy, dolce, intelligente. E io voglio salvarlo da tutto questo.

Lunga pausa. Il sole sta tramontando. Il caldo torrido è finito, è una perfetta serata estiva. L'orizzonte si tinge di vino rosso, la luce del crepuscolo arriva filtrata dalle foglie. La gente inizia a raccattare gli asciugamani da mare, le borse frigo, i palloni, i cani e i bambini. Ma tutti si muovono lentamente. Tutti si aggrappano alla luce del giorno.

Adesso Julia piange.

"Hai ragione", sussurra.

E io penso: sta andando benone.

"Credo che tu ti sia trasferita da lui solo perché avevi bisogno di un posto dove stare in città", riprendo. Cerco di non pensare che in tutte le nostre conversazioni lei non ha mai menzionato questo piccolo dettaglio.

"È come se fosse successo tutto insieme", ammette fra le lacrime. "Una volta ho provato a dirglielo. Siamo andati a prendere un caffè e io gli ho detto che non volevo più stare con lui e lui si è messo a piangere. Allora ho detto: 'No, no, non ti lascio!'"

Zip. Boing. Questa è nuova. Mi chiedo che cosa stava succedendo fra me e lei in quel periodo.

"Quando è stato?"

"Un paio di mesi fa."

Un paio di mesi fa. Penso a che cosa succedeva fra noi due un paio di mesi fa. Ed è proprio così, come regolare la rotellina di un binocolo temporale.

"Lui dice sempre: 'So che un giorno o l'altro mi lascerai'."

Sto cercando di non toccarla, di non farlo diventare un momento di sesso.

"Voglio prendermi cura di te", le dico.

Shooter dice: *non farti sorprendere a preoccuparti per lei.*

"Lo rimpiangerai quando per una settimana passerò ogni sera sul tuo divano a piangere."

"Il mio divano è impermeabilizzato."

E la tengo fra le braccia. Le accarezzo i capelli. Poi la spingo verso il basso in modo che si pieghi sul mio grembo. Ora si è accoccolata con la testa nella piega del mio gomito, ha gli occhi chiusi e io sono intento a guardare le sue guance morbide pensando: questa ragazza è di una bellezza imbarazzante.

Ma rimane accoccolata solo una manciata di minuti. Si rialza all'improvviso.

"Ho sempre avuto un ragazzo", continua. "Da quando avevo quindici anni. Non so cosa fare se non ne ho uno."

Allora non sarò il prossimo?

"Non desideri mai", aggiunge senza guardarmi, "di saltare questa parte?"

Aspetto per vedere dove vuole andare a parare.

"Voglio dire", continua, "andare direttamente a vedere come va a finire."

Guardiamo avanzare l'oscurità. Una lucciola svolazza dentro la bottiglia. Metto il tappo e guardiamo l'insetto che si accende e si spegne. Si sentono i grilli. Mi ricordano Dylan.

Flowers on the hillside bloomin' crazy
Crickets talking back and forth in rhyme
Blue river running slow and lazy
*I could stay with you forever and never realize the time.**

Prende la bottiglia. Toglie il tappo. Ma la lucciola non vola via. "E dai", la incoraggia con gentilezza. Dà qualche colpetto al fondo della bottiglia.

"È solo un insetto", osservo.

"No", replica lei, insistendo per farla uscire. Le ci vuole un po' per riuscirci.

"Ecco!" esclama quando la lucciola vola via mezza ubriaca.

Non farebbe male a una lucciola. I maschi adulti sono un'altra cosa. A noi ci calpesta.

* Sul fianco della collina i fiori sbocciano all'impazzata / I grilli si fanno eco in rima / Il fiume azzurro scorre lento e pigro / E io potrei rimanere con te per sempre senza accorgermi del tempo che passa. [*N.d.T.*]

MARTEDÌ, 31 LUGLIO

Di ritorno dalla pausa pranzo, con la sacca della palestra piena di sudore, il viso paonazzo per la fatica, e il panino (squallida insalata su pane stantio) che coltiva batteri nel suo triste involto. Controllo la segreteria.

"Ciao, sono io."

Dal mio corpo fluisce un singhiozzo, come una fuga di gas. La sua voce. La sua voce calmante, la sua voce ospite-di-trasmissione-radiofonica. La sua voce parla-a-uno-che-si-sta-buttando-dal-ponte-di-Brooklyn. La sua voce capita-a-tutti-di-essere-impotenti. Mi rilasso istantaneamente.

"Ti volevo dire... ci andiamo poi a quella festa, stasera?"

Non l'ho tormentata per andarci. L'avevo invitata due settimane fa, e l'ho accennato di nuovo la settimana scorsa. Di solito lei disdice gli appuntamenti all'ultimo momento, stasera però ho un piccolo asso nella manica. Quante ragazze sono invitate a una festa con il presidente?

Be', non *il*. Un. Clinton. Verrà a questa festa da uno di

quei vecchi pescecani dell'editoria che infestano l'Upper East Side. Sembra che uno dei collaboratori di Clinton lo abbia coinvolto nella stesura di un capitolo di un libro che parla di persone famose e dei loro ricordi d'infanzia relativi allo sport.

Dopo un po' la chiamo a casa e ci mettiamo d'accordo per trovarci un isolato prima del posto. Quando la vedo sta dall'altra parte di East End Avenue: si è cambiata il completo cachi che portava oggi al lavoro. Si è messa uno splendente abito estivo color salmone. È ultrafemminile, una pubblicità di prodotti di bellezza in una serata di Super Bowl. Al lavoro ce l'ho in pugno. È una redattrice alle prime armi; chiunque può darle ordini. Ma quando è in gioco l'autorità sessuale, lei è il generale Patton.

Cammina avanti e indietro guardando il marciapiede, e fuma una sigaretta. È un po' nervosa. Come sempre. Lo trovo irresistibile.

Resto bloccato dall'altra parte della strada finché scatta il semaforo. Quindi tiro fuori la macchina fotografica dalla borsa, abbasso la levetta dell'obiettivo e scatto un paio di foto. Sorride.

Attraversata la strada, non le do un bacio vero e proprio. Ci scambiamo un bacio affettuoso, un abbraccio affettuoso. E andiamo.

Dico il mio nome alla bella PR all'ingresso, che lo segna sulla lista. Ma non ci sono metal detector. Non ci sono tipacci assoldati per l'occasione, e nemmeno gorilla dei servizi segreti, e nessuno mi fa aprire la borsa per un'ispezione. Ovviamente il presidente non c'è. E io ho deluso Julia un'altra volta.

Saliamo: le donne hanno le facce tirate come maschere

e gli uomini portano cravatte canneté e parlano delle scuole private in cui potrebbero andare i loro nipoti. C'è qualcuno della nostra età, ma non molti, e io non ne conosco nessuno. Vicino alla finestra individuiamo un paio di sedie di velluto, e iniziamo lentamente a svuotare la scorta di vino del bar.

Ci divertiamo a guardare i vari "personaggi". Una tipa che lavora nella rubrica di pettegolezzi del *Daily News* tutta impegnata a recitare Holly Golightly, completa di guanti lunghi fino al gomito. Liz Smith e Cindy Adams, che si assicurano che tutti si accorgano che l'una non si è accorta dell'altra. C'è il nostro scrittore "downtown", un dandy con un vestito di lino color crema con gilet, cappello in tinta e, forse, ghette: in altre parole, un tipico prodotto di Bennington. In un angolo sta Richard Johnson, il borioso, lanciagranate Elvis del pettegolezzo. È sulla sessantina e i suoi anni se li porta meglio della gente di cui si occupa. Sta immobile come un lampione mentre addetti stampa e parassiti gli danzano intorno spaventati. Di tanto in tanto fa la sua risata cattiva.

Mentre sono al bar do una controllata al foyer e vedo un volto conosciuto.

Tornando alle sedie penso non siano molti quelli che hanno avuto la fortuna di dire a una ragazza: "Il presidente è qui".

Lui cerca di fendere la folla, ma per loro è come Mosè, in giacca e pantaloni marrone chiaro, camicia canarino, e cravatta non economica. Scende i tre gradini che portano al livello del salone nel momento di massima affluenza.

Julia sta facendo la timida. "E dai", le sussurro. "Potrebbe essere la tua unica occasione di incontrarlo."

La folla spinge da tutte le parti, ma io spingo di più, trascinando Julia davanti a lui. È a portata di stretta di mano e si tende per toccare la sua zampa bovina. Scatto foto come un forsennato ma la gente mi dà gomitate da tutte le parti. Devo spostarmi indietro per farli entrare tutti e due nell'inquadratura, e non c'è spazio. Per cui scatto un po' a caso, cercando di mettere Julia in primo piano mentre Lui, il grande, ondeggia sul mare di adulazione. Lui le prende la mano, la guarda negli occhi, guarda il suo corpo. All'inizio sono lusingato, poi mi ricordo i suoi gusti in fatto di donne.

Alla fine torniamo alla nostra posizione originaria, che sta in un angolo in fondo.

Clinton inizia a parlare, racconta una storia lunga e noiosa sul tizio che ha curato il libro, che era uno dei primi volontari della sua campagna nel '92. Poi divaga parlando di com'era a quei tempi, al principio, quando avevano solo cento telefoni e pochi milioni di dollari in banca, e va avanti ancora e ancora. Ma io non sto ascoltando per niente, perché ho deciso di posare una mano sul culo di Julia.

Inizio dal fondoschiena, molto educatamente, ma i tre bicchieri di vino e la decisione presa, combinati con il fatto di avere la più bella ragazza del mondo a portata di palpeggiamento, sono cose che possono giocare degli scherzi alla mente di un uomo e la mia mano ci mette tre secondi per trovare la strada della sua chiappa sinistra.

La sto sfiorando, non stringendo, sto solo facendo scorrere le dita sulla curva. E faccio due belle scoperte:

1. Julia porta un tanga.
2. A Julia piace che le si tocchi il culo davanti al quarantaduesimo presidente degli Stati Uniti.

Si appoggia a me mentre Clinton sta deliziando la folla, quindi io posso continuare a deliziare il suo culo. Poggia la testa sulla mia spalla, e si avvicina di più. Bello. Dio, il suo didietro è così dolce e tondo e perfetto che non smetterò mai più di accarezzarlo. Fino a questo momento non credevo di essere particolarmente attratto dal sedere delle donne. (Cos'ha di tanto straordinario? Ce l'ho anch'io.) Ora voglio il suo a colazione, pranzo e cena.

Clinton conclude e la folla lo segue fuori dalla porta.

"Partiamo per un'altra avventura?"

"Mmh, mmh", è il verso che emette, ed è delizioso. Significa accarezzami.

"Allora", le bisbiglio con l'aria del cospiratore, "ti è piaciuto essere molestata di fronte ai capi di Stato?"

Lei ride.

Passeggiamo pigramente cercando un posto per mangiare. Svoltando per l'Ottantaquattresima est mi accorgo che siamo in un isolato tranquillo. È una serata piacevole. E io sono arrapato come Rosie O'Donnell a una finale di basket.

"Guarda", le dico con tono dissoluto. "Da qui si entra da qualche parte. Andiamo a vedere."

Un metro e mezzo sotto il livello stradale ci sono degli scalini, la scritta DEPOSITO E RACCOLTA RIFIUTI. L'ultimo scalino è di cemento. La porta è di ferro ed è chiusa. Non c'è immondizia.

Scendo gli scalini e butto lo zainetto per terra. Lei rimane sul primo gradino, in attesa, incerta. In attesa di essere coinvolta in qualcosa, come Eva.

E poi scende le scale, è fra le mie braccia e io le sono completamente addosso. La afferro per la vita, le strofino la schiena, mi bevo le sue labbra, le stringo il sedere, le faccio un succhiotto sul collo. Voglio rendere pubblica la mia lussuria proprio lì, sopra la sua clavicola.

E con il pensiero esamino le possibilità.

Ho messo una mano sotto l'orlo del vestito, le dita nella morbida fossa dietro il ginocchio. Si tira un po' indietro, ma io sono già avanti, sto per arrivare a destinazione, determinato a far arrivare anche lei da qualche parte.

Prova a girarsi ma io la stringo con la sinistra.

"Non ti preoccupare", le bisbiglio nell'orecchio mentre faccio partire la destra. "Qui non c'è nessuno. La gente passa e va avanti."

Qualche raro passante ha dato un'occhiata quaggiù ma ha subito distolto lo sguardo.

"Nessuno può vedere niente", mormoro. "Il vestito ti copre la schiena."

Mi sto dando da fare. E me la sto spassando. Tocco, giro intorno, accarezzo.

Lei tiene gli occhi chiusi. Si appoggia a me con tutto il peso del suo corpo.

Non si è ancora tolta la borsa dalla spalla.

"Non te la ruberà nessuno, giuro", la prendo e la poggio per terra vicino a noi.

Torno a fare quello che stavo facendo.

Ciao, coscia.

"Ti piace?"

E al rallentatore, con gli occhi chiusi, fa cenno di sì, di sì, di sì.

Ciao, tanga.

"Ci potremmo vedere nel West Side, qualche volta..." mi sussurra.

Il mio quartiere. Ha tutta l'aria di essere un invito. Potresti stendere il bucato sul mio uccello. Potrei fare le flessioni senza mani.

La sto facendo impazzire.

E poi la porto dritta a casa.

La sua bocca è tutta sulla mia, piena di gratitudine. Voglio ogni cellula del suo corpo. Non c'è nessuna parte di lei che non voglio prendere con la bocca. La sensualità delle sue rotule. La libidine delle sue unghie dei piedi. La scosto un attimo per guardarla in faccia: è un lago di sudore. I capelli le pendono come fosse appena uscita da una doccia bollente.

Poi ricominciamo.

Io dico ansimando: "Devo vedere il tanga".

Ora sono in ginocchio, in una supplica d'amore, adorante davanti alla chiesa di Nostra Signora del Sacro Sexyssimo Tanga.

"Ne ho altri", mormora.

È rosso.

SABATO, 4 AGOSTO

Sono a casa di Shooter agli Hamptons, seduto in costume accanto alla piscina con un libro che non sto leggendo e un drink che non sto bevendo. Lei è sulla Jersey Shore. Con sua madre, suo padre, i suoi fratelli, il suo fidanzato. Stanno giocando a frisbee, puoi giurarci. Per punirla del tradimento non la chiamerò. Questa settimana sono entrato in possesso di un cellulare, il mio primo in assoluto, con lo scopo specifico di non chiamarla. Ma potrebbe chiamare lei.

L'inseguimento continua, ma lei danza sempre fuori dalla mia portata. Io le do la caccia e lei fa la casta. Andiamo alle feste. Usciamo insieme a bere. Ci lamentiamo del lavoro. Beviamo e piagnucoliamo. Beviamo e piagnucoliamo. Si ciancia, si beve e si ricomincia. Andiamo al cinema. Andiamo a cena. Finisce tutto sempre nello stesso modo. Ogni serata un seminario di crudeltà. Non un semplice esercizio di frustrazione: un allenamento completo. È come un personal trainer, tranne che uno di loro mi costerebbe soltanto 50 dollari l'ora.

A fine serata dividiamo il taxi. E recitiamo ognuno la

sua battuta, nel nostro teatro-taxi: “Sali”. “Non posso.” La adoro a distanza ravvicinata.

La corteggio con il cibo. La corteggio con l’alcool. La corteggio con sguardi languidi e baci rubati. (Rubati? Ragazzi, guardate che li ho pagati quei baci. Altro che se li ho pagati.) La corteggio nel parco e la corteggio al lavoro. La corteggio fino a sfinirmi e poi cosa faccio? La corteggio un altro po’. È impermeabile al corteggiamento. È incorteggiabile. Il dolore invece corteggia me.

In piscina il primo a emergere è Alpha, il cane, alle 12.15. Come al solito mi si fionda sulle palle.

“Ehi, Alfie, come... oh, non metterti sui testicoli, amico. Sì, ti voglio bene anch’io.” Ho il viso impiastrato di saliva di cane, ma chi sono io per disdegnare un amore incondizionato? Alpha scodinzola mille volte al minuto. Se potesse calcolare l’angolazione in modo corretto, probabilmente potrebbe usare la coda per sollevarsi in verticale, come un elicottero. Volare nei dintorni, e scoprire così che ci sono moltissime altre palle da schiacciare.

“Eh, eh, eh!” Shooter arriva al bordo della piscina e ci mette un piede dentro. Si sta facendo un enorme Bloody Mary, probabilmente non il primo della giornata. Che degenerato. Mi fa venire in mente qualcosa. Allungo la mano verso il basso e mi prendo un sorso del mio... ahh. Come ho potuto dimenticarmelo? Quando sono triste c’è sempre il Bloody Mary.

Shooter è seduto con le gambe nell’acqua fino alle ginocchia e accarezza Alpha. “Prendetevi una stanza, voi due.”

“Scusa se ho urlato”, dico. “Ma oggi non ero dell’umore adatto per farmi castrare.”

"Non è che le usi tanto, le palle. In ogni caso. Consideralo un esercizio. Stai di nuovo pensando a quella là?" mi chiede.

"Hai notato lo sguardo sognante?"

"Sì, quello", mi schernisce lui bevendo un sorso. "Più l'imponente erezione."

Oh.

"A meno che non sia per Alpha, brutto pervertito!" aggiunge ghignando col naso nel bicchiere.

"Ho bisogno di aiuto. Questa ragazza è dappertutto", confesso. "Si è diffusa in ogni mia cellula. Ha attaccato ogni parte del mio corpo."

"In questo non ti posso aiutare, amico. Sono un seduttore, non un oncologo."

"È più difficile entrare in questa ragazza che da Rao's."

"Senti", taglia corto Shooter. "Che cosa dice un neurochirurgo esperto al neurochirurgo principiante?"

"Non lo so."

"'Calma. Non trattiamo missili'."

"Lo so che i missili non c'entrano. I missili hanno una loro logica. Il campo gravitazionale della Terra non attira le cose il martedì e poi le respinge la domenica."

"Ci sono state molte domeniche?"

"*Hola*", dice una voce.

Nel prato avanza un altro Bloody Mary, seguito da Mike. L'inverno scorso lui e Karin hanno comprato la casa accanto a Shooter a Amagansett. La casa di Mike offre una neonata urlante e la TV via cavo versione base. Shooter ha la piscina e diciassette canali di cinema. Passo più tempo da Shooter.

"Ehi", saluto.

"Com'è l'acqua?" domanda lui. Mike ha con sé anche una rivista e una grossa radio. Posa la radio per terra e la accende. È sintonizzata su una stazione FM per gente che si stira i jeans.

"Accettabile", risponde Shooter.

Mike prende il suo *Wine Spectator* e si butta sul materassino. Mentre legge rema con le mani gironzolando per la piscina, la rivista appoggiata sulla pancia.

La radio: il pezzo più suonato dai tempi di quella canzonetta di Sheryl Crow che parlava di un tale che toglieva le etichette dalle bottiglie di Bud.

Now she's back in the atmosphere,
With drops of Jupiter in her hair, hey, hey,
She acts like summer and walks like rain,
*Reminds me that there's time to change, hey, hey.**

"Adoro questa canzone", dice Mike.

"No, non è vero", interviene Shooter.

"Come si intitola?" chiede Mike.

"*Drops of Jupiter*. È dei Train."

"Mi prenderò il cd", minaccia Mike.

"Mi pare un po' esagerato", borbotta Shooter.

"Ti prego, no", lo imploro. Subito dopo si innamorerà di quella canzone in cui sembra che Superman parli al suo psicanalista.

* Ora è tornata nell'atmosfera, / con gocce di Giove nei capelli, hey, hey, / si comporta come l'estate e cammina come la pioggia, / mi ricorda che c'è tempo per cambiare, hey, hey. [*N.d.T.*]

"Perché?" chiede Mike.

"Non c'è niente di vero", dico io. "È una sfilza di scemenze: '*since the return of her stay on the moon, she listens like spring and she talks like June*?' Da quando è tornata dal suo soggiorno sulla luna, ascolta come primavera e parla come giugno? Che roba è? Serve solo a passare il tempo fino al ritornello."

"È stupendo il ritornello", sostiene lui. Ed eccolo.

Na na na na na
Na na na na na na na-aah-a-aah!

Ascoltiamo.

"Com'è quel verso?" chiede Shooter.

"'*Man, heaven is overrated*' ['Amico, il paradiso è sopravvalutato']?" dice Mike.

"No", correggo io. "Credo che sia '*Manhattan is overrated*'. Non capisci? È una canzone anti-New York." Qualche volta la gente non capisce New York. È un posto sporco e pericoloso, affollato e costoso, ma gli altri posti sono ancora peggio.

"Volete venire a vedere un film stasera?" propone Mike.

Commetto l'errore di accettare. E così, qualche ora più tardi, Shooter e io siamo seduti con Mike e Karin a guardare la TV. La bambina, che è stata "messa giù" (il che non significa che le è stata fatta l'iniezione letale, come per gli animali quando vengono "messi a nanna" e non hanno bisogno della sveglia), non ci può offrire uno spettacolo dal vivo, quindi guardiamo un suo video.

Nel video, la marmocchia fa il bagno. Questo è quanto. Non è un bagno speciale; non è Il Mio Primo Bagno o Il Mio Primo Shampoo o La Mia Prima Vasca a Rana o altro; è solo Un Bagno. Dura un quarto d'ora. Mike siede su un'ottomana, a circa quindici centimetri dallo schermo, e mi ostruisce quasi del tutto la visuale, analizzando attentamente ogni sequenza come Stanley Kubrick in sala montaggio. Considero l'ipotesi di dirgli che non riesco a vedere niente, ma in fin dei conti, cosa mi sto perdendo?

Guardiamo Un Bagno.

"La qualità del nastro è molto buona", dico a Mike.

"Sì", mi risponde secco, zittendomi col tono come se stessi chiacchierando mentre c'è la scena madre del *Padrino*.

"Ma non credo che si possano fare dei montaggi."

"Veramente", mi corregge, "ho tolto la parte in cui ammetto di non aver mai cambiato un pannolino ad Alexandra."

Ah, ho capito. Allora questo non è il girato. È la pièce finita di Un Bagno, montato nella sua essenza. Che consiste in una mamma che schizza acqua addosso a un essere minuscolo dallo sguardo confuso che sta valutando l'ipotesi di presentare una protesta ad Amnesty International.

"Che carina", sospira Karin.

"Non è un amore?" le fa eco Mike.

"Carina", commenta Shooter, doverosamente.

"Veramente", dico io, "a me pare sotto la media."

Ma sto zitto.

"Sì", concordo, perché è la cosa più semplice da dire. Mi chiedo, quand'è che la gente ha smesso di parlarmi con quel tono affettuoso? E visto che sono un bambinone e che mia madre non riesce comunque a considerarmi un adulto, parla ancora di me in quella maniera? "Oh, Tom, è una meraviglia. Ha 397 mesi, pesa 81 chili e 140 grammi. Gli è venuta una testona piena di capelli!" Be', quest'ultima parte non è più completamente rispondente al vero. Diciamoci la verità, allora ero molto più carino. Ecco perché era tanto più facile ritrovarmi una tetta in bocca.

Mi suona il cellulare. Sapevo che le telefonate sarebbero arrivate subito in gran quantità.

"Tom?" Una voce femminile. Nasale e smaniosa.

"Be', se non fosse?" replico. Cerco di nascondere l'autentico piacere che provo sotto un velo di sarcasmo.

"Mi annoio", fa Bran. "E tu?"

Ammiro una ragazza che confessa di annoiarsi a casa da sola il sabato sera. "Sì", rispondo. "Solo che non sono a casa. Sono agli Hamptons."

"Non mi hai invitata!" Adoro il modo in cui dice "non".

"Sono sicuro di riuscire a fare pace con te. Andiamo al cinema giovedì?"

"Sì. Ehi, forse ho una ragazza per te."

"Sei tu?"

"Vieni e lo scoprirai."

"Una persona che nutre un profondo e duraturo disprezzo nei miei confronti?"

"Io non ti disprezzo."

"Aha! Allora sei tu."

"Sei piuttosto arrogante per essere uno che tira in dentro la pancia quando è sessualmente attratto da una ragazza."

“Le ragazze adorano la mia pancia”, ribatto. “Le fa sentire magre.” Tra l’altro, la mia pancia si sta assottigliando. Il costume da bagno mi sta quasi largo.

“Mmh, mmh, certo”, brontola. “E ci piacciono i brutti perché ci fanno sentire carine. E i bassi perché ci fanno sentire alte. *Ecco* perché Danny De Vito è il sex symbol che è!”

“Wow”, dico.

“Cosa?”

“Niente. Solo... dammi un secondo.” Sniff, sniff.

“Tom, stai bene?”

“Più o meno”, rispondo. “No. Insomma. Tu hai appena, come dire, ferito i miei sentimenti.”

“Scusa! Davvero?”

“Ma vaffan..., Lowenstein!”

“Cretino”, mi insulta, e ride. “Ci vediamo giovedì.”

GIOVEDÌ, 9 AGOSTO

"La mia amica non ce l'ha fatta", mi dice Bran.

"Oh, davvero?"

"Già. Come funziona questo affare?" Sta pigiando sulla tastiera della biglietteria automatica. È molto meglio che avere a che fare con quegli scansafatiche malpagati che ti vendono i biglietti di solito. Non succede nulla, però. Quando pigia su "20.30" non viene fuori niente. Nemmeno quando ci riprova. Nemmeno al quinto tentativo.

"Quest'aggeggio del cazzo", protesta, e si guarda intorno cercando qualcuno con cui prendersela. In questi momenti mi fa paura.

"Fammi provare", intervengo io, da uomo, con l'aria di avere la situazione sotto controllo. Se per caso riesco a far funzionare questo coso sono un dio, l'eroe della biglietteria. E se non ci riesco, non può criticarmi più di tanto.

Era un po' che non vedevo Bran, ma ora che ce l'ho davanti, con quella fluente chioma nera e quella bocca sempre sul punto di sorridere, capisco perché le telefonavo un giorno sì e un giorno no, perché per tanto tempo ho pensato: *sarebbe così sbagliato se mi mettessi con Bran?* Questo fino a quando ho deciso di lasciar perdere e accettare di essere retrocesso a non-potenziale partner sessuale. *Lui? Oh, no, è solo un amico.* La primavera scorsa siamo andati a teatro. Dopo ci siamo fermati da Langan a sbronzarci. Lei mi ha raccontato il momento più entusiasmante della sua vita: quando al secondo anno di college era andata a una conferenza assieme ad altre giovani aspiranti giornaliste come lei e aveva conosciuto Barbara Walters. Io mi sono messo a ridere. Lei ha stabilito che ero perfido.

Sono stato una meraviglia. L'ho portata a molte feste strepitose, l'ho fatta ubriacare. L'ho fatta anche fumare. Ma non sono mai riuscito a vederle le mutande, non ci sono andato nemmeno vicino. Però ci siamo fatti un sacco di risate. Siamo come una coppia sposata, a parte il fatto che siamo ancora attratti l'uno dall'altra. Purtroppo ho questo problema: dopo aver passato una serata con lei, divento affettuoso e tenero e spengo il pulsante dell'autocensura, come faccio quando sono con i miei amici. Fra amici ci si prende in giro senza pietà. Fallo con una ragazza e... puoi dire addio alla possibilità di portarla a letto.

Sempre quella sera abbiamo parlato di relazioni amorose che non avevano funzionato e ci siamo sbronzati ancora di più. E lamentati. Poi abbiamo preso lo stesso taxi per andare a casa, dato che lei abita a pochi isolati da me. "Grazie di essermi amica", le ho detto con tono melenso. "Sono contenta di conoscerti meglio", ha detto lei. Ci siamo abbracciati forte. Non un finto abbraccio da amici. Un vero abbraccio da uomo a donna.

Al multisala di Union Square prendiamo a pugni lo schermo. Due laureati che non riescono a spuntarla con una macchina che vende biglietti per il cinema.

"Vuoi proprio andarci a vedere questo stupido film?" le chiedo.

"Certo che no", risponde. "Pensavo lo volessi vedere tu."

"Mi stai prendendo in giro? Pensavi che volessi vedere un film che parla di una bionda svampita con la passione per i vestiti firmati? Pensi che sia un finocchio?"

"Con quei pantaloni? Direi di no."

"Cos'hanno che non va i miei pantaloni?"

"Ti stanno larghi dietro", risponde. "Come si fa a guardarti il sedere? Per non parlare della macchia di senape."

"Questa? Non la può vedere nessuno. È piccolissima."

"No, hai ragione. Puoi vederla solo *tu*. Per tutti gli altri è invisibile."

Passeggiamo verso University Place. Si ferma davanti a un fioraio.

"Ooohhhh, li *adoro*", mormora infilando tutta la testa in un secchio di fiori. "I mughetti sono il *massimo*. Ricordatelo."

"Tu vuoi tornare ai tempi in cui se piacevi a un tizio doveva continuare a mandarti fiori. Io a quando le hostess venivano scelte per la bella presenza. L'insoddisfazione regna ovunque."

"Tom, possiamo essere seri per un momento?" dice mentre ci dirigiamo verso University. "Sono preoccupata per la mia amica Sharon. Potrebbero licenziarla. La conosco da quando ho diciotto anni!"

“Mi piace molto... ‘Da quando ho diciotto anni’”, faccio io.

“Mi stai prendendo in giro?” Occhi fiammeggianti.

“Ho solo detto che mi piace!”

“Che cosa ho detto? Ho detto che la conosco da quando avevo diciotto anni.”

“No, tu hai detto ‘Da quando ho diciotto anni’. È un’espressione molto newyorkese. Non si parla così a Rockville, nel Maryland.”

“Dio, come sei snob.”

Bran e io abbiamo spesso conversazioni di questo genere. Sta andando tutto liscio, poi io faccio una minima osservazione, lei la prende per un insulto, mi rimprovera un po’, mi spacca le palle, e il mio uccello si rimpicciolisce tanto che poi faccio fatica a ritrovarlo.

A University Square c’è un gigantesco mucchio di spazzatura davanti a un palazzo di uffici tutto scrostato. A New York le montagne di immondizia non sono una novità, ma in questo caso ci sono decine di intellettuali a setacciare i rifiuti. Per lo più si tratta di carte di ufficio e dischi in vinile con copertine di carta in bianco e nero. Di tanto in tanto arriva un operaio bianco di mezza età dall’aria annoiata e svuota nel mucchio un altro sacco.

“C’è un piccolo ristorante dietro l’ang...” sto dicendo, quando mi accorgo di averla persa. Al contrario di me, Bran è una vera reporter: a lei interessa sul serio andare a vedere che cosa fa la gente. Io preferisco non pensarci.

Sta parlando con una persona che sta passando al setaccio le carte e i dischi.

“Sai che cos’è questa roba?” mi chiede, brillando di felicità. “È la spazzatura di KK-Killuh.”

A Manhattan, sotto la Quattordicesima, è come trovare i diademi usati della principessa Diana. E c'è una ragione: perché Mr. Killuh, a quanto dicono le cronache dei tabloid, è al momento ospite involontario dello Stato di New York, quindi cosa se ne fa di un appartamento a University Place?

Lo spettacolo di una donna di ventinove anni, ben vestita, che rovista nell'immondizia, anche a New York, anche in questo secolo, è inconsueto. La gente si ferma a guardare. C'è chi pensa che quella deve essere immondizia davvero interessante, e si mette a sua volta a rovistare. Nel giro di pochi minuti, decine di newyorkesi ben vestiti, laureati nelle migliori università della costa occidentale si mettono a setacciare gli avanzi di un criminale analfabeta di Staten Island.

Bran sta parlando con un tizio che era accanto a me un minuto fa. Salta fuori che anche lui è un rapper.

"Bran", le dico. "Dobbiamo andare a mangiare."

Bran e io raccogliamo un fascio di documenti e di dischi e li ficchiamo in uno scatolone. Lei lo porta con orgoglio sulla pancia: il suo bambino. Ci andiamo a prendere un hamburger.

Bran sta canticchiando l'ultima canzone di Madonna. Per fare un pezzo da telegiornale ci vorrebbero mesi di lavoro per un montaggio di dodici minuti. Questa, però, potrebbe essere una storia da pubblicare su una rivista la prossima settimana. Con il suo nome nero su bianco. Non le succede tanto spesso.

"Pensi che possa venirne fuori un articolo?" mi chiede.

"Certo."

"Starò in piedi tutta la notte a scriverlo. Sono così eccitata."

"Bran", intervengo. "È un articolo da cinquecento parole." Tiro fuori il cellulare dallo zainetto per sincerarmi che sia ancora acceso. Non puoi prevedere il momento in cui Julia chiamerà.

"Brutto stronzo", fa lei. "Che stai facendo con il mio telefono?"

"Il mio telefono."

Si mette a rovistare nella sua borsa, volume circa ventidue litri, quella che la prima volta che l'ho vista ho definito per scherzo "falsa Fendi", nonostante io non riconosca, com'è ovvio, la differenza. È venuto fuori che ci avevo azzeccato. Non mi ha parlato per un mese.

"E quello, allora, cos'è?" le ho detto quando ha pescato un Nokia tutto graffiato.

"Hai esattamente lo stesso cellulare che hanno dato a me?"

"Sembrerebbe."

"Devi prendertene un altro, allora."

"Uh, uh."

Pago quello che abbiamo mangiato, poi Bran e io attraversiamo la strada per andare in uno di quei pub quasi-irlandesi vecchio stile, ora di moda, con vetri iridescenti e birra nei boccali.

"Questa volta paghi tu", le dico sedendomi al bar.

"Non ho soldi", risponde aprendo il portafoglio. Nei cartoni animati a questo punto volano delle tarme, ma è vero: è al verde. Le ragazze non hanno mai soldi. A loro va sempre bene, ecco come la penso. Ho sentito dire che anche i giovani Kennedy vanno in giro senza contanti. E royalty.

Prendo una Guinness. Lei guarda la lista delle birre come se fosse scritta in urdu. "Stella Artois", ordina al cameriere. Mi scappa una smorfia di disgusto.

"Che c'è?" È sulla difensiva. "Non l'ho mai assaggiata e voglio sapere com'è. Perché mi devi sempre offendere?"

"Non ti sto offendendo", ribatto. "Io le ho assaggiate tutte." Molte volte. "Potevi chiedere a me, avrei potuto consigliarti."

Bran è alta, e con il tailleur di lana grigia che porta lo sembra ancora di più. Ampi risvolti della giacca, spalline imbottite, morbidi pantaloni con le pince. Le donne si vestivano così alla fine degli anni Ottanta. Ma solo per un breve periodo, poi sono rinsavite.

"Stai guardando il mio tailleur."

"Dove lo hai preso?" domando, cercando di evitare il peggio.

"È il primo tailleur che mi sono comprata!" fa lei, raggiante. "L'ho pagato trecento dollari. La settimana dopo era in saldo a centocinquanta, quindi l'ho riportato indietro e l'ho comprato di nuovo."

Si mette ancora il primo tailleur che si è comprata. Alla fine degli anni Ottanta.

"C'è una ragazza al lavoro che mi ha chiesto se sono lesbica", brontola immusonita.

"Ti vesti come Ellen DeGeneres."

"Perché dici sempre cose che mi feriscono? Sei proprio un testa di cazzo."

Gaffe! Marcia indietro. "Ho solo detto: sei una ragazza così carina, vestiti come una ragazza carina."

"Come?"

"Be', hai addosso un trenta per cento di vestiti di troppo."

Do un dollaro al barista. I baristi mi adorano. Do sempre delle buone mance. Lascia loro un dollaro in più, e ti daranno da bere sei dollari extra. Date e vi sarà dato.

Lei beve un sorso. Io mi faccio la metà della mia pinta d'un fiato.

"Non hai mai pensato", mi domanda con dolcezza, "che bevi troppo?"

"Per la verità, poiché ancora non ha fatto effetto, pensavo di aumentare le dosi."

Dal juke-box parte *Tangled Up in Blue*. La schitarrata mi sale come una birra in vena. Ahh. La tensione si allenta, che sollievo.

"Lo sapevi che nella versione originale di questa canzone, quella del bootleg delle registrazioni fatte a New York..."

"Quale canzone?"

"Questa canzone. La versione originale, è..."

"Che canzone è?"

"*Tangled Up in Blue.*"

"Di chi è?"

"E dai, di Bob Dylan! È la prima canzone di *Blood on the Tracks*!"

"Di che secolo? Non hanno musica un po' nuova?"

Fai finta di niente. "In ogni caso", continuo, "nella versione originale questa canzone era tutta in terza persona. *Lei* era sposata quando si incontrarono la prima volta, dopo poco divorziò. *Lui* l'aiutò a tirarsene fuori ma *lui* usò maniere un po' troppo brusche. Nella registrazione di Minneapolis, quella utilizzata per l'album uscito, è tutto in prima persona. È molto più intimo, non trovi? Più forte. E lo stile è così straordinariamente essenziale. Invece di dire: l'ho incontrata, abbiamo cornificato il marito, le ho detto di scaricarlo; lui dice soltanto: *'She was married when we first met/Soon to be divorced'*. E poi uccide il marito, ma Dylan non lo dice apertamente. Dice soltanto *'Helped her out of a jam I guess/But I used a little too much force'*."

L'idea di sparare all'altro rivela un'inclinazione criminale, no?

"Tom", sussurra, "non so di cosa stai parlando."

Torniamo sulla University a cercare un taxi. Abbiamo bevuto solo un bicchiere ma mi accorgo che Bran mi sta appiccicata. Si appoggia leggermente a me. Mando in ricognizione un braccio esitante, che le scivola intorno alla vita. Di solito, quando faccio una cosa del genere, mi becco un rimprovero irritato, anche due, tipo: *Tom, quante volte ti devo dire che non mi interessa?* Dopo tre anni di insuccessi, si tende a ridurre un po' i tentativi.

Ma al momento sembra che a Bran piaccia il mio braccio intorno alla vita. Per la prima volta in assoluto.

Mentre camminiamo le strofino un po' la schiena. "Sei tutta contratta."

"Vedi quelle macchine gialle che stanno passando, Tom?" mi chiede. "Possiamo fermarne una?"

Tutti i taxi sono pieni. Aspettiamo a un incrocio. Il mio braccio la avvolge. Se volesse, sarebbe il momento ideale per mettermi la testa sulla spalla, ma non può, perché dovrebbe contorcersi. È due centimetri e mezzo più alta di me.

"Forse non siamo così male assortiti", osservo io.

"Tom, gli uomini sono come i vestiti neri. Una donna può andare a far compere con un tizio e provarsi cento vestiti neri, e lui può dire: 'Sono tutti uguali'. Ma secondo lei a ognuno manca sempre qualcosa."

Acc! Ma penso a quei versi di *You're a Big Girl Now*: *Oh, posso cambiare, lo giuro. Vedi cosa riesci a fare. Posso cambiare da cima a fondo. Anche tu lo puoi fare.*

In taxi, in ogni caso, ci provo. Ci mette circa trenta secondi a esplodere.

"Tom", prorompe. "Che cazzo stai facendo?"

"Sto cercando di eccitarti."

Con queste parole mi guadagno: a) una risata. b) un altro bacio. Ma si sente un ronzio.

"È il mio cuore?" faccio io.

"Zitto, scemo", fa lei, e mi spinge da una parte. Scava nella borsa in cerca del telefono. Sta pensando: notizie! Informatori!

Io prendo il mio, pensando: Julia si è accorta che me la intendo con un'altra ed è furente. Eh, eh.

Ma è il suo che suona. Risponde con la fretta della giornalista impegnata.

"Sì, Stuart", dice, poi copre il microfono. "Se proprio devi avere un telefono come il mio, almeno cambia la suoneria", mi ordina.

"Bene, questo vuol dire che vuoi vedermi un'altra volta", replico io.

Ma ormai lei è talmente irritata che per il resto del tragitto non ci sfioriamo neppure. Io non cambio suoneria.

MERCOLEDÌ, 15 AGOSTO

Sono al giornale. Lavoro sui pettegolezzi, confeziono titoli, butto via comunicati stampa. Ma soprattutto evito Julia. Non vado da Julia. Ignoro Julia. È venuta alla riunione di mezzogiorno con Hyman Katz sul numero speciale, e ho coraggiosamente passato il tempo a non guardarla. Lei non mi guardava. Ma io facevo una gran fatica a evitare di guardarla, mentre lei sembrava non fare una gran fatica a non guardare me. Lo so perché l'ho guardata tutto il tempo. Mi ha dimenticato? Questo suo ignorarmi non è molto divertente.

Il telefono. È Bran. Voglio uscire stasera a bere un margarita e a giocare a bingo?

"No", rispondo. Voglio andare a casa a cuocere nel mio brodo, a celebrare il mio celibato. Sembra la serata ideale per questo programma.

"Dai", mi sta dicendo Bran. "Viene anche Katie."

Katie. Quella biondina che mi ha fatto le carte alla mia festa di compleanno.

"Ho appena cancellato tutti gli appuntamenti."

Andiamo al West Village sotto la pioggia. Bran è veramente carina con una canottierina blu aderente e una gonna nera attillata. Per una volta le faccio pagare il taxi.

"Pago sempre io", si lamenta. L'aritmetica delle ragazze. È come quando arriva un conto di quarantuno dollari più tasse e mancia e lei, dicendo che vuole pagare la sua parte, tira fuori una banconota da dieci e tre da uno.

"Ho letto il tuo pezzo sul *New Yorker*", le dico.

"Grazie, *davvero*", brontola lei. "Non avrei potuto scriverlo se tu ti fossi impuntato e non mi avessi aspettato. Invece sei stato paziente, mi hai aiutato a vagliare il materiale, e poi mi sei stato d'aiuto per la stesura, anche se io non avevo mai scritto niente prima."

Guadagni punti con le ragazze per le cose più strane. In sostanza io: a) la sera di KK-Killuh sono rimasto fermo immobile come un albero; b) ho letto la prima stesura del suo articolo. Era buona e gliel'ho detto. Tutto qui.

"Lo hai fatto da sola."

"E grazie per avermi dato il nome del tuo amico del *New Yorker*."

"Sciocchezze."

"L'altra sera la mia stima per te è salita di parecchio", mi confessa.

"La mia per te è crollata quando non hai riconosciuto *Tangled Up in Blue*", replico. Non è una cosa da prendere alla lettera. Si fa per dire. Ma ecco che arriva.

"Perché fai così? È una cosa molto brutta da dire. Io non ti ho detto altro che cose carine, e tu te ne esci di nuovo con degli insulti. Sei uno stronzo."

"Cos'ho detto?" ribatto, incredulo. Gran parte del tempo con Bran lo vivo in un perenne stato di incredulità. Nessuno, a eccezione forse del dipartimento collezioni della Columbia House Music Service, mi è tanto ostile.

"Perché devi essere sempre così cattivo?"

"Non sono stato cattivo!" O sì? Ma, andiamo, giudicate un po' voi. Cattivi: Hitler, Nixon, Martha Stewart. Non cattivi: Fred Rogers, Oprah, io.

Katie ci aspetta al bar in un bozzolo di grazia femminile. Ci saluta da lontano. Sembra contenta di vedermi.

"Non sapevo che venissi anche tu!" esordisce.

Quindi mi merito un punto esclamativo.

Guardiamo le bottiglie, io prendo in considerazione una costosa tequila.

"Patrón?" propongo.

"Io sono una studentessa", dichiara come fosse in un'aula di tribunale. "Sono iscritta alla facoltà di Legge, non ho tanti soldi. Prendiamo una tequila che costa meno."

"Sei una studentessa di *Legge*", ribatto. "Non sei iscritta a un corso di poesia del Rinascimento. Puoi pagare."

Katie e Bran sembrano entrambe profondamente offese.

"Vedi", dice Bran, "fa sempre lo stronzo."

Gaffe! Arrivo in ritardo.

"Pensi che io sia sgarbato?" chiedo a Katie.

"Sei molto diretto", mi risponde.

Prendiamo un tavolo, e io scivolo per primo sul sedile. Katie mi scivola accanto. Bran si siede di fronte. Bene, ora. Non sarebbe bello se fosse vero? Un momento, è vero. Attenzione. Fa' in modo che continui a essere vero.

Giochiamo a bingo e ci dedichiamo al margarita numero quattro della serata. Katie *beve*. Ed è piccola. È una buona notizia. Stiamo entrambi perdendo quando un coglione strilla "Bingo!" e corre all'ingresso della sala.

Guardo Katie. La trovo molto carina.

Bran sta chiacchierando con una ragazza al tavolo accanto al nostro, sembra che la conosca.

"Hai le guance paffute", dico a Katie.

Ci rimane male. "Perché mi dici una cosa così *odiosa*? *So* di avere le guance paffute. A scuola mi chiamavano Dizzy Gillespie."

"Sta facendo lo stronzo?" si informa Bran, voltandosi dalla nostra parte.

"*È* stronzo", conferma Katie. Ma sorride. Si china verso di me mentre Bran si rimette di spalle a parlare con la ragazza del tavolo accanto.

"Una tequila al banco?"

Mi chiedo se sono penetrato così a fondo nella zona *Gaffe!* che ho trapassato l'ordito del tessuto cosmico e sono sbucato dall'altra parte: invece di uno sciocco che non riesce a parlare in modo socialmente accettabile, per Katie io sono l'opposto galattico: Il Bastardo Totale. Il Tipo Che Se Ne Fotte. L'Uomo Che Chiama Le Cose Con Il Loro Nome. Sono caduto in uno strappo della stoffa e mi ritrovo a Shooterlandia?

Ci facciamo un bicchiere al bar.

"Ho saputo che l'hai chiamata Ellen DeGeneres", dice Katie.

"Non nel senso che è lesbica", chiarisco. "Solamente nel senso che *sembra* una lesbica."

"È un po' suscettibile sull'argomento."

"Mi ha chiesto lei cosa pensavo", faccio presente. Perché le ragazze chiedono "sto ingrassando sulle cosce?"

oppure "questo capo di biancheria intima mi sta bene?" sapendo che otterranno o una risposta sincera che le manderà in bestia o una menzogna?

"C'è questa donna che le fa continuamente delle avances", mi racconta Katie. "Ecco perché. Ma dopo che tu le hai detto che sembrava Ellen, è uscita e si è comprata delle gonne."

All'improvviso Bran compare dietro di noi.

"Okay, ragazzi", decide. "È ora di sgommare."

Andiamo all'Art Bar per incontrare un'amica di Katie. L'Art Bar sembra una specie di locale snob europeo ma è veramente un posto fico: nel retro ci sono dei vecchi divani fatti prima che le caratteristiche principali di un divano diventassero linee armoniose, griffe e scomodità. Questi sono semplici divani all'antica con tutti i dettagli stilistici di quelli che c'erano a Rockville: cuscini logori e braccioli lisi.

Prosegue il processo alla mia malvagità.

"Perché sei sempre così cattivo?" chiede Bran, e si mette a elencare i miei errori uno per uno. Che cosa sta dicendo? Non ne ho la minima idea. Devo confessarlo, non la sto a sentire quando parla di queste cose.

"Mmh, mmh", mormoro mentre con aria distratta le accarezzo la mano destra. Sto guardando Katie che chiacchiera con la sua amica Ginny dall'altra parte del tavolo. Ginny è prezzata. Porta uno scintillante anello serie guardate-ho-un-uomo-ricco. È sposata, quindi ha subito il corrispondente taglio del cinquanta per cento di QI. Parla solo di Josh. Dove la porta in vacanza Josh. Perché lei e Josh si stanno trasferendo in Giappone. Cosa pensa Josh del modo in cui lei suona il pianoforte. Dov'è Josh ora, in questo preciso momento. Si scopre che questa donna parla correntemente il giapponese, suona il piano a livello concertistico, si allena per la maratona. Eppure riesce a parlare diffusamente per dieci minuti delle tende che ha comprato – oggi! proprio oggi! – da Bloomingdale.

"Mi stai ascoltando o stai guardando Katie?" chiede Bran.

"Quale mano sto stringendo?" le rispondo.

Katie mi lancia uno sguardo da furetto.

Ginny e Katie parlano di quando Katie, la prima volta che è venuta a New York dall'Iowa, è andata a stare da Ginny, anche lei dell'Iowa.

"Perché sei venuta a New York?" domando.

"Sembrava così eccitante", risponde Katie.

"Niente a che vedere con Des Moines, vero?"

"Che bastardo sei", sibila.

Ma le brillano gli occhi. Non di noia.

Sprofondo nel mio posto e mi estranio dalla conversazione, pensando se posso cavarmela così: posso essere un Totale Bastardo? Se la berrà mai qualcuno? Da un tizio che arriva alla Minima Statura Accettabile per un Maschio Adulto?

Bran va in bagno e io mi alzo per sedermi accanto a Katie. Lei tira fuori il cellulare. È un po' sbronza.

"Dammi il tuo numero", mi dice, e lo aggiunge alla rubrica. Vuole anche il numero di casa e quello del lavoro. Prendo i suoi. Ora ce l'ho a portata di telefonino. Non ho nemmeno dovuto chiederle il numero per primo. Serie Bastardo Totale: dovreste provare prima o poi. Niente umiliazioni, perché non dai minimamente a vedere di essere interessato.

"Chiamami pure", le dico mentre torna Bran. "Quando vuoi."

Bran mi lancia un'occhiata. "Devo andare", dico. Il primo ad andarsene. Fico.

"Vado anch'io", fa Bran, e tutte le ragazze avviano la consueta cerimonia di baci-e-abbracci.

Io no. Mi tiro indietro. Quando bacio Katie non le do un bacetto sulla guancia. E i Bastardi Totali non abbracciano nessuno. Niente convenevoli, niente ciao-ci-vediamo, tutto eliminato! Mi limito a uscire con Bran e portarla a un taxi.

"*Ti piace*", afferma Bran nel taxi. Siamo ormai vicini a casa sua.

"È piacevole", concordo io.

"Le chiederai di uscire."

"Non si può mai sapere."

"È tutto uno scherzo finché non si perde qualcuno", sospira sconsolata. E prima di scendere mi prende e mi dà un fortissimo bacio sulla bocca.

VENERDÌ, 24 AGOSTO

Julia si è presa una giornata. Il fratellino Al comincia l'università e va ad accompagnarlo nel Wisconsin assieme ai suoi. Si sono offerti di aiutarlo a disfare i bagagli.

E Rick, il tipo che fa veterinaria nel Wisconsin? È stato solo il suo fidanzato da quando lei aveva sedici anni a ventidue.

"Lo vedi?" le chiedo al telefono.

"Sì, l'ho chiamato", risponde lei. "Era contento, mi ha salutato come salutava gli amici che lo chiamavano quando stavamo insieme, serie sono-felice-di-sentirti col punto esclamativo."

Rick ha rotto con una ragazza la primavera scorsa. È venuto un fine settimana a New York ma non l'ha chiamata. Probabilmente non ne può più di lei.

"Ti ha spezzato il cuore?"

"No, solo un po' ammaccato."

"Ha una fidanzata?"

"Forse", dice, con disgusto. È il tipo che schiocca le dita e le ragazze gli atterrano ai piedi.

"Ci riprovi con lui..." la punzecchio.

"No", ribatte lei.

Quando riappende digito subito un altro numero.

"Aiuto", esordisco, "ho bisogno di un avvocato."

"Ne cerchi uno in particolare?" chiede Katie.

"Stavo pensando a uno con un bel sedere", rispondo.

Una risata birichina. "Se ne trovo uno che corrisponde alla descrizione te lo faccio sapere."

"Com'erano gli uomini? Gli avvocati di Los Angeles?"

"Mah, mi sembrano dei tonti che si vestono tutti uguali e pensano solo ai soldi."

Proprio quello che avevo bisogno di sentire in questo momento.

"Comincio settimana prossima", dice, "e ho già da fare. E sono indietro. Non mi ammetteranno mai all'esercizio della professione."

"Ti va di uscire a bere qualcosa stasera?"

"Non dovrei proprio", sospira, "ma un drink mi farebbe bene."

"E un boccone con cui mandarlo giù", aggiungo. "Se diventi avvocato, devi mangiare i broccoli."

"Conosco un nuovo locale sulla Columbus", dice.

Ci troviamo alle sette in uno di quei locali in cui le cameriere portano i capelli tirati indietro, i pantaloni neri attillati, la camicetta bianca e la cravattina nera infilata con noncuranza tra un bottone e l'altro. Katie ha trent'anni, ma seduta al bar con la gonnellina a pieghe color mirtillo e il twin set bianco sembra una deliziosa studentessa universitaria. È a metà di un tomo per l'esame e a tre quarti di un bicchiere di vino rosso.

Mi siedo accanto a lei. "Sono venuto a provarti la lezione", la provoco.

"Ah, ah", bisbiglia lei con quel tono di voce basso che mi fa fremere.

Quando ci sediamo, le cameriere aprono i grandi menù prima di darceli. Questa è classe. Poi Katie introduce un'ingiunzione preliminare.

"Non ho molta fame. E non farmi bere", intima. "Devo studiare almeno quaranta pagine, stasera."

La cameriera è in piedi in attesa con un sorriso che dice: *ma certo, non importa se ve ne andate di qui senza aver mangiato nulla. Io faccio questo lavoro perché ho la vocazione a servire.*

"Prendiamo una bottiglia di Burgundy", propongo. Mi piace già questo posto. La bottiglia più cara in lista costa solo quaranta dollari.

"Torno subito", dice la ragazza.

Katie mi guarda di traverso. "Brutto bastardo", sibila. Ma non può fare a meno di sorridere.

"Chi ha detto che ne do un po' anche a te?" dico. "Agli uomini piace bere."

La cameriera torna al nostro tavolo e fa il solito show della bottiglia. Ci fa vedere l'etichetta (la guardo, socchiudo gli occhi, mormoro il nome e infine annuisco), la stappa e mi versa un mezzo sorso. A me la scena, adesso. Agito un po' il bicchiere per ossigenare il vino, lo sollevo per guardare il colore e lo giro ancora un po'. Poi comincio ad annusare.

"E bevilo, checca!" dice Katie.

"Per favore. Sto controllando se ha corpo."

Lei cerca di darmi un calcio sotto il tavolo. Le afferro una caviglia e le accarezzo il polpaccio.

Bevo un sorso. Annuisco alla ragazza.

"Non devi controllare il mio, di corpo", riprende Katie. Ma lascia lì la gamba e io la accarezzo per ancora un minuto. Le si sfila un sandalo.

"Soffri il solletico?" mi informo.

"Non ci provare", mi avvisa, e toglie la gamba. Poi: "Non ti stanchi mai di uscire con le ragazze?"

"Sì. No."

"So esattamente cosa vuoi dire."

"È come un colloquio di lavoro", aggiungo.

"Okay, chiedimi anche tu quello che vuoi", fa lei raddrizzando la schiena. Comincia a bere il Burgundy.

"Puoi descrivermi la tua ultima posizione?"

"Ah, ah", ride lei con quella risata bassa e sexy. "La posizione no, ma il ragazzo sì. Si chiamava Fred. La seconda volta che sono stata a casa sua ho visto che aveva della strana roba da mangiare nel frigo. E l'ho mollato."

"Strana roba da mangiare?"

"Grasso d'oca. Colli di tacchino affumicato. Un'infinità di lattine di succhi a gusti assurdi. *Cibi strani.*"

"Il resto di lui andava bene?"

"Apparentemente sì."

"Ma l'hai lasciato per questo."

"Già."

"Non c'è limite alla stranezza della gente, vero?"

"Lui o io?"

"Tutti e due. Magari scoprivi che era un tipo fantastico."

"Ho scoperto che è un serial killer."

"Veramente?"

"Be', non ancora. Ma sto tenendo d'occhio i giornali. Insomma... aveva un piccione nel congelatore. Zampe di maiale!"

"Gli hai detto perché lo hai lasciato?"

"Dio, no."

"Perché non ci diciamo mai le vere ragioni per cui ci lasciamo? Perché non ci concediamo quest'unico atto di onestà nel momento in cui gli altri ne hanno più bisogno?"

"Che divertimento sarebbe?" ribatte lei. "Un'altra volta ho chiuso con un tizio perché rientrando a casa l'ho trovato, diciamo 'impegnato', a vedere un film porno. L'ho colto con le mani nel sacco."

"Nei pantaloni più che nel sacco, data la situazione."

Ride di nuovo. "Dai! Qual è la ragione più strana per cui tu hai mollato qualcuna?" mi chiede.

Una volta una tizia è rimasta a dormire da me. Al mattino si è versata mezzo litro, dico mezzo litro, di succo d'arancia comprato apposta per l'occasione, e ne ha bevuto un sorso. Il resto ho dovuto buttarlo via tutto. Il sesso è una cosa, gli sprechi sono un'altra. E che nessuno si azzardi a usare il mio spazzolino. Poi c'è stata una ragazza che mentre parlavamo delle nostre canzoni preferite di Simon e Garfunkel ha detto che la sua era *Cecilia*. È stata più o meno l'ultima conversazione che ho avuto con lei.

"Per i soliti motivi", rispondo.

"Bugiardo", ribatte lei. E mi dà un calcio. Mi piacciono le ragazze che capiscono quando mento. Alla fine della cena la situazione è un po' imbarazzante, perché io abito a sud di qui, e Katie a nord. Ma solo un paio di isolati.

"Posso accompagnarti a casa?" chiedo.

"Sì, grazie", accetta lei.

Altro momento imbarazzante quando arriviamo all'ingresso del suo edificio e il portiere ci guarda.

"Ho scoperto molte cose su di te, T.F.", constata senza invitarmi a entrare. È raggiante di gioia, però.

"Meglio che te le tieni per te, ragazzina", rispondo, posandole le mani sulla vita.

"Altrimenti?"

"Altrimenti guai a te", dico e le faccio il solletico.

"Ah, fermo!" esclama lei, ridendo. "Zio!"

Il bacio. È un bacio che dice: portami fuori tre volte e fammi divertire, e *forse* te la do.

SABATO, 25 AGOSTO

Otto e mezza di sera. Sono a casa a rivedere *Il padrino*, in caso mi sia sfuggito qualcosa le prime dodici volte.

Il mio cellulare si schiarisce educatamente la gola. È la prima volta che suona in tutto il weekend. Dentro di me speravo fosse perché in casa non riceveva.

"Ciao", mi saluta una voce femminile. Classico da parte delle donne. Perché lo fanno? Non ho idea di chi sia. Come faccio a capirlo da una parola sola?

"Ehi!" rispondo, prendendo tempo. "Come va?"

"Bene." Due parole. Ancora non ho idea.

Poi mi viene in mente: Liesl. Non la sento da settimane. Pensavo che fossimo entrambi d'accordo di lasciar cadere la cosa.

"*Wie geht's?*" dico. C'è questa cosa tra noi in cui io fingo di saper parlare tedesco (ho imparato un paio di frasi da un redattore bavarese al giornale) e lei finge di non notare che faccio pena.

Mi dà una risposta che suona tipo: "*Selbstammerungenfrauverkaufkenkrankenshwesser*", e io rispondo l'equivalente sonoro di un cenno.

"Bene", commenta. "Stavo giusto finendo un lavoretto in studio." Come se fosse la cosa più normale da fare al sabato sera. "Ho pensato che magari eri in giro a bere qualcosa e che potevo venire anch'io."

"Per la verità", dico, "stavo guardando un film."

Gaffe! Non sa che sono a casa. Siamo al cellulare. Per quello che ne sa potrei essere a cena con delle celebrità letterarie e delle attrici arrapate. Perché rovinarmi la reputazione con atti gratuiti di onestà?

Ci mettiamo d'accordo per vederci al Café Frog tra quaranta minuti. Mi ce ne vogliono dieci per arrivarci. Perfetto. Ho tempo per una rilassante partita a Snake sul cellulare, poi mi cambio.

Quaranta minuti dopo mi strappo il cellulare dalle mani con rammarico – sono convinto che stasera avrei potuto battere il record di Bran – e mi vesto in tre minuti. Scarpe e pantaloni neri, camicia blu, tutto Banana Republic. Quando quelli dei sondaggi mi chiameranno per chiedermi di che partito sono, dirò Banana Repubblicano. Poi esco di corsa come quando ero piccolo. Ero sempre in ritardo. Ma almeno adesso non devo tener conto del tempo per slegare la bici.

Oh, oh. Ho dimenticato una cosa. Torno su al volo e mi metto il *Bite Me* sulle unghie. Se la tedesca mi vede mangiarmi le unghie, col cavolo che riesco a portarla a letto.

Arrivo ansimante con un quarto d'ora di ritardo, giusto in tempo per aspettarla dieci minuti. Uscire con le ragazze è come fare sesso. Io arrivo sempre prima.

Mangiamo qualcosa, beviamo qualcosa. Ci aggiorniamo sulle ultime notizie.

"Cos'hai fatto lo scorso fine settimana?" chiedo.

"Ero con Gigi e Seb, li conosci anche tu, siamo andati tutti nel New Hampshire da Ramona e Bethani, hai presente chi sono, e poi a trovare Shakira, Dora e Colette, quelle di cui ti ho parlato che hanno la casa sul mare, poi domenica sono andata a una festa di compleanno con Mariel, Antonio, Robin e Whitney."

Chi è tutta questa gente? Uscire con una ragazza nuova è una prova di memoria. Devi ricordarti i nomi delle sue migliori amiche e dei suoi peggiori fidanzati e di fratelli e sorelle e dove abitano e cosa fanno e cosa fanno i loro partner e come si chiamano i figli. (Quando non siete sicuri, provate a dire Alex. Va bene per entrambi i sessi e avete una probabilità su tre di indovinare.) Per non parlare di tutto quello che ti devi ricordare su di lei. Il nome del suo capo. La taglia dei vestiti, il numero di scarpe. A cosa è allergica. (Una volta uscivo con una che era allergica alle nocciole. Improvvisamente sembrava che in tutto quello che ordinavo ci fossero le nocciole. Ne ha dedotto che inconsciamente volessi ucciderla o quanto meno non volessi dividere il mio cibo con lei.) Quello che le piace a letto. (Be', questo non è così difficile.) Come arrivare a casa sua. Il numero di telefono. L'altro numero di telefono. L'altro numero ancora.

Ovviamente, non ho nessun problema a ricordarmi tutte queste informazioni su Julia.

"Fantastico!" commento. Ormai non posso più chiederle chi sono queste persone, perché me lo ha spiegato in lungo e in largo. Solo che non mi ricordo niente di quello che mi ha detto. Il mio disco fisso è pieno di trame di Bugs Bunny, battute di Bogart e statistiche relative al football; c'è pochissimo spazio per il resto.

"Rimaniamo fuori tutta la notte", propongo, per fare quello travolgente. Con una tedesca.

"Tutta la notte?" si stupisce lei. "Io avevo pensato fino a mezzanotte."

Andiamo in un localino per coppiette sulla Columbus che si chiama E-Motion. Faccio finta di non esserci mai stato. Davanti ci sono i tavoli, oltre di essi è tutto divani grandi e comodissimi. La gente qui ordina da bere, si toglie le scarpe e si stravacca sui cuscini. È come essere nella taverna dei genitori, manca soltanto il set impolverato per la fonduta di cui fa sempre difetto una forchetta.

Ci prendiamo un gin tonic e ci mettiamo comodi. Ci togliamo le scarpe, usando solo i piedi per sfilarle. Siamo appoggiati anche con la schiena. Lei non è lontana. Ma non mi sta neanche toccando.

"Sei in una posizione molto vulnerabile", osservo.

"Sì?"

"Potrei baciarti da un momento all'altro." Meglio buttare lì un accenno.

Lei sorride. La bacio. Ma solo per un secondo, perché scoppia a ridere.

"Non possiamo farlo qui", dice.

Mi ci vuole un po' a capire cosa vuole dire. Che diavolo vuole dire?

"Vuoi che andiamo a casa tua?" suggerisce.

Quand'è stata l'ultima volta che me lo sono sentito chiedere? Me lo sono mai sentito chiedere? Calma. Annuisci semplicemente.

Mi rimetto le scarpe.

Lei riprende a ridere.

"Però..." dice ridendo.

Fa ridere?

"...non significa che voglio fare sesso", precisa.

Andiamo a casa mia e lei mantiene la parola: non vuole fare sesso. Solo due ore di frustranti strusciamenti che mi fanno solo sporcare di sudore tutte le lenzuola. Alla fine ci addormentiamo l'una tra le braccia dell'altro. Per un minuto.

"Devo essere in piedi alle nove", mi informa dandomi di gomito.

Mi alzo per mettere la sveglia, che tengo intenzionalmente lontano dal letto. Se ci arrivassi da qui quando suona la spegnerei e mi rimetterei a dormire. Noto che la tedesca ha piegato e appeso con cura i suoi pantaloni e il reggiseno. Quando l'ha fatto?

"Il sesso", dice Liesl in tono serio, al buio, "è una cosa molto intima."

Su questo non si discute.

"Credo siano cinque anni che non bacio qualcuno tanto a lungo."

Mi cala addosso la tristezza. Ecco una ragazza intelligente e carina. Che è forse messa peggio di me.

MARTEDÌ, 11 SETTEMBRE

Mentre mangio un paio di uova tra la Ottantaduesima e la Broadway, prima delle nove, radio Wins riferisce di uno strano incidente in centro.

"Un piccolo aeroplano pendolare si è appena schiantato sul World Trade Center."

Il primo pensiero è: devo comunque essere da quelle parti per andare in tribunale, già che ci sono vedo cosa è successo. Che divertimento!

Scendo dal treno che sono già le nove e mezza. Emergo dalla stazione della metropolitana di Chambers Street e vedo due edifici circondati dal fumo. Sono entrambi danneggiati?

Ci sono centinaia di persone all'angolo, a guardare. Gli uffici sono vuoti. Sono tutti per strada, fianco a fianco, senza più fretta. Non si sentono rumori, non c'è traffico. Niente confusione, niente frastuono. È tutto molto strano. La gente parla ai cellulari sussurrando. Aspettando qualcosa.

In cielo non c'è una nuvola. Una volta un tizio si è schiantato con un B-25 contro l'Empire State Building.

Ma era notte e c'era la nebbia. Hanno riaperto l'edificio nel giro di qualche settimana.

Rifletto sulla prossima mossa. Pronto per vantarmi? Pronto.

Chiamo Bran col cellulare.

"Sono al World Trade Center", dico fiero. I cronisti si fanno un vanto d'essere vicini a un evento importante, perché ciò li rende importanti. Ci sentiamo dei leoni anche se in realtà siamo quelli che puliscono le gabbie.

"Al Trade Center? E cosa ci fai lì? Vattene subito!"

"Perché? È interessante."

"Questo non è niente!" urla lei. "Adesso sta andando a fuoco il Pentagono!"

"Il Pentagono a fuoco?" ripeto elaborando lentamente l'informazione. Bip bib. Un momento, per favore. Cade la monetina. Arrivo a una conclusione.

Un asiatico accanto a me dice: "Hai detto che il Pentagono va a fuoco?"

"Sì", rispondo arrogante. Sono sempre il primo a sapere tutto. Sono un giornalista.

A Bran chiedo: "Ma non è stato un atto terroristico, questo, è stato un incidente, giusto?"

"Hanno dirottato gli aerei!" grida.

Aerei, al plurale. Dirottati. Il Pentagono. Oh, oh.

"Oh", commento.

Metto via il cellulare e comincio a camminare. Devo arrivare in tribunale, mi hanno chiamato per far parte della giuria di un processo. Appena entro nell'edificio tiro fuori dallo zaino l'agenda dove ho scritto il numero dell'aula. Sono nel posto giusto? C'è un tipo che mi sta guardando.

"Sono stato selezionato per far parte di una giuria", spiego.

Lui agita le braccia. "Cancellato..."

Ma non sento le ultime sillabe. Sento invece un enorme boato proveniente dalla folla in strada. Corro fuori. Guardo quello che stanno guardando tutti. Ma si vede solo polvere.

"Cosa è successo?"

Un tipo calvo e ben vestito risponde: "La torre è appena crollata".

Dove da trent'anni a questa parte c'era la torre sud del World Trade Center, adesso c'è una colonna di fumo alta centodieci piani.

Voglio la mia mamma.

La chiamo al telefono, camminando verso nord, verso est, cercando di prendere la linea. Poliziotti e guardie urlano alla gente *VIA DI QUI VIA DI QUI*. Alcune persone piangono. Gli altri camminano in silenzio con gli occhi bassi. Le strade sono invase dai pedoni. Le macchine sono sparite o parcheggiate. Gli agenti stanno mettendo i cavalletti blu agli incroci. *VIA DI QUI VIA DI QUI. VIA DAGLI EDIFICI VIA DAGLI EDIFICI.* Questi palazzi neoclassici, insulsi e noiosi, adesso sono potenzialmente letali. Le guardie di sicurezza e gli avvocati escono di corsa. Tutti chiamano freneticamente ai cellulari o fanno la fila ai telefoni pubblici. Nel primo che vedo ci sono quaranta persone in attesa. Tutte tranquille. Nessuno guarda l'orologio, batte i piedi o urla a quelli davanti di sbrigarsi. M'incammino, tenendo d'occhio l'altra torre. Mi chiedo se... ma no, non può essere. Non può accadere quello che è appena accaduto.

Poi accade. Al rallentatore. Come un ascensore che

scende, solo che fa svanire i piani man mano. Centodieci piani polverizzati. Prima vetro e acciaio. Adesso fumo e macerie. Alla fine, un ciclone di polvere e detriti invade la West Broadway percorrendola fino a dove sono io, dieci isolati a nord. Forse dovremmo...

"Correre!" urla un poliziotto. Se vedete me correre, vuol dire che bisogna proprio correre. Capite?

I poliziotti si mettono tutti in coppia come i bambini dell'asilo e corrono mano nella mano. Alcune poliziotte piangono. Anche alcuni poliziotti.

Corriamo tutti, ma la spinta del tornado si sta esaurendo. Non arriverà fino a noi. Poi un altro rumore. Stavolta uno dei nostri. Un F-15 che squarcia il cielo.

Le auto sono tutte parcheggiate in mezzo alla strada. C'è silenzio, si sentono solo le radio. La gente vi si riunisce intorno per sentire i notiziari.

La città non è mai stata così silenziosa. Da non credere. I dirottatori sono forse gli stessi che avevano cercato di far saltare queste torri nel 1993 parcheggiando un furgone a noleggio pieno di sterco di mucca infiammabile in un garage sotterraneo? Allora erano stati subito acciuffati quando erano tornati al noleggio *per farsi restituire la cauzione*.

Devo chiamare il giornale. Dopo mezz'ora di attesa a un telefono pubblico riesco a parlare con Max, che mi ordina di tornare in ufficio. Gli autobus sono incredibilmente affollati e i treni non vanno, quindi me la faccio a piedi. Fuori da St. Vinny c'è uno spettacolo sorprendente quasi quanto quello che ho appena visto: i newyorkesi aspettano con pazienza in fila per donare il sangue. E nessuno è titubante. Tutti decisi.

Mi ci vuole un'ora per arrivare in redazione. Quando entro, sembra domenica mattina. Non ci sono rumori, a parte la CNN. Sono tutti davanti alle TV a guardare delle palle di fuoco. Nessuno fa lo spiritoso.

Arriva il Rospo, con sei ore d'anticipo. Max gli dà una pacca sulla spalla e uno strano mezzo abbraccio. Mi chiedo se l'ho mai visto prima toccare qualcuno in modo non minaccioso.

"Irv", dice Max. "Non abbiamo ancora sentito Eli Knecht."

A volte paghiamo una multa per aver stuzzicato gli animali del mondo, per avergli infilato un bastoncino nelle gabbie ed esserci presi una zampata. O forse abbiamo appena scoperto di vivere nella gabbia, e di aver calpestato fino a oggi la coda dell'animale che c'è dentro.

Sono quasi tutti fuori a occuparsi dell'attacco terroristico. Io resto lì con Max, Irv, un paio di redattori e i fattorini, e guardiamo tutti la TV in silenzio, imbarazzati dal fatto che una buona storia per un giornale è una pessima storia per il mondo. "Rollo?" chiede Irv.

"Era da Langan quando è successo", risponde Max. "Quindi l'ha saputo subito. È andato sul posto con un suo amico poliziotto."

"Sta bene?"

"Era proprio là quando è crollato", continua Max. "Lui e i poliziotti sono scappati. È caduto, ha detto che si è slogato un piede."

"Spero non fosse quello con cui scriveva", brontola Irv.

"Farà un pezzo quando torna", continua Max. "Hai riprovato a chiamare Eli?" chiede a Hyman Katz.

"Centosei volte", risponde lui.

"Riprova."

Hoff, dalla redazione, gli dà una gomitata: "Ehi, capo. Significa che mangiamo la pizza gratis?"

A volte arriva la pizza in redazione (corruzione dei giornalisti), ma solo quando scoppia qualche catastrofe.

"Hyman Katz", dice Max. "Chiama Patsy's. Prendi cinque o sei torte."

Esultare sembra improprio in questo momento, ma sono tutti sollevati.

In Max scatta qualcosa, comincia a impartire ordini in tutte le direzioni. "Hoff, tu fai la scena al Trade Center e Washington e le reazioni delle famiglie delle vittime. Rita, tu ti occupi delle reazioni internazionali, degli aeroporti, della FAA, della scena in Pennsylvania. Burkey, tu della matrice dell'attentato, dell'angolazione politica, di quello che farà Bush. Chi rimane?"

"Potrei mettermici anch'io", propongo.

"Tom, le tue pagine sono tutte chiuse?"

Annuisco.

"Bene. Allora fai un resoconto minuto per minuto dell'intera giornata."

Vado alla scrivania e comincio a controllare le notizie, segnandomi esattamente quello che è successo minuto per minuto. Come il giornalista che ero.

Il Rospo si avvicina zoppicando.

"Non abbiamo ancora avuto notizie di Eli", informa.

"Lo so", rispondo.

"Occorre che qualcuno sia, ehm..."

"Sia?"

"Pronto", aggiunge lui.

"Devo fargli un coccodrillo?"

"Sai..." dice lui.

"Devo fare delle telefonate o..."

"No, non ancora."

"Ehm, lunghezza?"

"Una colonna in prima pagina", stabilisce il Rospo.

"Una colonna? Tutto qui?" Lo guardo indignato. Lui scuote la testa e dice: "Lo so". Poi torna alla scrivania con la sua andatura alla Quasimodo.

Chiamo l'archivio per recuperare gli articoli di Eli. Ho scritto parecchi necrologi nella mia carriera, anche di persone che non erano morte, tanto per essere sicuri. ("Un necrologio non è mai tempo sprecato", ama ricordare il Rospo.) Quello su Bob Hope, tanto per dire, era pronto da cinque anni. Ma non ho mai scritto il necrologio di uno che conosco. E poi di solito per scriverlo occorrono le reazioni di chi lo conosceva bene. Il che significa chiamare la moglie, la madre, la cugina, il vicino, i colleghi, chiedendogli di dire due parole sulla buonanima per il "tributo" che stai scrivendo. Mai dire "necrologio", bensì "una storia in suo onore, per ricordarlo". Nessuno rifiuta mai. Con il nodo in gola, parlano.

L'archivio mi porta il materiale richiesto, centinaia di articoli, anni e anni di lavoro. Tutta roba che non serve al mio proposito. Spazzatura.

Mi sto spremendo le meningi per trovare qualcosa quando il Rospo urla nella mia direzione, col ricevitore del telefono premuto sul petto: "Tom, ho Eli al telefono, dice che non è morto, ha del materiale".

"Passamelo", dico. Prendo la comunicazione.

"Tom..." la voce di Eli, "Cristo, ci ho messo mezza

giornata a trovare un telefono che funzionasse quaggiù. Com'era il tuo articolo?"

"Eh?"

"Il necrologio. Leggimelo."

"Nell'orrore degli attacchi di ieri, il premiato giornalista del *Tabloid* Eli Knecht ha sacrificato eroicamente la vita correndo al World Trade Center per occuparsi della catastrofe e rimanendo schiacciato dal collasso delle torri."

"Wow. Premiato? Chi ti ha detto che ho ricevuto dei premi?"

"Credi che qualcuno mi avrebbe fatto causa per essere stato troppo gentile?"

"Non voglio che nel mio necrologio ci siano scritte delle balle."

"Perché un articolo su di te dovrebbe essere diverso da tutti gli articoli che portano il tuo nome? Ho detto anche che hai un uccellone enorme. Nessuno ti darà del bugiardo, se sei morto. Stiamo parlando di un premio Pulitzer postumo. Ho pensato di fare una cosa carina per Diane."

"Diane? Debbie!"

E rieccomi nel vortice, a fare il redattore. Il telefono come un'appendice tra l'orecchio e la spalla, giornalisti in campo che fanno rapporto, scopro che so ancora battere a macchina veloce come un fulmine. Senza proferire una parola, il Rospo si siede a scrivere al computer accanto a me. Invece del ricevitore del telefono ha una cuffia con un microfonino che lo fa sembrare una signorina delle vendite per telefono.

"Ti ricordi la vista da lassù?" mi domanda.

"Eccome."
"Si vedeva la Statua della Libertà, e tutti i ponti. Di notte sembravano dei collier."
"Ti ricordava il motivo principale per cui sei venuto a New York."
Stiamo tutti guardando la CNN quando arriva Eli. Rollo entra subito dietro di lui. I nostri guerrieri, di ritorno illesi in tutta la loro gloria. Applaudiamo. Un momento di sincera commozione.
"Caffè", ordina Rollo, "subito."
Stiamo tutti lì a guardarci. Nessuno fa niente. Qualcuno tossisce.
Eli si pulisce la giacca di pelle dalla polvere. Ci guarda e scuote la testa come uno che è stato personalmente insultato. "Ci potete credere a quei figli di puttana?" dice.
Si resta tutti quanti in redazione fino a oltre le undici, quando esce l'edizione del *Metro*. Max se ne va all'una. Gli altri giornali tardano ad arrivare però, quindi qualcuno deve restare ad aspettarli. Se c'è qualcosa di importante che non sappiamo, facciamo ancora in tempo a copiarlo e a inserire dei cambiamenti all'ultimo minuto fermando la stampa fino alle tre. È di turno il Rospo alla notturna, quindi gli altri potrebbero anche andare a casa, ma preferiscono rimanere a giocare con questo frammento di storia. Qualcuno ha tolto il volume delle TV e il fattorino che dovrebbe rispondere al telefono ha abbassato la testa sulla scrivania.

Non avevo visto che anche Eli è ancora qui. Me ne accorgo quando mi prende da parte per dirmi due parole.

"Se avessi dovuto scegliere a chi far scrivere il mio necrologio", dice, "avrei scelto te."

"Sì?"

"Hoff avrebbe sbagliato a scrivere il mio nome."

"Grazie, Ignazio."

"Buona notte, Pappy."

MERCOLEDÌ, 12 SETTEMBRE

La prima cosa che mi viene in mente quando mi sveglio al mattino sono edifici che crollano, esplosioni letali, fuoco, devastazione e orrore.

La seconda è: *Bene! Non sto pensando a lei.*

Non devo essere in redazione fino alle tre. Oggi è come quando nevica di brutto. Tutti quelli dell'Upper West Side hanno una giornata libera. Persino l'abbaio e il ringhio delle strade sono stati messi a tacere. La maggior parte dei ponti e dei sottopassaggi sono chiusi. Ma tanto nessuno vuole venire qui. Finalmente si capisce a cosa serve il New Jersey. Non ci sono taxi in giro: i tassisti sono spesso musulmani. Già è pericoloso guidare un taxi nei giorni buoni, in questa città, figuriamoci adesso.

Non ho sentito Julia. Almeno è al sicuro. Si trova in una specie di terzo mondo in questo momento, dove non c'è niente da far saltare. Niente di male, non aveva motivo di chiamarmi. Non poteva sapere che potevo trovarmi in centro. Chiamo Liesl. Strano. Anche ieri non sono riuscito a raggiungerla. Chiamo Bran. Magari le dico che ho pensato a lei. Ci ho pensato? Be', più o meno. Voglio dire, il fatto stesso che sto pensando di dirle che ho pensato a lei significherà qualcosa.

La trovo al cellulare.

"Bran."

"Non posso parlare", risponde lei, "sono a Boston."

"Perché, a Boston la gente non parla al telefono?"

"Non sei al corrente degli ultimi avvenimenti?" fa lei. "Sto lavorando a un servizio."

Boston: dove due degli aeroplani sono partiti. Sono un idiota.

"Sull'aeroporto?" chiedo.

"Sì! Devo andare, okay?"

E se ne va.

Quindi chiamo Katie. Posso dire a lei quello che volevo dire a Bran.

"Stai bene?" mi chiede, sinceramente preoccupata.

"Sì", dico. "Ti ho pensata."

"Anch'io", aggiunge.

"Eri laggiù?"

"Ero a tre isolati! Sai dov'è la mia scuola!"

"Il tuo edificio è stato danneggiato?"

"È inaccessibile. Cosa faccio adesso?"

"Ti prendi del tempo libero", suggerisco.

"Voglio tornare a lezione", dice.

"Pensavo che odiassi le lezioni."

"Infatti, ecco perché voglio finire più in fretta possibile."

"Allora, cosa fai oggi?"

"Devo lavorare a un atto. Per settimana prossima."

"In un momento come questo la gente non dovrebbe essere interessata a lavorare ossessivamente", osservo.

"Non lavoro ossessivamente", chiarisce, "sto solo cercando di non rimanere indietro."

Sigh. Ragionano tutti così a New York? Grande attacco terroristico = opportunità unica di farsi notare?

Mi unisco alla calca che si muove al rallentatore sulla Broadway alla ricerca di un giornale. Non c'è traccia del *Times.* Tutti vogliono una conferma stampata di Jerry Bruckheimer di quello che hanno visto ieri. In tutte le edicole c'è un cartello scritto a mano con su ESAURITI sotto la lista di quasi tutti i quotidiani. Persino l'*Amsterdam News.* La gente va dicendo "Per favore", "Grazie", "Buona giornata" agli edicolanti arabi. *Poverini*, pensano tutti. Non è colpa loro. Speriamo che non se la prendano con loro.

Provo una decina di edicole. Niente. Tornando a casa vedo un furgone delle consegne del *Times* tra la West End e l'Ottantatreesima, diretto a nord. All'angolo a sud-est c'è un distributore appena riempito. "STATI UNITI ATTACCATI", dice il titolo a otto colonne. Metto tre quarti di dollaro nel distributore automatico e prendo una copia.

Mike mi invita a pranzo per commiserarci. Guardiamo la CNN mangiando un panino. Dal bagno arrivano strani suoni. Non la bambina. La madre.

"Ta-taaa! Ti-ta-ta!" sento dire Karin.

"Non è più lo stesso mondo di ieri", constata Mike. "A un certo punto cominci a capire che non piacciamo a nessuno."

"Se vivi a New York", faccio presente, "devi fartene una ragione."

Karin esce dal bagno con la bambina avvolta in fasce. "Bu-bu! Bu-bu-bu-bu!" La piccola crescerà benissimo. Emetterà farfuglii fluenti a quattordici mesi.

"È una specie di complimento in fondo, no?" continua Mike. "Ci odiano più di tutti gli altri. Come quando la tua ex fidanzata comincia a chiamarti di notte e poi mette giù. Ti fa diventare pazzo ma te ne vanti con tutti."

"Già", sospiro, "siamo i numeri uno."

Karin ha un punto di vista diverso. "Sciu sciu, sciu! Miao miao miao! Pio pio pio! Ma-ma-ma-ma!"

Questa donna ha preso un master. Una sola bambina, e le è partito il cervello.

Sono uscito da casa di Mike quando mi suona il telefono. Penso che sia Julia, preoccupatissima per me.

"Ehi."

"Oh, mio Dio", esclama Liesl, "ci puoi credere?"

"Ti ho chiamata in ufficio tutto il giorno, ieri", dico.

"Lo so, le linee erano fuori servizio."

"Sei andata a casa subito dopo?"

"No, dovevo lavorare a delle difese", risponde.

"Hai lavorato tutto il giorno dopo il più grande attacco terroristico nella storia degli Stati Uniti?"

"Tu no?"

"Io sono un giornalista."

"Be', non proprio."

Sono gli insulti involontari quelli che fanno più male.

"Certo che lo sono. Lavoro a un giornale."

"Sì. Ma non ti occupi delle stupidaggini?"

"Io..." Be', sì, in effetti. "Ho fatto la mia parte anch'io."

Poi mi ricordo una cosa della prima volta che mi sono occupato di questa storia.

"Il tuo studio rappresenta i tipi che hanno bombardato il Trade Center nel 1993?"

"Sì!" esclama. "I nostri avvocati hanno saputo molto da loro. A quanto pare non la smettono più di fornire dettagli. Hanno raccontato di tutto. Nulla che naturalmente posso riferire."

"Info confidenziali tra avvocato e cliente?"

"Sì."

"Non eri a casa ieri sera, vero? Ti ho chiamata un paio di volte."

"Dopo il lavoro sono andata a vedere se potevo donare il sangue", mi spiega. "Ma non ne avevano bisogno. Così sono stata in giro a vedere se potevo offrirmi volontaria per fare qualcosa."

"Sembri scossa."

"Tu dov'eri?"

"Dovevo andare in tribunale", dico, "quindi ero in centro. Ho visto tutto." Devo imparare a dirlo senza che sembri che ne vado orgoglioso.

"Oh, mio Dio! Sei ferito?"

"Non ero così vicino. Ero a Chamber Street."

"Quando credi che cominceranno a trovare i superstiti?"

"Liesl", mormoro, "non ci saranno superstiti."

"Devono esserci", si rifiuta di credere lei, "domani ci vado."

"Non penso che ti lasceranno avvicinare per passare al setaccio le macerie. Hanno delle squadre d'emergenza, uomini specializzati. I quali prenderanno un sacco di soldi extra come mai nella loro vita."

"Come fai a dire una cosa del genere? Io ci vado domani."

"Stai attenta", la ammonisco.

Riappendiamo.

Al lavoro accendo il computer e sento il bip del Messenger.

L'utente Internet Emonahan582 ti ha mandato un messaggio. Accetti?

EMonahan582: *Tom? Sono Betsy.*
Bambinone33: *Ehi, Betsy! Stavo pensando a te!*
EMonahan582: *Non è pazzesco quello che è successo?*
Bambinone33: *Ero in centro, ho visto tutto.*
EMonahan582: *Stai bene?*
Bambinone33: *Sì, sono un po' stordito.*
Bambinone33: *Non ti vedo da un sacco di tempo.*
EMonahan582: *Lo so sono stata occupatissima.*
Bambinone33: *Novità? Ti sei sposata ultimamente o cose del genere?*
EMonahan582: *A dire il vero...*
Bambinone33: *Cosa?*
EMonahan582: *Io e Vince ci siamo sposati un paio di settimane fa.*
Bambinone33: *Wow.*
EMonahan582: *Non sapevo se invitarti o no, ma poi non mi sembrava il caso.*
Bambinone33: *Non c'è problema.*
EMonahan582: *È stata una cerimonia ristretta, con poche persone.*
Bambinone33: *Avresti potuto dirmelo però.*
EMonahan582: *Lo so.*
Bambinone33: *...*

EMonahan582: *Ti sei offeso?*
Bambinone33: *No...*
Bambinone33: *Devo andare.*
EMonahan582: *Chiamami qualche volta.*
Bambinone33: *Okay ciao.*

DOMENICA, 16 SETTEMBRE

In città non si parla d'altro che di Questo da cinque giorni. È così che lo chiamiamo: Questo. "Questo cambierà tutto." "Chissà se Questo farà vacillare l'economia." "Pensi che ne stiano progettando altri come Questo?" I giorni scorsi li ho passati come segue: andando al lavoro; a casa di Mike; ordinando cibo per telefono; ascoltando il nuovo cd di Bob Dylan (che aggiunge un'altra frase per Julia al linguaggio dilaniano: "Ti guarderò fino a diventar cieco"); e a seguire ogni tanto i telegiornali. Che posso reggere solo dieci minuti per volta.

La tedesca ha passato i giorni scorsi come segue: guardando i telegiornali, leggendo i giornali, discutendo le notizie, partecipando a funerali, accendendo candele, scrivendo lettere accorate al *Times* e chiamandomi spesso per chiedermi se sto bene. Non ha neppure menzionato la possibilità di prodursi in un atto supremamente caritatevole che migliorerebbe il morale di almeno un newyorkese; pensare che tutto quello che dovrebbe fare sarebbe venire qui a fare una doccia insieme a me. Meglio che portare provviste, no?

"Stai bene?" le chiedo al telefono.

"Non lo so", risponde con tono malinconico. Se non posso averlo lascivo, vada per il malinconico.

Certo, dev'esserci qualcosa di più allegro di cui parlare.

"Ehi", dico, senza alcuna ragione. "Quand'è il tuo compleanno?"

"Ehm, domani..."

Mi rendo conto che appena cominci a uscire con qualcuno dovresti segnarti la sua data di nascita da qualche parte. D'altro canto, se non la sai non puoi neanche rovinare tutto con un regalo spaventosamente costoso o con la sciocchezza scelta in fretta che mostra mancanza di interesse, o ancora con il regalo giusto ma del colore sbagliato che mostra scarsa attenzione ai dettagli. I compleanni sono fondamentali per le donne, è indiscutibile. Quand'è stata l'ultima volta che avete sentito un uomo dire: "Ho dovuto lasciarla. Per il compleanno mi ha regalato un buono acquisto della Gap. Più impersonale di così!"

Metto da parte il giallo che sto leggendo e prendo qualcosa di molto più impegnativo da seguire: un numero di *Randy.* Vado alle pagine dedicate al sesso. Sì, lo so che sono quasi tutte dedicate al sesso, io però guardo la guida su *come farlo.* Questo perché ho la sensazione *di averlo sempre fatto male. Randy* sa tutto, mi rimetterà sulla retta via.

Dopo alcune ore di studio devoto, prendo un treno e vado a Midtown. Mi fermo in redazione a vedere se hanno bisogno di me. C'è il Rospo.

"Lavori oggi?" mi saluta con un telefono in una mano

e le bacchette del cinese nell'altra. Ha i capelli che gli si torcono in testa. Sembrano finti, ma gira voce che siano veri invece.

"Non dovrei."

"Non ho sentito. Siediti. Louise ha della roba da darci."

"Quello cos'è?" mi informo, facendo segno verso la sua scrivania. C'è un piccolo vassoio di legno con uno strato di sabbia, un albero in miniatura e un piccolo rastrello. La sabbia è immacolata.

"Tom, ti prego. Bisogna che tu traduca Louise. È tutta eccitata." Estraggo i *chi come cosa quando* e *perché* dalle informazioni confuse che la nostra giornalista Louise ha raccolto dopo aver seguito in giro il sindaco tutto il giorno e lo riscrivo assieme a un paio di notizie della Reuters. Intorno a mezzogiorno consegno il pezzo al Rospo. Sta rastrellando tranquillo la sabbia, sistemandola granello per granello.

"Bella casetta delle bambole", commento.

"È un giardino zen", spiega lui. "Per mantenermi sano di mente."

"Troppo tardi", considero.

"Hai sentito di Max?"

"No, cosa?"

"Va al *News*. Io non ti ho detto niente, eh?"

"Perché?"

"Ti ricordi la lite con Cronin la settimana scorsa? Quando si urlavano che non capivano un cazzo di giornali e di succhiarsi l'uccello a vicenda?"

"Quella di lunedì?"

"No, quella di mercoledì. Comunque, a quanto pare Rutledge-Swope ha sentito tutto."

Tyrone Rutledge-Swope è famoso perché chiama dal suo yacht o dal suo jet privato o dal suo bungalow a Hollywood più volte al giorno. Possiede una mezza dozzina dei maggiori quotidiani del pianeta, più un'emittente TV e uno studio cinematografico, e nonostante questo legge ogni riga del nostro giornale. Siamo il suo bambino.

"Il super boss era qui?"

"No, era al telefono. Aveva risposto uno dei fattorini che cercava di attirare l'attenzione di Max ma non ci riusciva perché stava litigando con Cronin. Avrebbe dovuto metterlo in attesa, ma è nuovo. Così il boss ha sentito tutto. Ha detto a Max di fare i bagagli. Dicendo che solo lui può chiamare Cronin testa di cazzo."

"Lo dici con un luccichio negli occhi", osservo.

"Cronin mi ha chiamato per una chiacchierata", ribatte. "Pare che Claudius subentrerà tra una settimana."

"L'idiota", commento. "Ti ho detto che stai benissimo oggi con quei calzoni Sansabelts?"

"Sei il miglior giornalista che ho", dice. "Non lasciare la città. Potrei avere dei piani per te."

LUNEDÌ, 24 SETTEMBRE

Ho finito di lavorare, ma Rollo incombe sopra di me con in mano il *Times.* "Sai perché hanno fatto Questo?" domanda. "Per le donne. Si sono garantiti settanta vergini dagli occhi neri in paradiso!"

È vero, in un certo senso. Negli scritti che hanno lasciato descrivono il paradiso come il palazzo di Playboy. Tutto quello che gli uomini fanno, persino Questo, può essere ricondotto al loro bisogno di azione.

"E questo cosa ti suggerisce?" continua Rollo. "Che siamo stati colpiti da dei vergini. Tutti vergini! Chi altri può pensare che il sesso cosmico coinvolga una vergine se non un vergine?"

Quando me ne vado sto cominciando a sentirmi una vergine dagli occhi neri anch'io. Fuori, l'estate è in barella, agonizzante. Sta firmando il testamento davanti al notaio. È già sopravvissuta tre giorni più a lungo del dovuto, e l'autunno reclama il suo posto.

Prendo un treno per Brooklyn. Una cosa alquanto complicata. La mappa della metro è meramente teorica, e poi ci sono i cambi dovuti all'attacco. Interi tunnel sono crollati. Finisco per mancare la fermata e per prendere il superespresso per un oscuro recesso di Brooklyn. Mi ci vuole mezz'ora per rintracciare la strada per Williamsburg.

Mi sto facendo largo tra la folla di uomini e donne vestiti come se fosse sempre il secondo anno d'università (jeans unisex identici, occhiali spessi, magliette a righe) fino al luogo in cui la tedesca mi aspetta con delle margheritine intrecciate nei capelli. È seduta a un tavolo all'aperto, circondata dagli amici.

"Ciao!" mi saluta con entusiasmo.

Le do un bacio sulla guancia. "Ti ho preso questi", e le porgo un mazzo di fiori che ho comprato per Julia, prima di scoprire che non tornerà in ufficio fino a mercoledì.

"Bellissimi!" esclama lei.

Sul tavolo ci sono dei palloncini e una torta. La tedesca è tutta eccitata, e mi presenta agli altri. Alcuni li ho già visti. Stringo loro la mano. Loro si spostano sistemandosi in modo che io e Liesl possiamo sederci vicini. Mi piace. Vicinanza automatica da fidanzati. E non solo, significa anche che ho accanto almeno una persona che conosco.

Accanto a me dall'altra parte, invece, c'è una coppia. Stiamo parlando di come sedurre una donna.

"Deve essere qualcosa di particolare", dice Conchita, la messicana femminista postmoderna. "Tipo: hai una bellissima colonna vertebrale."

"Qualcuno te l'ha mai detto?" chiede Malcolm, l'analista di titoli obbligazionari, il multietnico con tre passaporti, due dei quali di terre strane e terribili.

"Sì!" fa lei ridendo.

Io e Malcolm ci guardiamo.

"Ha funzionato?" chiedo io.

"Più o meno", risponde lei. "Ma solo per un po'."

Non ho mai detto a Julia che ha una bellissima colonna vertebrale. Mi sembrava sottinteso.

"E dove si va a finire?" obietto. "Se lui ti dice che hai delle bellissime narici, sei contenta?"

Improvvisamente vengo colpito da qualcosa. Sto subendo un attacco! È uno di quei soffietti di carta che ci sono in giro a carnevale, soffi e li lasci andare, e quelli volano via veloci.

"Ti sei appena guadagnato il primo pompino da me, tesoro!" cinguetta la tedesca allegramente. A voce alta.

Divento rosso, arancione e porpora. Non posso credere che abbia appena detto a un tavolo pieno di persone che non mi ha mai fatto un pompino. Per la verità, pensavo che la parola non facesse parte del suo vocabolario.

"Cos'hai bevuto?" mi informo. "Oltre a queste birre giganti tedesche?"

Lei sorride e beve un altro sorso.

Per quanto imbarazzato, sto pensando: devo fargliene bere ancora un po'. Se è capace di dirlo, figuriamoci come lo fa!

Sto gonfiando i palloncini. Ce li passiamo tra noi da una parte all'altra del tavolo. Che divertimento!

L'amica della tedesca, Nora, me ne tira uno colpendolo come una pallavolista. Mi prende sul naso col dorso della mano.

"Ahhhh!" esclama Nora.

"Tutto bene, sto bene", la rassicuro, toccandomi il naso. "Non ho un'emorragia."

"No!" urla lei. "Il mio anello!"

Ha un grande valore sentimentale, questo anello. Non è una fede. Era un anello di bigiotteria che le ha regalato la sorella maggiore. A quanto pare era troppo largo. Spostiamo sedie e tavoli, ci mettiamo a quattro zampe a cercare e concludiamo: sì, sicuramente l'anello dev'essere da qualche parte a Brooklyn.

La gente sta raccogliendo pezzi di palloncini scoppiati, candele del compleanno, carte in cui erano avvolti i regali. Mettiamo tutto nei sacchetti di plastica e cerchiamo meglio. Dopo un'ora e un quarto non è più così interessante come occupazione.

Mi rialzo e parlo con l'amica irlandese della tedesca, Molly. È l'unica che non si finge impegnata a cercare freneticamente. Sta fumando e osservando la scena.

"Ti prendo un altro bicchiere di birra?" le chiedo.

"Volentieri", risponde. "Allora, ti piace?"

"Mi piace", confermo.

"Senti, alcuni di noi stavano pensando che c'è un altro regalo di compleanno che le piacerebbe. Potresti darglielo più tardi", suggerisce con aria maliziosa.

"Ehm, cerchiamo ancora un po' l'anello?"

Dopo un'ora e tre quarti, Nora sta ancora passando al setaccio un sacco dell'immondizia pieno di bottiglie di birra, fazzoletti sporchi e avanzi di cibo. Io e la tedesca stiamo per darci alla fuga.

"Vuoi venire da me stasera?" mi sussurra. Annuisco.

"Sembri diversa", osservo.

"Mi sento più vicina a te, credo. Con tutto quello che è successo."

“È carino”, commento, e la guardo negli occhi sperando di riuscire a fare uno sguardo espressivo.

“Nora”, si rivolge all’amica, “noi dobbiamo andare. Ma torno domattina a cercare l’anello. La luce sarà migliore.”

Nora geme. “Okay.” E fa ciao con la mano con aria tragica, come una malata di leucemia.

Ce ne andiamo. È un bel pezzo di strada per arrivare al suo appartamento. Si trova in un edificio fatiscente, nascosto dietro una porta nera che fa venire brutti presentimenti, accanto a un localaccio cinese-messicano in cui alcuni haitiani sono concentrati ad ascoltare la polka.

L’appartamento è al secondo piano. La porta non si chiude bene, il cinquanta per cento delle serrature su di essa sono inutilizzabili; c’è una stanza cucina con il lavandino in mezzo, linoleum rovinato, spaventosi rumori di sopra (qualcuno sta giocando a bowling?), due biciclette vacillanti che occupano quasi tutto lo spazio disponibile, pittura gialla che si scrosta dalle pareti, un futon per terra invece di un bel lettone comodo, un angolo con un divanetto a due posti, e non più di due, e roba varia sparsa per terra. Una libreria con volumi di diverse misure.

“Che ne pensi?”

“È Brooklyn”, dico.

“Non è tanto carino vero?”

“Immagino che lo sistemerai dopo averci vissuto per un po’.”

“Sì”, risponde guardandosi intorno. “Sì, sicuramente. Anche se sono qui da sei anni ormai.”

Guardo i suoi cd: tutto di Annie Lennox. Le Indigo Girls. Musica scaricata dal sito di PC World per fare scena. Devo mettere qualcosa di decente prima che prenda lei il comando. Le ragazze hanno stereo scarsi e biancheria da letto costosa, rifletto. Ma questo... ehi, cos'è questo? Un Denon? È un portatile, sintonizzato sulla National Public Radio ovviamente, ma sempre roba di qualità.

"Chi ti ha regalato questo stereo?" chiedo.

"Oh, un mio ex. Come fai a sapere che me l'hanno regalato?"

"Ho intuito", rispondo.

Ci baciamo per un po'. Vago con le mani sulla sua camicetta a maniche corte. Le maniche hanno delle fessure. Che mi fanno pensare alle braccia. Che mi fanno pensare alle spalle. Che mi fanno pensare alle spalline del reggiseno. Come mi piacciono! I reggiseni senza spalline sono un'idea cretina. Ci vorrebbero reggiseni con spalline extra, altro che. Ho letto da qualche parte (forse su *Tabloid*, nelle mie pagine magari) che quelle che fanno strip tease sanno che è meglio avere i segni del costume piuttosto che l'abbronzatura totale. Così prendono più mance. Perché? Perché hai le spalline e nello stesso tempo sei nuda. Un memento: ragazzi, attenzione, quello che state vedendo dovrebbe essere coperto.

E cosa sono queste cose sotto? C'è una spallina del reggiseno sopra, ma ce n'è un'altra sotto, e una specie di canottierina... Dio. Non mi passerà mai la passione per la biancheria intima femminile. Lei si allontana. Sorride.

"Ho sete", dice, e va a prendere del latte di soia.

Io vado in bagno. Vasca minuscola. Squallide tende della doccia. Gocciolamento fisso. Macchie indelebili di ruggine. Meno male che c'è del trucco da donna impilato dappertutto, persino sul coperchio del water. (Allora perché non si veste da donna? Indossa roba invisibile da donna?) Non mi piacerebbe stare con una ragazza che non si veste mai da donna.

Quando esco, lei è senza niente sopra e si sta infilando una camicia da notte trasparente. Che bella sorpresa. Mi svesto rimanendo solo con i boxer e ci sdraiamo sul letto. Anzi, sul futon.

"Non sembra che abbiamo molto in comune, vero?" osservo.

"Niente del tutto", ribatte lei.

"Ma mi piaci."

"Sono contenta."

Il telefono. È Nora. Aspetto.

"Iuh-hu!" dice la tedesca. "Dove l'hai trovato?"

Da quanto mi sembra di capire, Nora ha portato a casa i sacchetti della spazzatura in cui avevamo messo gli avanzi del compleanno. E in uno di essi c'era l'anello. Al terzo tentativo.

Liesl è di buon umore quando riappende. Spegniamo la luce. Ci culliamo per un po'. Mi chiedo, perché no?

"Sono così contenta per lei", afferma. "Ma ero preoccupata. Sono ancora un po' nervosa."

"Bene, allora", sussurro facendo la voce sexy, "vorrà dire che cercherò di calmarti."

"E smettila!" mi ordina. Non vede l'ora, però.

Sto ripassando gli appunti come un quarterback dopo la consultazione. Le zone erogene. Il punto G. Il trucco del cuscino. Dove deve stare esattamente il mio dito indice. Quanto tempo devo andare avanti per ogni cosa che faccio. Pronti? Via.

La spoglio, le faccio un bel massaggio. Ha gli occhi chiusi. Buon segno.

Randy dice: non toccarla solo lì. Toccala là, là, là e là.

Randy dice: per quanto tempo tu ci stia mettendo, per lei stai andando troppo in fretta.

Randy dice: mettiti a tuo agio. Potrebbe volerci un po'. Non riuscirà a concentrarsi se pensa che non sei a tuo agio.

Massaggia, massaggia, massaggia.

Impasta, impasta, impasta.

Accarezza, accarezza, accarezza.

Randy dice: quando ti avvicini, poi ritirati. Poi ritorna. Poi via di nuovo. Ripetere se necessario.

Massaggia, massaggia, massaggia.

Randy dice: non muovere la lingua a scatti. Usala come un cane.

Lecca, lecca, lecca.

Randy dice: lasciati guidare dalla sua mano.

La sua mano si avventura da queste parti, poi sparisce.

Randy dice: non succederà se lei non è rilassata. E non può rilassarsi se pensa che ti stai annoiando.

Gemere, gemere, gemere. Sono io che gemo. Lei non ha ancora emesso un suono. Sto andando bene? Ehi, c'è nessuno?

Continuo. Sono proprio lì, ho la mano vicinissima, sto per arrivarci ma l'allontano di nuovo, facendola sbucare in punti imprevedibili, lanciando un nuovo attacco da rive lontane. Torno al quartiere centrale lentamente, molto lentamente. E poi me ne vado. Dove sono andato? Quando tornerò?

Lei è sdraiata assolutamente immobile. E il mio attrezzo? È dolorante ma lontanissimo dall'azione. Solo la faccia e le mani fanno il proprio lavoro, qui.

Dopo un'ora e quindici minuti lei finalmente comincia a emettere dei suoni. Un tremolio. Qualche vibrazione. Poi... qualcosa? Cos'era?

Devo ancora chiederlo. Sono un idiota.

"Sei... sì?" le chiedo.

"Sì", risponde lei con aria sognante.

"Com'è stato?"

"Meeeeeeravіglioso."

"È dura per te, vero?"

"Di solito ci riesco solo quando sono sola", risponde. "Ma non sono mai così intensi."

Ho il naso intasato.

"Descrivimi cosa provi", chiedo togliendomi dei peli pubici dai denti.

"È come... tutti questi colori..." risponde. "Arancione, marrone, rosso."

Devo togliermi una caccola dal naso.

"È stato come essere in Turchia, o in Marocco."

È buio, qui dentro. Io non la vedo nemmeno. Quindi lei non vede me!

"Come essere in una tenda in mezzo al deserto", continua.

Mi infilo il dito nel naso.

"Come essere iniziata", continua, "come un rito."

Togli, togli. Pulisci, pulisci. Molto meglio adesso. Solo che è... appiccicaticcia. Speravo fosse una di quelle secche, così potevo farla volare via nel buio.

"Come un rituale sacro, mistico", continua ancora.

Sto tastando il bordo del futon. Da due lati è attaccato

al muro. E io sono dalla parte del muro. Senza sbocco! Mi rotolo la prova del misfatto tra le dita. Lo faccio diventare una pallina asciutta.

"È come se le donne dei secoli precedenti mi stessero passando questa conoscenza", continua. "Insomma, tu non mi conosci. Come facevi a sapere tutte quelle cose sul mio corpo?"

"È importante", mormoro (rotola, rotola), "dire quello che ci piace." Cosa che lei non ha fatto, tra parentesi. Stavo volando alla cieca, al buio. Guarda che fine ha fatto JFK Jr. per volare così.

"Non lo so", sospira. "È come se tu conoscessi il mio corpo meglio di me."

Davvero? Non stiamo parlando di una massa terrestre grande come il Wyoming. Ho fatto le solite cose che si fanno, solo per molto, molto tempo. Evidentemente la fanciulla ha avuto degli amanti un po' scarsi. Quindi tengo la bocca chiusa. Le lascio pensare di essere il Merlino del materasso.

Rotolo amorevolmente sopra di lei e la guardo negli occhi, lasciando cadere la prova per terra.

Sospiro. Guardo l'ora. Le 4.03. Dovrei dormire un po'.

"Sono così felice", dico (guarda, guarda), "di averti fatto contenta."

"Di solito devo aiutare anch'io", mi confida. "Non è mai stato così prima."

"Mai mai?"

"Maaaai mai."

"Allora, sei pronta per andare a dormire?" chiedo.

"Ehm", risponde lei. "No?"

MARTEDÌ, 25 SETTEMBRE

GIORNI SENZA SESSO: 0

Ahhhhhhhhhhhhhhhhhhhhhhhhhhhhhhhhhhhhhhhhhhhh-hhhhhhhhhhhhhhhhhhhhhhhhhhhhh.

LUNEDÌ, 1 OTTOBRE

Ho appena richiamato sullo schermo la recensione di Rollo di *Training Day* per prepararla per il numero di venerdì, quando mi ritrovo davanti l'autore in persona.

"Non è che potresti darmi una mano con questa recensione, amico?"

Lo guardo. Da non credere. Giacca monopetto verde con camicia blu e un fazzoletto rosso grande abbastanza per farci una corrida.

Mi riparo gli occhi. "Cristo", salto su. "Somigli ogni giorno di più a Damon Runyon."

"La struttura c'è", dichiara. "Voglio dire, non proprio la struttura ma l'idea, lo schema, capisci cosa intendo? Non tutto, ovviamente, ma lo spirito, il sapore, la musica, voglio dire, ce l'hai lì davanti, devi solo riempire i buchi... mi ricevi, Houston?"

Guardo la recensione, che recita, nella sua interezza:

Training Day, il poliziesco con Denzel Washington, è

"Non voglio rischiare di cambiare lo spirito di quello che hai scritto."

"Mi faresti un grosso favore", ricomincia. "È che con tutte queste novità, l'eccitazione, ho appuntito le matite, mi sono tenuto pronto, ho fatto quattro risate con gli amici, un ultimo giro prima della vittoria, mi capisci?"

"Sei andato da Elaine più spesso del solito?" domando.

"Permettimi di dirti una sola parola. *Stan.* A-Stan (Afghanistan, *N.d.T.*). Francobolli illeggibili sul passaporto. Posti di blocco segreti, intrighi stranieri, scontro fra nazioni, John le Carré, ricerca degli assassini. Mandano me. Con le truppe. Devo aggiungere altro?"

"Perché non parli del film per tre minuti e mezzo?" propongo. "Mi scrivo tutto quello che dici e quella sarà la recensione. Non è che questo sia un giornale vero."

"Il problema irrisorio, lo ammetto, è che cercando di stare a galla, tastando la situazione, correndo per tenere il passo..."

"Non hai visto il film", concludo.

"Certo che no", fa lui, "ma in questo caso non ho visto nemmeno il trailer."

"Recensisci i trailer?" Questo spiega la vaghezza delle ultime recensioni, piene di digressioni.

"No, no, certo. Solo l'ultima decina di volte. Si è lamentato qualcuno?"

"No", rispondo. "Ma potrei essere l'unico che legge le tue recensioni, e non lo farei se non mi pagassero."

Sguardo vacuo.

"Ci proverò", prometto.

"Finalmente", sospira lui. "So che la farai suonare come Caruso. Ah, e mettici pure il mio nome, sarebbe carino, non voglio tradire i lettori."

Training Day doveva uscire il 14 settembre. Hanno rimandato l'uscita di tre settimane perché i giornali erano ancora troppo occupati con le notizie vere per trattare ogni nuovo film come una nuova speranza per la repubblica. Il trailer circola da un mese. L'ho visto persino io, e ho un sacco di idee in testa.

"Ehi, eccoti qui."

Julia mi sta sorridendo. "Ciao", mi saluta, "sono tornata ieri sera."

Minigonna grigia, maglioncino nero attillato. Mi alzo e ci abbracciamo. Un abbraccio vero. Nessun altro è invitato.

"Ero preoccupato per te", dico alla sua guancia.

Dopo il lavoro andiamo a bere qualcosa in centro. E noto che porta un anello. Alla mano sinistra. All'indice. Non all'anulare.

Non chiedere.

Bello il Messico? Sì, bello. Paura durante il volo di ritorno? Sì. Quando ha sentito dell'attacco terroristico? La sera. Sono rimasti incollati alla CNN.

È un anello da poco. Credo. L'equivalente di una margherita con un po' di verde di contorno.

"A proposito", domando, "avevi l'e-mail in Messico?"

"Sì", risponde lei. "La controllavo ogni tanto."

Non mi ha mai mandato un messaggio. Io non potevo mandargliene. L'ho vista nuda, ma non conosco il suo indirizzo di posta personale.

Percorrendo la Quinta verso sud, il sole sembra scendere troppo presto. Più a sud andiamo, più diventa scuro.

"Cos'è questo odore?" chiede Julia.

Acre, come di gomme bruciate. Il vento soffia verso nord.

"Sta ancora bruciando", le spiego. "Ma si sente solo quando il vento tira verso di te."

"La città è cambiata", sospira Julia.

"Già", sospiro.

"Manhattan è sopravvalutata", aggiunge.

Quatorze Juillet è un altro di quei locali che urlano "vero bistro francese!". L'insegna vecchia "Cafè Journaux Tabac Jour et Nuit". Il menù scritto sugli specchi. Gli inutili ventilatori sul soffitto che ridistribuiscono il fumo. Il bancone in rame. Chiedo al barista una caraffa di bianco secco. Mi raccomanda il Sancerre. Ne bevo un sorso. Bleah! È secco come un punch hawaiano.

"Raccontami del Messico", la invito. Viaggiare può essere una prova difficile per una coppia.

"Eravamo tutti e due nervosi", risponde. "Abbiamo litigato."

"Sì?" intervengo, fingendo un tiepido interesse da amico quando mi sento un falco che ha visto un topolino di campagna che zoppica.

"Dwayne ha questa reputazione di essere un po' *tirchio*", mi spiega. "E ovunque andassimo cercava di risparmiare qualche pesos. Così, mentre passeggiavamo su per questa collina si è rifiutato di fermarsi a bere qualcosa e io mi sono veramente seccata."

"E cos'è successo?"

"Ho minacciato di andarmene."

"Cosa gli hai detto?"

"Gli ho detto 'forse ti divertiresti di più da solo. Io torno a casa domani'."

Mi immagino la gioia se mi avesse chiamato dal JFK una settimana prima della data prevista per il ritorno. *Ciao. Sono io. Ho bisogno di un posto dove stare.*

Un paio di giorni dopo c'è stato l'attacco. Hanno guardato la TV per due giorni interi e poi Dwayne ha preso ad andare di città in città in cerca di un posto con la TV. "Ho cominciato ad annoiarmi. Non volevo guardare quella merda."

"Quello che pensavo anch'io."

"Appunto. Così, sono uscita e ho girato un po' da sola."

"Ti ha dato fastidio? Essere sola?"

"No. È stato carino."

Buona risposta.

Ordina qualcosa da mangiare ma io non ho fame perché ho mangiato tardi, dopo la palestra.

"Dovresti mangiare", osserva, "sei dimagrito molto."

"L'hai notato?"

"Per la verità stai benissimo", aggiunge dolcissima.

Mi nutro di liquidi. Dopo la caraffa di vino sono alquanto ubriaco. Ne ordino un'altra. Lei smette di bere.

Allungo la mano sotto il tavolo e le prendo la caviglia. Me la metto sul ginocchio e le tolgo lentamente il sandalo. Indossa quei sandali carini con i nastri. Le passo la mano sul polpaccio. Liscio. Al contrario di Liesl, lei si depila con cura. Al contrario di Liesl, ha un profumo da donna.

Chiude gli occhi e mi soffia il fumo in faccia. "Vado pazza per i grattini", mi confessa.

"Ti piace?"

"Molto", sospira. "Mi piacciono le *unghie*."

Il *Bite Me* ha funzionato. Adesso ho le unghie infatti,

per la prima volta da quando avevo otto anni. E con le mie nuove armi pro-grattini alle gambe, salgo fino al ginocchio e scendo alla caviglia, su e giù. Vorrà dire qualcosa. Non è sesso, ma se Dwayne ci vedesse non sarebbe contento. È il mio nuovo obiettivo: che le mie azioni, anche se non sessualmente appaganti per me, almeno infastidiscano una persona che non le vede. Il giornale di Dwayne l'ha mandato a intervistare gente a Ground Zero. Non lontano da qui. Sarebbe bello se passasse qualche volta mentre facciamo queste cose. Magari anche Julia lo spera.

"Che bello", mormora in estasi.

"Quasi come il sesso", osservo.

"Niente è meglio del buon sesso", dichiara lei.

"Cos'è il buon sesso? Definiscilo."

"Quello in cui ho un orgasmo."

"La tua media?"

"Settanta per cento."

Wow. Mi scatta un interruttore nel cervello.

"Settanta?"

"Per gli uomini è il centodieci per cento!" protesta.

"Piccola monella", dico, "non ne avevo idea."

Dwayne la fa venire tre volte su quattro. O, a essere ottimisti, due su tre.

"Specie quando ho l'ovulazione. Adesso ce l'ho. Infatti sono arrapata da due giorni."

Che mi dica una cosa del genere, spontaneamente, può essere una cosa buona o cattiva. La direbbe a un amante. La direbbe anche al suo parrucchiere gay.

"Solo che a volte, con una persona nuova, ho dei problemi", continua.

"Ci vuole un po' ad abituarsi a una persona nuova", concordo, chiedendomi se con questa poca luce riesca a vedere la mia faccia in fiamme. *Non l'ho fatta venire.* Non ci sono andato nemmeno vicino. Ed è probabilmente la ragazza più orgasmica della città di New York. Almeno quella volta in strada, davanti alla porta chiusa del deposito rifiuti, conta qualcosa? Ci pensa?

"Hai parlato con Rick?" le chiedo.

"No, gli ho scritto una lettera", risponde.

Mi piacerebbe che mi scrivessi una lettera. Invece l'ha scritta a lui.

Gratta, gratta, gratta. Verso il ginocchio, verso la caviglia.

"Quando eravamo al college abbiamo concordato di non scriverci e-mail. Mentre era in Pennsylvania e io a Bowdoin ci scrivevamo lettere vere, sulla carta. Quindi ho pensato di scrivergli una lettera."

"Ah, sì?"

A Manhattan ci sono questi momenti. Attraversi la strada venti, trenta volte al giorno. Quasi tutte sono a senso unico. Stai attento. Aspetti il semaforo, e quando vedi WALK scendi dal marciapiede pensando a una ragazza o a cosa c'è stasera in TV, tenendo un occhio diffidente sul camion delle consegne di otto tonnellate che viene verso di te per essere sicuro che si fermi e poi... *wooosh!* Il camion si ferma rispettosamente al semaforo, ma mentre lo guardavi la tua vita è quasi scomparsa. E in quella frazione di secondo, un fattorino che viene in senso opposto a quello di marcia con la bicicletta di ferro e una cena cinese nel cestino dietro ti manca per un pelo. Una macchina di morte che deve muoversi veloce, perché uno esattamente come te sta aspettando la cena ed è più che pronto a lasciare senza mancia un immigrato cinese per essere arrivato tre minuti dopo l'orario stabilito.

"In cui gli ho detto praticamente che lo amo."

Wooosh! Questa non l'avevo vista arrivare.

"E..."

"E lui non mi ha chiamata né mi ha scritto un'e-mail."

"Quando hai mandato la lettera?" mi informo, sinceramente preoccupato. L'attacco potrebbe aver rallentato le poste.

"L'ho mandata dal Messico", sussurra.

Boom. Crash. Mi distrugge, questa ragazza. Non mi dà tregua. Il titolo originale dell'album *Armed Forces* di Elvis Costello era *Emotional Fascism*, lo sapevate? Ho sempre pensato fosse meglio, come titolo. Potrei usarlo per me, semmai registrerò un album su questa Saddam di South Norwalk.

"Quando?"

"Sabato scorso. Dopo che è successo Questo. Stavo pensando, se vivessi a Madison potrei essere con mio fratello, che amo..."

"E con Rick", aggiungo.

Lei non apre bocca.

"Devi essere molto triste", butto lì.

"Tu sei l'unico che lo sa", mi confida. "L'unico in assoluto."

"Lo so", rispondo grattando e carezzando.

Sono in terza posizione. Ma Dwayne è condannato e *Rick non la vuole*. Giusto?

"Avevi su un anello prima", dico.

"Sì?"
"Sulla mano sinistra. Ci stavi giocherellando, lo nascondevi sotto il gomito."
"Ah, l'ho tolto", afferma.
Inalbero un tono scherzoso. "Ti sei fidanzata?"
"No", risponde ridendo. "L'ho comprato io."
Ah.
"Devo andare via", riprende. "È un problema logistico. Non so dove andare."
La tentazione di alzarmi in piedi e rimettermi la sua bocca in bocca è grande.
Randy dice: fai l'avvocato dell'angelo. Lascia che ci arrivi da sola.
"Sei sicura? Non si può recuperare la situazione?"
"Tornando, lui ha affrontato il discorso."
"Del matrimonio?"
Annuisce.
Bastardo. Ho sperato per mesi che lo facesse ufficialmente, presentandosi con un anellino da trecento dollari e un mazzo d'erba fresca. Lei avrebbe detto di no e la cosa sarebbe finita lì. Invece, il senza palle ci ha girato intorno, chiedendoglielo senza chiederglielo, sondando il terreno. Tirandola per le lunghe.
"E tu cos'hai detto?"
"Che non ero pronta."
Tipico da donna. Non sa dire di no. Le donne fanno fatica a rifiutare qualcuno. Non sanno pronunciare la sillaba. Se avesse detto di no magari lui l'avrebbe sbattuta fuori di casa il giorno stesso.
Mi faccio portare il conto. Altri settantadue dollari. Se questo mese voglio riuscire a limitare le spese devo scari-

care almeno una o più delle ragazze che continuo a portare fuori.

Stiamo passeggiando all'angolo tra la Quattordicesima e la Nona, sotto la pioggia battente. Ha i piedini fradici. I suoi bei sandaletti tutti bagnati. Io ho bevuto due brocche di vino a stomaco vuoto. Se dovessi dimenticarmelo, la testa me lo ricorderà domattina.

Ci mettiamo un po' a trovare un taxi. Le metto un braccio sulle spalle e ci prendiamo una bella lavata. Quando finalmente riusciamo a fermare un mezzo, lei prende posto nell'angolo sinistro del sedile posteriore.

"Vieni qui", dico.

Mi posa la testa sul petto. È una bella sensazione. E non solo perché da qui ho un'ottima visuale dalla sua canottiera.

Penso per un attimo a quella battuta, la più sbagliata nella storia della musica. È di una canzone di *Rubber Soul* dei Beatles, *You Won't See Me*:

Non mi dispiacerebbe sapere cosa stavo perdendo.

Io lo so, eccome se lo so. E mi dispiace, eccome mi dispiace.

Il tassista è un radiodipendente sintonizzato sulla stazione FM Lite. Forse anche lui ha dei problemi con le donne. O forse ha solo dei pessimi gusti. Mariah Carey, Celine Dion, *Rikki Don't Lose That Number*.

"Mi piace questa canzone", dice Julia.

E si discosta un poco.

Rikki. Ecco perché. Ovvio. Come potrebbe piacerle una canzone del genere altrimenti? Tutto il tempo perso a prepararmi per questa uscita. Il vestito. La cravatta. La ricerca del ristorante. Mi sento il ragazzino che arriva all'esame di ammissione al college con due matite impeccabilmente appuntite e tutte le risposte sbagliate in testa.

"Ti fa pensare a lui", osservo.

Lei tace.

"Perché speri che ti chiami", continuo.

Lei tace.

Quando rientro a casa vado dritto in bagno, automaticamente. Voglio farmi una sega. Ma non c'è interesse dall'altra parte. La mia mano ha il mal di testa.

GIOVEDÌ, 11 OTTOBRE

Sono alla scrivania quando arriva il Rospo con una copia della recensione di Rollo. Sembra non notare l'argomento del giorno: che il suo perfetto giardino zen ha attratto un visitatore. Qualcuno ha aggiunto il cagnolino argentato del Monopoli. Un po' modificato. Gli hanno tagliato una gamba e gliel'hanno ricucita di fianco per metterlo in posa come se stesse pisciando. Il cagnolino in miniatura sta facendo una pisciatina in miniatura sull'albero in miniatura del bonsai. Indubbiamente un segno di riscrittura al meglio.

"Rollo ha fatto una buona recensione", dice il Rospo. "Il che mi sorprende perché pensavo fosse un ex giornalista ubriacone che non riusciva più a riempire un tovagliolino di carta con delle frasi coerenti."

"Ho sciolto alcuni nodi. Tagliato le doppie punte. Messo un po' di gel."

"L'hai scritto tu."

"Solo la parte dal titolo in poi", confesso.

"Allora perché c'è il suo nome sopra?"

"È lui la star. Sono mesi che ritocco quello che scrive."

"Ritocchi? Joan Rivers si è fatta meno ritocchi. Lo sai che va in Afghanistan la settimana prossima. A chi hai intenzione di far scrivere le recensioni quando se ne va?"

"Gli ordini sono di continuare così."

"Ordini di chi?"

"Di Rollo."

"Se mettiamo il suo nome sugli articoli da Kabul, non possiamo metterlo anche sulle recensioni dei film."

"Magari ha visto i film prima di partire? Le anteprime le fanno parecchio in anticipo."

"Aspetta un secondo", dice. E lo vedo andare zoppicando verso l'ufficio a vetri dall'altra parte della sala. Dà la recensione a Cronin, che la legge mentre lui continua a parlare. Indica qualcosa sul foglio e poi ridono entrambi. Li ho fatti ridere! Una risata silenziosa, ma sempre una risata. Poi il Rospo torna alla mia scrivania e posa la recensione.

"Cronin dice che hai molto talento", mi riferisce. "Togli il nome di Rollo da qui e mettici il tuo."

"Con la foto?" domando, sbalordito.

"No, con una tela a olio", ribatte. "Fatti fare una foto decente. Cerca di farti riprendere dal lato migliore. No, aspetta. Tu non hai un lato migliore. Mettiti un sacchetto in testa, o fatti un ritocco con la chirurgia estetica. Non m'interessa. Sei il nostro nuovo critico cinematografico." E mi fa il segno della croce addosso.

Sono commosso. Non so cosa dire. A parte una cosa.

"Mi danno un aumento?"

"Gesù Cristo", esclama chinandosi verso di me e posando la fronte sulla mia. "Bastardo ingrato. Sei il più grosso figlio di puttana che abbia mai conosciuto. Ne ho già parlato con Cronin e ha detto che non ti dà più di..."

E nomina una cifra che è il doppio di quella che avrei pensato di chiedere.

Mi domando se dovrò iniziare a vestirmi meglio. Se prenderanno qualcun altro a sistemare gli articoli che ho sistemato io finora. Mi chiedo se so farlo, questo lavoro.

"Ah! Tom", dice il Rospo allontanandosi, "non rovinare tutto."

LUNEDÌ, 15 OTTOBRE

Io e Liesl stiamo passeggiando tranquilli sulla Broadway dopo cena.

"Vuoi venire in campeggio nello Utah settimana prossima?" mi propone.

"In campeggio?" chiedo incredulo.

Liesl mi fa un abbozzo di quello che implica questa strana attività. Andare in bici. Dormire sotto le stelle. Io preferisco dormire sotto un tetto. Evitare di dormire sotto le stelle non è lo scopo della civiltà occidentale?

"Per la verità", rispondo, "sono un tipo che preferisce altre cose." Dite tutto quello che volete di New York, ma è improbabile essere sorpresi dal morso di un serpente a sonagli.

"Peccato", fa lei. "Speravo di poterci andare insieme qualche volta."

"Secondo le mie previsioni", insisto, "non succederà."

Lei mi guarda torva. Ma siamo davanti al mio supermercato preferito.

È ora di cambiare argomento.

"Ehi", propongo, "entriamo?"

"Devi fare la spesa?" mi chiede. "È un po' da maleducato fare la spesa quando sei con me."

"No non è quello", rispondo.

"E allora cosa?" Sta mettendo le radici sul marciapiede. Ci vorrà un escavatore per smuoverla.

"È una sorpresa", replico cercando di essere invitante. Alle ragazze piace quando gli dici così, anche se poi la sorpresa è una stupidaggine.

Sono fortunato. La luce nella corsia della frutta è ancora rotta. A un certo punto viene il sospetto che ci sia una campagna organizzata di sabotaggio. Magari sono i romanticoni di New York che vengono qui a sparare alle lampadine con le pistole ad aria compressa. L'equivalente newyorkese della tattica di mettere una quantità di benzina nel serbatoio tale da essere certi che la macchina si fermi mentre stai accompagnando la ragazza a casa.

La conduco per mano nella corsia buia. Ci sono un paio di eccentrici turisti giapponesi con i capelli tinti di biondo che indugiano davanti alle mele Fuji.

"È tutto così appetitoso, non trovi?"

"Che significa? È frutta, certo che è appetitosa."

"Chiudi gli occhi", dico.

"Cosa? Perché? Cosa vuoi fare?"

"Fidati."

"Devi comprare qualcosa o che?"

"No voglio solo..."

"Volevo andare a letto presto stasera", afferma guardando l'orologio. "Tra poco c'è *Friends.*"

"Dammi solo un secondo. Arrenditi al momento."

"Non capisco."

“Ecco”, sussurro scoraggiato mettendole una fragola davanti alla bocca.

“Bleah! È lavata almeno?”

“Non importa”, taglio corto, e la mangio io. Non è buona per niente. Non è stagione.

“L’hai pagata?” mi chiede lei.

VENERDÌ, 19 OTTOBRE

Quando torno in redazione stanno parlando tutti insieme. Raccontando la stessa storia ad altri al telefono. A quanto pare una dei nostri è rimasta avvelenata da una polvere bianca nell'aprire una lettera ed è stata portata in ospedale. "Un attentato con l'antrace", dice Hoff. Roba letale, ma questa era di un tipo leggero, che provoca solo prurito a livello epidermico. Ovviamente domani i nostri titoli saranno: TABLOID ATTACCATO!

"Chi era?" chiedo a Hoff.

"Non so. Quell'assistente carina con le camicie corte corte, credo."

Burkey ride. "Ha un nome, Hoff. Hillary, mi pare. Dall'ospedale fanno sapere che sta bene."

"Hillary? La... di Eli?" Non riesco a dire la parola.

"Fidanzata", dice Hoff.

Agh! Quindi gliel'ha pure chiesto. Questo non lo sapevo.

"Quando è successo?"

"Da quando c'è stato l'attacco, l'amore è nell'aria", afferma Burkey.

Davvero? L'unica cosa che mi sembra esserci nell'aria sono le spore di agenti per la guerra chimica. Due tipi con una specie di tuta spaziale ci passano di fianco e cominciano a isolare l'area con grossi fogli di plastica e nastro adesivo. Il che ottiene l'effetto opposto a quello che dovrebbe avere, spaventandoci tutti e riducendoci al silenzio per qualche minuto. Non è divertente trattare notizie dall'interno del telo in cui s'avvolgono i cadaveri.

"A chi era indirizzata la busta?" chiedo.

Burkey non lo sa. "L'ha presa la polizia. Una prova. Chi lo sa? Apre lei la posta di tutti."

"Scommetto che era per me", dice Rita. "Il mio pezzo su Al Qaeda, ci sono andata pesante."

"Sì, giusto", fa Burkey. "E io, che settimana scorsa ho scritto che bombarderemo l'Afghanistan e lo tireremo fuori dall'età della pietra?"

"No, no, no", interviene Hoff, "doveva essere per me. Sono quello che ha ricevuto più minacce di morte."

Burkey alza la mano. "Per favore. Ho ricevuto le minacce di morte migliori." Comincia a contarle con le dita. "Il killer dello zodiaco, Colin Ferguson..."

"Aspetta un attimo, lo zodiaco te lo concedo ma quella di Ferguson era diretta a tutti noi."

Burkey alza gli occhi al cielo. "Sì, certo. Al Qaeda aveva come bersaglio l'autore dello scoop sulla poliziotta che si è spogliata fino alla cintola per *Playboy*."

"Ehi, quella era una buona storia!" si difende Hoff. "Ho scritto persino il titolo."

"Andiamo", commenta Rita. "QUESTO È UN SENO DA ARRESTO! ti pare un gran titolo?"

"Tom Farrell", mi chiama Hyman Katz. "C'è la mamma al telefono."

Gli altri fanno commenti sarcastici mentre vado alla scrivania e faccio segno a Hyman Katz di passarmi la chiamata.

"Tesoro", dice lei. "Non sei preoccupato per l'antrace?"

"Non molto", rispondo prendendo in mano un volantino che è appena stato distribuito su tutte le scrivanie. Dice che per superare lo choc dell'11 settembre bisogna riposare molto e bere molta acqua.

"Non hanno colpito la NBC?" mi chiede. È un buon segno. Non sa che hanno colpito anche da noi. Perché dirglielo? Si preoccupa se mi vede aprire una busta di caramelle con i denti.

"Sì", rispondo.

"Tu non sei lì vicino, vero?"

"Sono dall'altra parte della strada", preciso, guardando le finestre dell'edificio di fronte al nostro.

"Stai attento, tesoro", mi incita mia madre.

"Cercherò di respirare il meno possibile."

Appena riappendo trovo un'altra donna preoccupata al telefono: "Oh, mio Dio! Stai bene?"

"Mai stato meglio", confermo. "Che fai?"

"Sono a pagina 49 del codice di procedura civile", dice Katie. "Se l'hai già letto, non dirmi come finisce. Non voglio rovinarmi la sorpresa."

"Hai imparato a pensare come un avvocato?"

"No. Ma posso incolpare solo me stessa, mi sono messa in questo casino mea sponte."

"*Mea sponte*, mmh. Ne ho preso uno per dessert da Carmine la settimana scorsa", brontolo.

Lei ridacchia. Mi mancava la sua risata.

"Vieni a bere qualcosa, dopo?"

"Non so. Ho un sacco di roba da studiare. Veramente tanta."

"Potrei aiutarti."

"Sentiamo come."

Non so perché ma l'istinto di proteggere una dolce e adorabile creatura femmina diminuisce quando detta creatura comincia ad abbaiare come la star americana del diritto Alan Dershowitz. D'altra parte, Katie ha comunque un gran bel culo. Cosa che è meglio non farle più notare perché si arrabbia. Ma non può impedirmi di guardare. È la cosa buona dei culi. Quando dai una sbirciata lei sta guardando altrove. Perché mai hanno messo le tette davanti, mi chiedo?

"Promettimi che non cercherai di farmi bere", aggiunge.

"Manda un notaio", rispondo. "Firmo qualunque cosa."

Ci vediamo al Café Frog. È di corsa. Io sono seduto a bere la seconda birra.

"Sono in ritardo di undici minuti", chiarisce.

"Siediti", la invito dandole un bacio. Almeno bacio gente. Lei continua: "Posso concederti settantacinque minuti. Mangiamo qualcosa o beviamo solo? Perché se mangiamo dobbiamo ordinare immediatamente e abbiamo tempo solo per un antipasto o un primo, non per tutti e due".

Rispondo nel modo più dignitoso possibile, ovvero stando zitto.

Arriva la cameriera, inciampando in una piastrella un po' sollevata.

"Illecito civile!" esclama Katie.

"Mi scusi?" dice la ragazza con un forte accento francese. Forse pensa che Katie abbia appena detto "incivile".

"Non stavo parlando con te", la zittisce Katie prendendo il menù. Mi sembra di sentire la cameriera sputare nei nostri piatti, quindi mi affretto a spiegarle che la mia amica è un avvocato e stava parlando di lavoro.

"Oggi pomeriggio mi è caduto il caffè bollente sul braccio per colpa di quella mattonella", ci racconta la cameriera. "Guardate."

C'è un'ombra rosa appena discernibile.

"Oh... si può andare in giudizio", suggerisce Katie esaminandole il braccio. "Dovresti rivolgerti a qualcuno. Io non sono ancora un avvocato, ma se lo fossi mi occuperei del tuo caso."

Mentre è in bagno ordino una bottiglia di vino per tutti e due. Quando ritorna, la cameriera lo sta stappando.

"Questo cos'è?" domanda Katie sollevando il bicchiere come se fosse il reperto A.

"C'è qualcosa di più triste di un bicchiere vuoto?" osservo. "Utilizziamolo."

"Devo precluderti dal farlo", mi intima lei.

"Precludermi?"

"Avevamo già stabilito che non avresti cercato di farmi bere."

Ordina una di quelle birre non alcoliche che non berrebbero nemmeno gli alcolisti tornati sulla retta via. Chi berrebbe mai la Budweiser se non fosse per l'alcool? Fa schifo anche con l'alcool, figuriamoci.

"Allora", comincia. "Cos'hai fatto di bello? Perché

non ti ho visto? Come va il lavoro? Come va la tua vita emotiva?"

"Prima leggevi i tarocchi", oso.

"Succedeva molto tempo fa", ribatte sistemando le posate.

"Tre mesi fa. I tuoi compagni di corso non ci volevano credere quando gliel'ho detto."

Mi guarda con l'espressione severa di un giudice. Non ci sono molti giudici carini. "A chi l'hai detto?"

"È una battuta."

"L'hai detto a più di una persona? Quando gliel'hai detto? Cos'hai detto esattamente? Qual era il contesto?"

"Stavo scherzando!"

"Che significa? O gliel'hai detto o non gliel'hai detto."

"Scherzavo!"

"Scherzavi... adesso o quando gliel'hai detto?"

"Adesso. E prima. Ho inventato tutto, non ho mai detto niente a nessuno!"

"Ah", fa lei. Controlla l'orologio, che indossa all'interno del polso e intorno alla manica. Chissà quanto tempo risparmia a non girare il polso e a non tirar su la manica!

"Ma adesso lo farò!" aggiungo schiacciando l'occhio.

"Senti, Tom, devo scrivere un atto, va bene? Una cosa del genere può essere veramente deleteria alle mie possibilità di farlo stasera."

Di lì a poco mi rimette in libertà su cauzione.

"Scusa", dice mentre usciamo. "Sono molto stressata per questo esame. È che devo studiare stasera. Non sono così di solito. Non ci sto con la testa, capisci?"

"Ah", ribatto io. "Succede spesso."
"Buona notte, Tom."
"Buona notte, Katie."
"Ehm, Tom? Sono Kate, adesso."
"Kate."
"Esatto."
Niente bacio.

SABATO, 27 OTTOBRE

Liesl è tornata dallo Utah giovedì sera. Non mi ha chiamato. Ieri sera abbiamo parlato velocemente. Mi ha detto che andava alla festa di Nora. Ma non mi ha chiesto se volevo andarci anch'io.

"Allora", ha detto.

"Allora", ho detto. "E domani sera?"

Una pausa lunga, come se si stesse dando una bella stiracchiata, mettendosi comoda.

"Per la verità", risponde, "domani sera ho da fare. Un'altra festa di un'amica di Nora."

Sarebbe stato un momento perfetto per invitare anche me.

"Magari ci vediamo domani pomeriggio?" ha proposto.

"Sì, carino", ho acconsentito. Pomeriggio?

Quindi oggi sono qui seduto con un po' di nausea. Potrebbe essere il vaccino antinfluenzale. Hanno tutti così paura dell'antrace che si fanno il vaccino per essere sicuri. Così se tra un mese ti senti i soliti sintomi dell'influenza, avendo fatto il vaccino, puoi essere sicuro che stai morendo di antrace. Purtroppo il vaccino a me fa questi brutti effetti. Lo stomaco balla la rumba e sono tutto sudato.

Mi vesto. Penso: cosa ci si mette per rompere? Col nero non si sbaglia mai. Il colore ufficiale di New York. Mi metto i jeans neri, gel ai capelli, look finto spettinato. Ma i miei capelli non tengono il gel e finisco per avere un look veramente spettinato. Sembro un tredicenne. D'altronde, chi se ne frega? Non è che sembrando patetico mi guadagno una scopata per simpatia.

Invece di venire da me mi chiama dalla metro e mi dice di vederci a un bar. Quando la vedo non la bacio, e lei non bacia me. Ci diciamo solo ciao. Indossa dei pantaloni di lana spessa, camicia di flanella, un cappellino di lana. È vestita in modo pratico. Perfetto per tagliare la legna.

Ci sediamo sull'angolo, così posso guardare il Café Frog alle sue spalle e pensare alle volte che ci ho portato Julia.

Ci prendiamo una cioccolata calda. Troppo dolce. Non ce la faccio a finirla. Anche se è carissima. Puoi pagare fino a 4 dollari e 50 per una cioccolata in questa città. Mi vedo mia madre seduta accanto che mi sgrida: "Perché l'hai ordinata se non la vuoi?" Mi costringo a berla. Per far tacere mia madre.

Racconto una storia sul Rospo.

"...gli ho chiesto: 'Quando pensi che finirà questa nuova passione per i vigili del fuoco?' E lui: 'Probabilmente quando capiranno che sono stati loro a rubare tutti quegli orologi da Tourneau'. Sai, la gioielleria nel centro commerciale sotto il Trade Center."

Liesl assume un'espressione sdegnata. "Perché dovrebbero essere stati loro?" chiede.

"Be', o sono stati loro, o quelli delle altre squadre d'emergenza", replico. "Tutti gli altri hanno evacuato l'edificio. Lo sai no? Sono scappati. Per salvarsi la pelle. Poi la sicurezza ha bloccato l'area. Nessuno ci è più entrato dopo."

"Non potrebbero essere dei comuni criminali?"

"Perché uno che sta scappando per salvarsi la pelle dovrebbe fermarsi a spaccare delle vetrine spessissime per rubare degli orologi?"

"Non penso che i criminali siano molto intelligenti", ribatte lei.

"Ma non avrebbero avuto il tempo di arrivarci", le faccio notare. "L'edificio era pieno di impiegati in fuga."

"Be', alcuni di loro erano probabilmente criminali", sostiene, scurendosi in volto.

"Che hanno dimenticato di portare le asce al lavoro quel giorno."

Lei mi lancia un'occhiataccia carica di odio. La cioccolata mi balla nello stomaco.

"Non importa", dico.

Arrivano gli antipastini. Lei ne addenta uno. Quando rialza lo sguardo, è diversa.

"Hai gli occhi lucidi", osservo.

"Stavo pensando, quando ho dormito nel deserto dello Utah, che non abbiamo molto in comune. L'abbiamo anche detto."

"Mmh, mmh", confermo.

"Cosa pensi che abbiamo in comune?"

A parte il sesso, niente. D'altra parte, perché privarsi del sesso solo perché pensi che l'altro sia noioso?

"Non molto, temo", rispondo. Il manuale è chiaro su questo punto. Far finta che non te ne freghi niente.

"E il tuo cinismo mi urta molto", aggiunge.

Si può essere troppo cinici? Insomma, guardiamoci intorno.

"E penso che disapprovi il mio stile di vita."

Rabbrividisco involontariamente pensando con raccapriccio al suo appartamento. La TV con CH 03 che lampeggia nell'angolo in alto a destra. La doccia da cui esce acqua calda per un minuto. La carta igienica di carta riciclata. I teppisti in attesa alla fermata dell'autobus davanti a casa sua. Non è il suo stile di vita che disapprovo. È il quartiere dove abita.

"Il conto, per favore", chiedo.

"Ho avuto altre relazioni che non avevano nessun futuro e sono durate un sacco di tempo", continua. "Non voglio ripetere lo stesso errore."

L'ha fatto. Mi ha mollato. In un locale pubblico. Sa che non mi batterò appassionatamente per continuare la mia apatica storia con lei.

Come siamo finiti su questo argomento? La primavera prossima va a Düsseldorf. Non potevamo trascinarla fino alla partenza? Ho il problema delle feste.

"Okay", assento. E lei fa una cosa sorprendente. *Mi lascia pagare*. Penso, sto passando con questa persona gli ultimi cinque minuti che passerò mai con lei. La accompagno alla fermata della metro a Central Park West.

"Buon ritorno a casa", le auguro.

Lei mi sorride e mi bacia. Sulla bocca. Le faccio una carezza sulla scapola. E lei mi bacia di nuovo. Sempre sulla bocca. Come per dire... cosa? Chi le capisce queste donne?

"Ciao", risponde allegra, e se ne va.

"Ciao." Le faccio ciao anche con la mano e mi giro a cancellare il suo numero dal cellulare.

Mi confesso con me stesso. Perdonami padre perché non ho peccato abbastanza. Sono undici giorni che non scopo.

Ho sempre pensato che la più piccola frazione numerica pensabile fosse la percentuale di patrimonio che Bill Gates spende per tagliarsi i capelli, ma adesso mi rendo conto che la possibilità che io slacci un reggiseno senza pagare per farlo è una cifra ancora più piccola.

Schiaccio il tasto veloce 8.

"Ehi!!!" esclama Kate. "Mi fa piacere sentirti! Pensavo fossi arrabbiato con me. Non ti ho sentito tutta la settimana."

"Sai, impegni di lavoro."

"Questo ti discolpa. Cosa fai stasera?"

"Hai fame?"

"Diciamo che ce l'ho. Ti andrebbe il sushi?"

"Mmh..."

"Non ti piace il sushi?"

"Ecco..." Perché mai dovrei improvvisamente fidarmi del pesce crudo solo perché è servito da gente ben vestita in ambienti eleganti con del design di contorno?

"Che ne dici delle otto al Sushi Zen?" propone.

"Be', d'accordo", dico.

"Oh, ma non posso restare fuori molto", precisa. "Devo tornare per le dieci a lavorare al mio atto."

"Non importa, va benissimo", mento. Merda.

Appendiamo. Premo il pulsante 7 del cellulare.

"Sono Mr. Sunshine", esordisco.

"Tom!" esclama Bran. "Non ti ho più sentito!"

"Ho visto il tuo pezzo sulla sicurezza all'aeroporto. Fantastico."

A dire il vero è stata una pura coincidenza. Mentre facevo lo zapping una sera ho visto questo programma, mi sono ricordato di lei e l'ho guardato per trenta secondi, poi mi sono rotto (tutta roba già detta nel 1999) e ho girato su *Road Trip*.

"Davvero? Sono così orgogliosa di quel pezzo. Non puoi sapere quanto lavoro ci è voluto."

"Devi raccontarmelo", dico. "Beviamo qualcosa insieme dopo? Intorno alle dieci?"

"Sì, va bene", accetta lei. "Sto solo aspettando una chiamata da un informatore."

"Se passo dopo da te? Ti porto un dolce."

Una confezione della pasticceria Columbus non mi costerà più di quattro dollari. Un drink al Dublin House ne costa minimo cinque e mezzo. In più è difficile riuscire a scopare al Dublin House.

Vado a casa, e visto che devo andare a mangiare il sushi, mi preparo una cena completa. Ci sono degli hamburger nel frigo. È una settimana che non mangio a casa, quindi li annuso un attimo. Puzzano. Non è una buona cosa. Ma non è un po' ingiusto da parte mia? È un animale morto. Io puzzerò così una settimana dopo che sarò morto? Magari! E poi ne ho mangiati di peggio. Del resto, a cosa serve cuocerli se non per uccidere i germi? Se non lo mangio, dovrò ammettere che quando domenica l'ho comprato sono stato stupido a non metterlo nel congelatore. E non posso ammettere di essere stupido. Quindi decido di mangiare carne irrancidita. Ma per essere sicuro di uccidere i germi la metto a fiamma alta. E l'hamburger si brucia fuori e rimane rosa e freddo dentro. Ovviamente questo lo scopro solo dopo aver dato il primo morso. Bleah!

Mi infilo il mio nuovo maglioncino attillato e mi impiastriccio i capelli con una nuova sostanza a base di petrolio. Metto le scarpe buone e sono pronto. Sono le otto. Dovevo essere al ristorante giapponese alle otto. Ci vogliono cinque minuti per arrivarci. Dannazione. Ho del tempo da far passare. Mi siedo e perdo un quarto d'ora a guardare *Cops* mentre l'hamburger e la cioccolata fanno a pugni nel mio stomaco.

Quando arrivo al giapponese i tavoli sono tutti pieni di gente dell'Upper West Side. Kate è seduta a un tavolo davanti. E anche Bran, guarda che coincidenza. Sorrisi come staffilate. Tutt'intorno pezzi di pesce crudo. Bleah.

Mi siedo in silenzio. Qualcuno dovrebbe battere il martelletto.

"Abbiamo già ordinato", dice Kate.

"Lasciatemi spiegare", dico. Ma il mio cervello non è in servizio in questo momento. Dice di riprovare dopo.

Per fortuna a loro due le parole non mancano.

"Sei veramente *sui generis*", osserva Kate.

"Latino per coglione", chiarisce Bran.

"Ti avrei invitato", mi difendo, "ma hai detto che eri occupata."

"Ci hai prenotate entrambe", mi accusa Kate. "Sei stato colto nel sacco."

"Tu hai detto che dovevi andare a casa alle dieci", insisto. Questa serata, sto cominciando a pensare, era una buona idea che in pratica non ha funzionato. Come quegli aggeggi elettrici per asciugare le mani nei bagni degli uomini.

“Kate non la conosceresti nemmeno, se non fosse per me!” brontola Bran.

“Preferisco essere chiamata Katherine”, precisa Kate.

Bran la ignora. “E uscivi con lei senza dirmelo?”

Katie-Kate-Katherine e io ci guardiamo. Cosa sa Bran di noi?

“Be’? Cos’è quello sguardo?”

“Quello è un California roll?” chiedo. “Buono!”

Kate ha l’aria colpevole.

“Dopo quello che è successo tra te e io?”

Nel mio stomaco, è come se il Ku Klux Klan e la NAACP, l’Associazione nazionale per il progresso della gente di colore, avessero prenotato per sbaglio lo stesso locale la stessa sera per la loro annuale raccolta di fondi.

“A dire il vero è corretto dire ‘tra me e te’”, preciso buttando una bomba fumogena di grammatica. Che non distrae nessuno.

“Cos’è successo?” Adesso è Kate sulla difensiva.

“Tra me e Tom c’era qualcosa”, dice Bran.

“Io non direi qualcosa”, puntualizzo. “Una cosina, una cosetta.”

“C’era qualcosa tra voi e nessuno dei due me l’ha detto?” interviene Kate con aria scandalizzata.

“Non posso parlare”, mi giustifico, “ho la bocca piena.” Mi infilo un California roll in bocca. Che schifo.

“Non cambiare argomento”, intima Bran. “Adesso vado in bagno e quando torno ti conviene parlare.”

Io e Kate ci guardiamo appena lei se ne va.

“Non hai una bella cera”, osserva.

"Penso di avere l'influenza", rispondo. "Sai quella malattia con gli stessi sintomi dell'antrace?"

"Sono molto delusa, Tom", afferma.

Come fai a spiegare alle donne com'è essere un uomo? Per loro scegliere un compagno è come scegliere un reggiseno. È sexy? Mi sta bene? Mi sostiene? Se non trovano quello giusto continuano a cercare. Non gli interessa se non trovano un reggiseno oggi. Possono provare da Bloomingdale la settimana prossima.

Per un uomo invece cercare una ragazza è come stare seduto in un ristorante con una fame da lupo. Guardi tutte le portate e ti chiedi: sarà buona quella? Si digerirà facilmente? Vuoi la bistecca, ma se non ce l'hanno ti accontenti di un hamburger. Persino del sushi. Se hai fame, non aspetti settimana prossima. Perché gli uomini tradiscono anche se hanno una fidanzata bellissima? Perché nessuno vuole il controfiletto tutte le sere.

Ma nel mondo reale non puoi pensare che una ragazza si presenti su un piatto solo perché la vuoi. La faccenda somiglia di più a una cena a Mosca nel 1965. Ordini sia la bistecca sia l'hamburger sia il sushi perché probabilmente una delle tre non l'avranno. Anzi, magari non avranno nessuna delle tre. Ma il fatto è che se non mangi muori.

"Spero che tu capisca in che brutta posizione mi metti", dico a Kate, posando teneramente una mano sulla sua e guardandola negli occhi. "Non ho chiamato Bran perché volevo fare una bella cenetta solo con te."

"E finirla con lei portandole il dolce?" replica lei.

"Katie, sarebbe stato un dolce e basta", la blandisco. "Non un bignè spalmato sul mio uccello."

"Sono Katherine, adesso. Pensavi davvero che non l'avremmo scoperto?"

Avremmo? "Senti, mi pare che *noi* avessimo un accordo per cui non avremmo detto a Bran di tutte le volte che *noi* uscivamo insieme." Il che significa: *pensavo fossimo d'accordo a comportarci da stronzi.* "Sai com'è strana certe volte."

"Sto cominciando a capire come sei strano tu certe volte", ribatte lei. "E meschino."

Penso a tutte le cose abiette che ho fatto nella mia vita. Noo. Questa non si classifica neanche.

C'è il mio cellulare sul tavolo. Suona. Salvo!

"Ehi", esordisco.

"Ehm... Tom?" dice una voce familiare.

"Sono io, chi parla?"

"Sono Liesl! Cosa ci fai lì?"

"In che senso cosa ci faccio qui? Sei tu che mi hai chiamato!" le faccio notare. E fin qui non può dire niente.

"No, non ti ho chiamato", risponde lei.

"Questo è il mio..." Oh, oh.

"Ho chiamato *Bran*", dice. "La conosci?" La rivolta gastrointestinale comincia a emettere suoni udibili come colpi d'arma da fuoco in lontananza. Mi immagino la conversazione che seguirà tra Bran e Liesl. Bran: come conosci Tom? Liesl: a dire il vero siamo usciti insieme per qualche mese. Bran: be', molto interessante, perché ci siamo giusto baciati qualche settimana fa. In un momento in cui non era occupato a uscire con le mie amiche.

"Siamo, come dire... vecchi amici", rispondo. Crea un diversivo! Fai andare il cervello! "Com'è stato il tuo ritorno a casa?" Fantastico.

"Tom." È Bran, che reclama il suo telefono. "Che cazzo ci fai col mio cellulare?"

Mi tocco la tasca della giacca. Il mio è ancora lì.

Arriva la cameriera alle spalle di Bran.

"Ehm, è per te", balbetto, passandoglielo.

"Chi è?" chiede Bran. La guardo. Oh. È così che guarda qualcuno quando è inferocita. Quell'altra? Solo una prova generale.

"Tutto bene?" dice la cameriera. Mi giro. Lei sorride. Poi si acciglia. Poi mi lancia un'occhiataccia. È la sorella della mia ex fidanzata Maggie, Stephanie, l'attrice fallita. Quanto ha sentito della conversazione precedente? Improvvisamente ho lo sguardo torvo anch'io. Ma posso fare di meglio. Per esempio, posso mandare uno schizzo di vomito sulle scarpe di Stephanie. E il sapore del mio vomito? Disgustoso. Mi fa venire da vomitare. E così faccio. Vomito. Vomito. Svuoto tutto lo stomaco sul pavimento. Sento le bottigliette di soia che si rovesciano mentre la gente scappa a debita distanza da me per non essere investita dagli schizzi di vomito, facendo smorfie che spero siano di pietà e comprensione per la mia situazione.

Quando alzo lo sguardo, Kate mi sta passando i tovaglioli, inespressiva. La gente chiede il conto. Bran è ancora al telefono. "Tom ha appena vomitato", dice. "Che idiota. Questo sushi non ha niente che non va."

"Volete scusarmi?" farfuglio mentre mi esce un pezzo di vomito dalla bocca atterrando su del sushi. "Non mi sento bene."

"Aspetta", dice Bran al telefono. E a me: "Mi devi quindici dollari per il sushi".

Non sono dell'umore per discutere, quindi pago. Bran

mi guarda malissimo. Kate anche. Stephanie anche. Il fatto che anche Liesl mi guarderebbe malissimo si può tralasciare.

Striscio a casa nutrendo una sola speranza: di avere l'antrace. Così gli faccio vedere!

Quando arrivo a destinazione mi dedico a una carrellata di canali TV. Mi fermo a vedere uno special su Mick Jagger. Ecco un uomo da ammirare. Quanti anni ha, cinquantasei? E va ancora in giro a scopare tutto quello che si muove.

Prima della pubblicità, l'annunciatrice dice: "Tra poco, vi terremo incollati allo schermo con la storia dei criminali che hanno pianificato il bombardamento al World Trade Center nel 1993 raccontata dai loro avvocati. Capiremo i legami fra loro e i terroristi che hanno ideato l'11 settembre. Tra poco, qui con noi".

Resto su questo canale. È lo show di Bran. È lo studio di Liesl. Ecco come si conoscono! La mia Eva Brown è una Mata Hari! Se avessi saputo che era il tipo che rischiava il lavoro passando informazioni alla stampa, l'avrei trovata molto più interessante.

MERCOLEDÌ, 14 NOVEMBRE

A parte in redazione, non vedo Julia da due settimane. Tira sempre fuori una scusa per disdire. Aspettandola al Marriott Marquis, penso: non sarebbe carino poter citare qualcuno a un tribunale delle relazioni? Perorare la tua causa davanti a un osservatore neutrale che ha il potere di impedire a una persona di comportarsi irragionevolmente? I crimini dettati dall'odio sono severamente puniti. Dovrebbero esserlo anche questi.

Ieri sera sono stato in piedi fino a tardi a setacciare le prove: le sue vecchie e-mail. Puoi tracciare la storia di una relazione attraverso di esse. Premi un paio di pulsanti ed eccole sullo schermo.

Numero di mail che ho ricevuto da lei a febbraio: 9.

A marzo: 78.

Ad aprile: 94.

A maggio: 105.

A giugno: 97.

A luglio: 70.

Ad agosto: 22.

A settembre: 8, tutte in risposta alle mie. Io però gliene ho mandate 25.

A ottobre: 2.

A novembre: 0. A novembre ho smesso di mandarle e-mail. Era troppo deprimente aspettare che non mi rispondesse.

Ma se riuscissi a portarla davanti a un giudice... non è forse vero, signorina Brouillard, che in un giorno d'inverno alle 5.37 del pomeriggio, ha mandato al querelante la seguente mail?

DA: BROUILLARDJ@TABLOID.COM
A: FARRELLT@TABLOID.COM
OGGETTO: neve

Visto che tutti scrivono e-mail ho pensato di provare anch'io, anche se secondo me è una moda passeggera, che non durerà. Mi sono divertita ieri, spero di non averti fatto fare troppo tardi. Peccato che mi sono svegliata con quella canzone in testa, come si chiama? Sir Mix A Lot, una cosa simile, no? Ho cantato quella sotto la doccia stamattina. Quando mi sveglio ho sempre una canzone in mente, e non è mai una canzone decente. Divertiti stasera quando vai a casa sotto la neve. È bello fuori, i fiocchi di neve sono brillanti e hanno una forma perfetta. (Ho appena passato un po' di tempo a osservarli posarsi sul mio cappotto. Il momento migliore della giornata.) Okay, non ti annoio oltre con le mie chiacchiere. A dopo. Julia.

E, *a proposito*, signorina Brouillard, era sincera quando ha mandato questo memorabile messaggio una settimana dopo, alle 16.28?

DA: BROUILLARDJ@TABLOID.COM
A: FARRELLT@TABLOID.COM
OGGETTO: cena
Ehilà, ciao. Come vanno le cose oggi in redazione? Qui tutto bene, ti farà piacere sapere. Stavo pensando che se non hai programmi per domani sera potremmo rimandare la nostra cena a domani. Mi sento di merda oggi e ho proprio bisogno di andare a casa e farmi una dormita. Di buono c'è che il prossimo fine settimana mi trasferisco, così non dovrò più fare quel palloso viaggio in Connecticut tutte le sere. Non è Parigi, ma andrà sicuramente bene. Julia.

E per la precisione, signorina Brouillard, come pensa che una persona ragionevole avrebbe dovuto reagire quando ha mandato messaggi teneri come questo del 9 marzo alle 5.44 del pomeriggio?

DA: BROUILLARDJ@TABLOID.COM
A: FARRELLT@TABLOID.COM
OGGETTO: tu
Passi a trovarmi prima di andare a casa oggi?

Non è forse vero, signorina Brouillard, che sapeva perfettamente l'effetto che avrebbe avuto su questo giovane innocente quando si è impegnata in questo scambio piccante il 23 marzo?

DA: BROUILLARDJ@TABLOID.COM
A: FARRELLT@TABLOID.COM
OGGETTO: fuga
Oggi sono proprio inquieta. Scappiamo insieme?

DA: FARRELLT@TABLOID.COM
A: BROUILLARDJ@TABLOID.COM
OGGETTO: **Re:** fuga
A prendere un caffè o alle Fiji?

DA: BROUILLARDJ@TABLOID.COM
A: FARRELLT@TABLOID.COM
OGGETTO: **Re: Re:** fuga
Direi alle Fiji.

Signorina Brouillard, la dichiaro colpevole di aggressione emotiva nei confronti del querelante, un uomo già socialmente menomato quando l'ha conosciuto, e la condanno a passare tutto il suo tempo libero con lui.

Il mio cellulare.

"Ehi", rispondo, "sei qui?" Non sai mai se viene o no. Mi costringe a fare sempre le stesse domande, come mia madre.

"Sono tra la Quarantasettesima e Broadway. I treni erano tutti in ritardo."

"Io sono alla Quarantacinquesima. Ti vengo incontro, ci vediamo alla Quarantaseiesima", propongo.

Stasera dunque non ha disdetto. Ma non per me. Perché c'è l'assegnazione del National Book Award. Presenta Steve Martin.

Un altro isolato a nord, ed eccola lì, col suo cappottino giallo abbottonato fino al collo. Da sotto spuntano delle calze a rete. Non le dico che è deliziosa.

"Ciao", la saluto.

"Non odiarmi," risponde.

"Non c'è problema", la rassicuro. È in ritardo di un quarto d'ora. Non mi dà così fastidio. Saliamo con le scale mobili al Marriott Marquis, tutto vetro e ottone. Check-in al settimo piano. La aiuto a togliersi il cappotto e le do una rapida occhiata. Porta un vestito nero di lana aderente. Ne ha di più belli.

"Non sono vestita per l'occasione", si giustifica, "ho avuto una crisi, mi vedevo grassa."

"Cosa?"

"Mi sono cambiata e ho messo questo, l'altro era troppo stretto."

"L'avrei preferito."

"Sì, lo so."

È ora di trovare il bar.

"Chi è questa gente?" chiede.

Non lo so. Ma Steve Martin è proprio alle mie spalle.

Julia non parla più.

Ordiniamo due bicchieri di vino. Lei fuma una sigaretta con l'aria di una che desidererebbe avere una seconda apertura per aspirare il fumo. Ingiusto vero? Due polmoni e una bocca sola.

"Sei in forma", osserva.

"Sì?"

"Sei dimagrito parecchio da quando ti conosco."

"Diciotto chili per la precisione", le comunico. Anche la dieta del vomito mi ha fatto bene, visto che poi non avevo l'antrace.

"Sei un'ottima preda", dichiara.

"Grazie. E tu sei uno schianto", mi lascio scappare.

"Wow."

"Insomma, stasera quasi non riuscivo a venire", dice.

Mi incupisco immediatamente. Lo sento.

"Perché?"

"Stavo comprando delle sigarette quando questo tizio, ma non sembrava un senzatetto, era uno normale sulla trentina, un tipo qualunque, con la giacca di pelle, in ordine. Be', non ha mica iniziato a piangere?"

Esibisco la faccia comprensiva, pensando: il tipo soffre, mi dispiace, ma perché dovrei soffrire anch'io con lui?

"Mi ha veramente colpita. E come se non bastasse ho visto investire un cane l'altro giorno. E il proprietario lo guardava e piangeva, senza muoversi. È stato tremendo. È tutto così triste."

"Se il tipo fosse andato a piangere a casa sua non ti avrebbe impressionata", osservo.

"Lo so! Ecco cosa non va a New York. Mi soffoca."

"Hai pianto anche tu?" le chiedo cercando di non sembrare untuoso come Costanzo.

Lei annuisce. "Ero proprio scossa", mi spiega. "Sono rimasta lì pensando: non posso andare a cena stasera."

"Mi dispiace molto", dico. "Ma è carino che tu sia venuta."

"Pensi che sia stupida? Mio fratello mi ha dato della stupida."

"No, non lo penso. Io ti vedo in bianco e nero, nei primi anni Sessanta, attraverso un parabrezza bagnato di pioggia, con addosso un soprabito a tre quarti e gli stivali in tinta. E uno sguardo malinconico."

Sì, a volte parlo così alle ragazze. Quando il bicchiere è vuoto.

Lei mi rivolge un mezzo sorriso.

"Ti pensavo, l'altro giorno", dice.

Questa è come ingoiare un doppio Scotch. Il fatto che pensi a me è una tale rarità che merita una menzione. Io ho pensato a lei l'altro giorno? Ho respirato aria l'altro giorno? Da quando la conosco non ho mai passato due ore di fila senza pensare a lei.

"Davvero?"

"Stavo passeggiando in strada, e pensavo a come mi vedi tu. Hai quest'immagine di me, come un personaggio di un romanzo. E pensavo che sei l'unico che mi vede così", mi spiega. "Non è stupido?"

"No", rispondo. "Per me tu sei un romanzo ambulante."

Lei non ribatte. Fa la timida.

"Hai sentito Rick?" chiedo.

Lei si accascia.

"Solo e-mail informative."

"Non avete parlato della lettera che gli hai mandato?"

"No. Non ne ha fatto parola. Ha solo detto che l'ha ricevuta."

"Lo ami ancora."

"Credo che lo amerò sempre. Me ne sono accorta quest'autunno."

Non ci si abitua mai a sentire che la ragazza che desideri è persa per qualcun altro. È cotta di uno che ha chiarito in cento modi che non la vuole. Perché non rinuncia? Non vede cosa fa a se stessa? Come si fa a essere così deboli? Come si fa... Oh. Non importa.

"Cosa ti piaceva di lui?" le chiedo.

"Lui *vedeva* le cose. Come quel tipo dal tabaccaio. Anche lui ne sarebbe stato colpito."

Prendo nota: cominciare a vedere le cose, e riportare tutto quello che vedo a Julia.

Ci sediamo in galleria, dove servono panini freddi. I pezzi grossi sono sotto a mangiare filet mignon da mille dollari al piatto. Steve fa una bellissima presentazione. "Prima i premi letterari erano assegnati in categorie tecniche", esordisce. "Miglior rilegatura... miglior numerazione di pagine." La gente si diverte. Gli intellettuali non sono veramente delle star. Lui è una vera star che celebra la forma d'arte più da sfigati. Mai raduno di miopi è stato così dilettevole.

"Il National Book Award è il premio più prestigioso che un libro possa ricevere, e spesso questo libro rimane comunque sconosciuto", nota Steve (spiritosamente, dannazione).

Comincio a fare il trattamento con le unghie al braccio di Julia. Lei si gira e mi sorride.

"La competizione è stata sporca, quest'anno", continua Steve. "Uno dei poeti nominati è andato nella tipografia di un concorrente e ha inserito un giambo in più nel suo metro."

Julia mi guarda con la faccia estasiata ogni volta che il tipo dice qualcosa di spiritoso.

Rido, sorrido, lo odio. È un genio. Non sono proprio all'altezza. Bevo dell'altro vino. Medito. Ogni tanto le accarezzo la schiena. Mmh. Niente reggiseno.

C'è un lungo intervallo per la cena. Poi vengono assegnati i premi. Applaudiamo. Steve fa un breve riepilogo. E la serata è finita.

Prendiamo i cappotti e ce ne andiamo sulla Quarantaseiesima. Taxi e turisti in tutte le direzioni. Julia sembra sopraffatta dal caos.

"Fermiamoci un attimo", propone. Accende una sigaretta. Io aspetto. Lei fuma.

"Ci beviamo qualcosa prima di andare a letto?" azzardo.

Lei non risponde. Mi segue senza parlare.

Andiamo da Mistery, lo stesso bar dove eravamo andati quella gelida sera di marzo quando lei adorabilmente si era persa e tutto sembrava stesse per succedere.

"Ho parlato un po' con Dwayne", mi fa sapere.

"Ah, sì?"

"Non è stato così terribile come pensavo."

"L'ha presa da uomo?"

"Sì. Ha detto che non era sorpreso. Che non dovevo stare con lui solo perché mi dispiaceva lasciarlo. Che merito di essere felice."

"Quindi è tutto a posto", dico, "buon per te."

Lei alza le spalle.

"Cosa fai adesso?"

"Non mi sbatte fuori subito. Ha detto che posso restare quanto voglio."

"Se hai bisogno di un posto..." butto lì. Poi mi fermo.

Lei lascia cadere la cosa.

"Voglio leggere quel libro sulla depressione", dichiara.

Il libro sulla depressione ha vinto nella sezione saggi. Il tipo che l'ha scritto abita in un palazzo d'epoca sulla Quinta Strada con i soffitti alti quattro metri e librerie che ricoprono intere pareti. Cos'ha da essere depresso? Non ha nemmeno conosciuto Julia.

"Puoi essere depresso anche se sei ricco", obietta.

"Tu sei depressa?"

Lei annuisce.

"Da quando?"

"Da quando avevo diciannove anni", risponde.

"Te lo ricordi bene."

"Mmh, mmh. Ho cominciato ad avere attacchi di panico."

"E adesso?"

"Adesso ho solo questa vaga sensazione di scontento. Sempre. Mi sembra tutto sbagliato. Quello che vedi tutti i giorni. Il tipo che piangeva dal tabaccaio. E non ci puoi fare niente."

"Non ci credo che sei messa così male", intervengo.

"Inoltre, comincio a pensare che siano tutti degli attentatori. Come oggi, stavo fumando fuori e ho visto questo tizio che entrava in banca. Sembrava che fosse stato appena licenziato o una cosa del genere. Aveva una scatola sotto il braccio. Ho cominciato ad allontanarmi lentamente. Mi sento indifesa."

"Cosa pensi di fare?"

"Scappare", ribatte.

Le lancio un'occhiata.

"Non poteva andare tutto bene con Dwayne?" continua. "Avevo qualcuno che mi amava smodatamente e si prendeva cura di me. Non dovrebbe essere abbastanza?"

"Eppure mancava qualcosa", dico. Pensando che smodatamente va bene per me. L'avverbio per Dwayne è *ostinatamente*.

"Esatto."

"Il mistero", dico.

"Può essere."

Beviamo senza parlare per un po'. Mi chiedo se davvero non sappia quello che sento per lei. Forse dovrei dirglielo.

Ma lei è troppo veloce. È per questo che mi piace. Capisce tutto.

"Andiamo?" dice muovendosi verso la porta. Sono solo le undici e mezza.

"Tra un attimo. Cosa pensi che provi per te?"

Trovando qualcosa di interessante da osservare sul fondo del bicchiere, lei risponde a bassa voce: "Mi pare che tu me l'abbia detto".

Bob Dylan dice: *ho offerto la mia innocenza e sono stato ripagato con lo scherno.*

Ho detto troppo. E nonostante questo non ho detto quello che le voglio dire. Perché lei non vuole che glielo dica.

Ci sono delle domande che vorrei farle. Domande di cui non voglio conoscere la risposta. Perché poi non avrei più scuse per non rinunciare.

"Mi ha chiamato mio fratello ieri", riprende. "Siamo stati al telefono un'ora. Ha detto che è andato in biblioteca e ha preso tutti gli articoli che ho scritto per *Tabloid.*"

Chiedo alla cameriera di portarmi il conto facendo il gesto di firmare un immaginario assegno. "Tuo fratello... quel fratello?"

"Mmh, mmh. Lui è... *me*", dice.

"Non provi la stessa sensazione con nessuno dei tuoi amici o amiche?"

"Con tutti gli altri manca sempre qualcosa. Non comunichiamo allo stesso livello."

"Con me cosa manca?"

"Con te comunico a tutti i livelli."

Adesso sono confuso. Ha appena detto che sono il suo unico vero amico?

Siamo arrivati tra la Quarantottesima e l'Ottava. Andiamo verso il garage, quello in cui mi si era avvicinata alle spalle di soppiatto quella sera di marzo. Quella sera in cui l'ho sorpresa mentre si avvicinava, l'ho abbracciata, l'ho sollevata e l'ho fatta girare e girare. E lei ha riso e riso.

"Ti ricordi quel garage?" chiedo. "Quando mi sei comparsa alle spalle?"

"Sembra passato così poco tempo", ragiona lei, e le viene in mente qualcosa. "È stata un'avventura."

E girando l'angolo in cerca di un taxi glielo domando: "Perché esci con me?"

"In che senso?"

"Voglio dire, a che scopo?"

"Sei mio amico", risponde. "Mi paghi da bere."

Persino adesso, mentre si allontana verso il taxi, bacerei la terra dove cammina.

MERCOLEDÌ, 21 NOVEMBRE

Il giorno prima del Ringraziamento. Ti vedi i film versione non tagliata, fai una tregua di quattro giorni, rivedi i famigliari dopo mesi, cominci l'orgia dello shopping. In ufficio hanno tutti quell'umore festaiolo, si sorridono nei corridoi, sono gentili. Sono abituato ad aspettarmi dei giorni di festa tristi. Se ti aspetti sempre il peggio, raramente rimarrai deluso.

Chiamo Bran al cellulare.

"Perché mi chiami?" chiede brusca.

"È un brutto momento?"

"Tom", dice, "non sai che sto lavorando a Questo? Gli attentati? Gli aeroporti? L'antrace?"

"Scusa. Pensavo che magari ci lavorassi solo 23 ore e 55 minuti al giorno."

Lei ha l'aria di essere impegnata in altre quattro conversazioni contemporaneamente.

"Cosa?" dice. "Non importa, devo andare."

"Bran?"

"Cosa?"

"Hai presente nei film quando lui non finisce con la

ragazza con cui pensavi sarebbe finito? Quella che credeva di volere? E magari si mette insieme alla sua migliore amica? Quella che sai dall'inizio che va benissimo per lui solo che lui non se ne accorge? Litigano. Non si parlano più. Gli ci vuole un po' a tutti e due per capire perché stanno bene insieme. Non hai mai pensato che potrebbe essere il nostro caso? Non potremmo mettere da parte tutto quello che è successo e ammettere che proviamo qualcosa l'uno per l'altra? Mi sto limitando a essere onesto."

"Tom", sbuffa lei, "io mi sto limitando a riagganciare."

"Pensaci su", dico.

"Dillo al segnale di linea libera", risponde lei. "E... Tom?"

"Sì?"

"Non chiamarmi mai più."

"Mai più? È un sacco di tempo. E se mi viene il cancro?"

"D'accordo, unica eccezione. In quel caso puoi chiamarmi, ma solo se è terminale."

"Terminale quanto? Se avessi una malattia che sicuramente mi ucciderà nei prossimi cinquant'anni?"

"Sto riattaccando."

"Sei ancora al telefono."

"Adesso chiudo."

"Posso chiamarti settimana prossima?"

"Settimana prossima? No. Sono impegnatissima."

"Allora posso chiamarti. Solo, non settimana prossima. Il mese prossimo?"

"Settimana prossima è il mese prossimo."

"L'anno prossimo allora. Dai. È la mia ultima offerta."

"L'anno prossimo?"

"L'anno prossimo. Cinque settimane di sofferenza. Di struggimento per te."

"Perché dovrei permetterti di chiamarmi ancora?"

"Perché sei la prima persona che ho chiamato l'11 settembre."

Da dove mi è uscita questa? Non ci avevo mai pensato prima, ma nello stesso momento in cui lo dico mi rendo conto che è vero.

"Adesso stai sfruttando una cosa molto più importante di me e di te", mi accusa.

"Certo, ma guardati intorno. Ultimamente si comportano tutti in modo strano in questa città. La gente apre la posta coi guanti di gomma, si compra le maschere antigas. Fa scorte di antibiotici per una vita. Si trasferisce in periferia dopo vent'anni che viveva qui."

"E allora?"

"E allora. Tu non stai lasciando la città. Io nemmeno. Tu non compri maschere antigas. Io nemmeno. Tu rimani. Perché? Cos'abbiamo in comune?"

"Cosa?"

"Amiamo il caos. Il caos è sexy. Chi non lo capisce merita di vivere accanto a un centro commerciale."

Lei ci pensa su un attimo. "Non mi hai mai mandato un enorme mazzo di fiori, lo sai?"

"È questo il tuo prezzo?"

"Mandamelo e lo scoprirai", risponde.

E poi riappende sul serio, prima che possa chiederle qual è il suo fiore preferito. Ma mi accorgo di saperlo già. Il mughetto.

Tengo in mano il telefono con un'espressione idiota sul viso quando mi si paracaduta una voce addosso.

"Eccolo qui, Simba, il re della parola, che si muove avanti e indietro nella gabbia. Fategli posto, signori, state attenti al carnivoro con le zanne che si prepara al giorno più ghiotto, pensando a come massacrare a coltellate il tacchino e Ethan Hawke."

"Ehi, Rollo", chiedo, "com'era l'Afghanistan?"

"Bruti, non si può prendere da bere, devi portartelo tu, bombe dappertutto, corruzione, devastazione, detonazioni. Orrore e ancora orrore. Omicidi, piega la tenda e scappa, brividi di freddo nel deserto, spostamenti improvvisi con le truppe, e via nella prossima trincea."

"Ti sei divertito come un pazzo", deduco, avendo già visto il foglio del rimborso spese e sapendo che ha passato tutte le notti tranne una nella suite presidenziale dell'Hilton Islamabad. Mettiamo la foto tutti i giorni, Rollo con il giubbotto antiproiettile, con l'aria di uno che non vede l'ora di essere bombardato.

"Niente nella vita è più tonificante di quando ti sparano addosso senza successo", fa Rollo. "L'ha detto Winston Churchill, amico."

"O forse quello che gli scriveva i discorsi", ribatto.

"Sì, a proposito, congratulazioni, amico. I tuoi servizi non sono passati inosservati, in questo ufficio per lo meno."

"Allora cosa fai adesso?" domando, cauto.

"Non posso tornare alle recensioni dei film", risponde. "Riprendo la rubrica trisettimanale, scuoto le gabbie, le prendo a colpi di gong, amico. Inoltre, Cronin mi ha detto che le tue recensioni sono migliori."

Il telefono. Una voce che non conosco.

"Tom Farrell?"

"Sono io." Rollo è impaziente. Gli dico di aspettare un attimo. Lui se ne va a intrattenere i redattori.

"C'è William Winterbottom per lei, un attimo prego."

Winterbottom. Il nome l'ho già sentito. Un direttore di qualche giornale, forse.

"Signor Farrell?"

"Sì?"

"William Winterbottom, direttore del *Daily News*, come sta oggi?"

"Bene, grazie." Uno che si occupa di giornalismo. Potrebbe essere una buona cosa, non fosse che la telefonata è cominciata come una noiosissima televendita.

"Perfetto. Abbiamo notato che lei si sta facendo una certa reputazione come critico", continua. Immagino che la loro redazione sia più grande e più bella della nostra, ma cos'è quel rumore in sottofondo? È difficile da identificare. Ah, sì: silenzio. Niente telefoni, niente liti, niente CNN.

"Le sono grato per questa benevola interpretazione delle mie capacità", commento. Da dove mi escono queste parole?

"Crede di poter considerare la possibilità di affilare il suo talento a beneficio del terzo quotidiano nazionale per diffusione?"

"Mi sta chiedendo di attraversare la strada?" Nessuno mi aveva mai dato la caccia.

"Siamo certi di poterle offrire un compenso interessante, benefit superlativi e il rispetto che viene dallo scrivere per un milione e mezzo di lettori paganti ogni giorno", risponde.

"Ogni giorno?" Non lasciamoci trasportare. "Sono un critico cinematografico."

"Be', sì, prevedo che le recensioni uscirebbero il venerdì, insieme a esami più profondi delle tendenze dell'industria cinematografica, magari la domenica. Come sa, offriamo ai nostri scrittori fino a duemila parole per permettere loro di esplorare i temi d'interesse."

Duemila parole. Di vera scrittura. Non un pezzo frettoloso di seicento parole. Analisi. Critiche. Idee, non battute.

"È un'offerta allettante."

"Ovviamente", continua, con la voce che ronza come una Mercedes, "non siamo il *Tabloid*. Al *Daily News*, dovrebbe ingentilire il suo materiale. Io stesso, come forse sa, ho cominciato la carriera al *New Yorker*."

"Ma il *Daily News,* be'", specifico, "è un tabloid."

"*Tabloid* è un tabloid", replica lui. "Al *Daily News* preferiamo considerarci un giornale stampato in modo più piacevole, con un po' di colore. Per il resto, i due giornali non sono più simili di quanto lo siano *Hustler* e *Architectural Digest*."

Questo spiega la monotonia dei loro articoli, che trattano gli stessi argomenti dei nostri ma rifuggono i monosillabi scoppiettanti, i titoloni, i giochi di parole. Ho sempre pensato che cercassero di imitarci senza riuscirci. Guarda un po', invece, loro pensano che il loro stile sia migliore.

"E per il compenso, di che cifra parliamo?"

"Abbiamo pensato a..."

E qui William Winterbottom mi spara un numero che associo a tutt'altra professione, tipo ladro di gioielli internazionale. Con un filo di voce dico: “Mi sembra una cifra accettabile”.

“Vuole passare dall’ufficio oggi?” mi chiede. “Ho un paio di osservazioni da fare sulla recensione a *Training Day*. Forse ha esagerato in cattiveria nei confronti di Ethan Hawke. La sua agente è una vecchia conoscenza di questo giornale e quando l’ho incontrata a una festa mi ha parlato di alcuni cambiamenti che le sembrerebbero appropriati. Non ho potuto dissentire. Dopotutto, non spetta a noi essere gratuiti, no?”

E parlando dal quarantaduesimo piano della casa della gratuità rispondo: “No, signore”.

Quando passa il Rospo lo fermo.

“Indovina un po’?”

“Indovina un po’. Che razza di domanda è? Non hai mica quattro anni.”

“Okay, stop. Ho appena ricevuto un’offerta dal *Daily News*.”

“Per l’amor di Dio, non vorrai lavorare lì! Ho parlato con Max l’altro ieri, è infelicissimo. Quando l’hanno preso gli hanno detto che apprezzavano come lavorava, che volevano che continuasse a fare quello che stava facendo, ma pisciano sopra a tutte le sue idee. Non è più nemmeno direttore, è viceassistente editoriale per l’informazione o roba del genere.”

“Posso dirti quanto mi danno?”

“Quanto?”

Glielo dico. Il Rospo non ci crede.

“Vai”, dice. “Libera la scrivania.”

“Non mi fai una controfferta?”

“Senti, noi siamo un’azienda a conduzione famigliare,

loro sono Bloomingdale, non possiamo competere. È più di quello che prendo io. Non facciamo questo lavoro per diventare ricchi."

"Allora perché lo facciamo?" chiedo. "Per la gloria?"

"Perché siamo un club. Un club di persone che odiano la gente che fa parte di un club." E se ne va.

Ci sto pensando quando suona il telefono.

"Ciao", mi saluta Julia.

"Ehi", dico.

"Cosa fai questo weekend?"

"Vado dai miei nonni nel Maryland", rispondo. "Mia madre sarà lì. Ma per arrivarci mi devo fare qualche ora dell'infernale I-95 in autobus."

"Che palle", commenta comprensiva. "Io sto andando in stazione."

"A che ora parti?"

"16.14."

Controllo l'orologio: 15.12. Non ha tenuto molto tempo per questa chiacchierata.

"Volevo solo dirti", continua, "che ho mollato il lavoro."

"Oh." Mi chiedo se i prossimi sessanta secondi saranno i peggiori della mia vita.

"Quindi te ne vai."

"Sabato. Vado a Madison."

"Ecco un'idea", dico, "non andare."

"Eh?"

Non parliamo per un minuto.

"Penso di dover stare con lui."

Per quanto orribile, non voglio che questa conversazione finisca. Ma non c'è niente da dire.

"Allora, ciao."
"Già", farfuglio.
E lei riappende.
Il Rospo si avvicina alla scrivania mentre sto per richiamare Winterbottom.
"Senti", dice. "Non andartene. Troviamo altri diecimila dollari all'anno per te. Ma devi prenderteli in spese. Le spese sono deducibili dalle tasse, capisci? Ti paghi i ristoranti, il taxi, nessuno ti chiede niente, e siamo tutti contenti."
"Irv", dico, "non è abbastanza."
"Cosa?"
"Senti, preparo la mia roba."
"Che altro posso darti, a parte la custodia parziale dei miei gatti? Non ho più niente da offrirti", dice.
"Sì, invece", ribatto. "Quello." E faccio segno dietro di lui.
Lui si gira. "Tutto qui? Affare fatto."
E per la prima volta nella mia vita, ho un ufficio. Un ufficio vero da articolista con il divano e la TV; lo tenevano per i personaggi di un certo rango. Posso entrarci lunedì.
Sono tutti fuori alle cinque. Io mi attardo fino alle sei e mezza, leggendo i giornali, facendo passare il tempo. Tanto per punirmi decido di non prendere la metro. Vado a piedi, in mezzo alla calca e al cemento. La città si sta svuotando e riempiendo contemporaneamente. Quelli che lavorano e vivono qui vanno a trovare i parenti in periferia. E tutte le famiglie annoiate della periferia pensano: andiamo a vedere l'enorme albero di Natale al Rockefeller Center.
Mi avvio verso Port Authority a piedi al freddo e al

buio. Ho tanto, ma non ho quello che ho avuto tra la Quarantottesima e l'Ottava. Ci passo tremando di freddo e resto lì un minuto. Non posso entrare nel parcheggio, è chiuso. C'è un cartello che dice che lo abbatteranno per far posto a un condominio.

Ho la sciarpa in tasca. Ce la lascio. I guanti sono a casa. Nel punto in cui l'aspettavo quella volta c'è un poster di un film che cita una spiritosaggine che ho scritto alcune settimane fa. L'ho scritta per fare colpo su di lei.

Le cose che non posso dirle. Più delle volte che ci siamo spogliati, più delle volte che ci siamo baciati, toccati, abbracciati, più di quella volta al parco quando le ho detto quello che provavo per lei e lei ha pianto nel sentirlo, più dell'unica volta che ho dormito con lei fra le braccia, mi ricordo quel momento tra la Quarantottesima e l'Ottava. Nel multisala della mia mente è su tutti gli schermi, una proiezione ininterrotta. Lei mi si avvicina alle spalle in punta di piedi in una fredda sera di marzo, col cappottino giallo troppo leggero per quella temperatura.

Perché vuole stare con me.

Finito di stampare
nel mese di gennaio 2005
presso il Nuovo Istituto Italiano d'Arti Grafiche - Bergamo

Printed in Italy